VIAJAR NA MAIONESE

Título original:
Viajar na Maionese

Prefácio:
© Miguel Esteves Cardoso, 2023

Revisão:
António Barrancos

Capa:
Joana Carvalho

Ilustração da capa e ilustrações do miolo:
Miss Inês
https://www.instagram.com/missinesportfolio/

ISBN 978-972-44-2706-5

Depósito legal n.º 515307/23

Paginação:
MJA

Impressão e acabamento:
Publito Artes Gráficas – Braga
para
EDIÇÕES 70
Maio 2023

EDIÇÕES 70, uma chancela de Edições Almedina, S.A.
Avenida Emídio Navarro, 81, 3D
3000-151 Coimbra
e-mail: editoras@grupoalmedina.net

VIAJAR NA MAIONESE

JOÃO PEDRO GEORGE

70

Para a Ema Carvalheira George

Índice

Prefácio

Já tinha lido estas crónicas do João Pedro George. Comprava a *Sábado* só para poder lê-las. E agora tive de lê-las em PDF, para poder escrever este prefácio. E o livro?

Já não vou ler o livro. Mas estou furioso.

E tenho inveja de quem tem este livro todo para ler. Numa revista, João Pedro George sabe a pouco. Está interrompido. Está cercado. Não tem continuação.

Para mais, o João Pedro George é um escritor de grandes temas e de grandes livros. Conheci-o pelos livros que escreveu, e só muito depois tive a alegria de descobrir que também escrevia na imprensa.

Os grandes temas, que são secretamente eternos, apesar de estarem disfarçados sob a forma de comentários sobre a actualidade, nem sempre são bem recebidos no mundo do jornalismo.

Mas João Pedro George fez um bom trabalho de contrabando. As pessoas querem classificá-lo para poder arrumá-lo na prateleira — é sociólogo, é ensaísta, é biógrafo, é crítico literário — mas ele é vasto, é um escritor imprevisível, cheio de coragem e de inteligência, que acredita mesmo na arte e nas artes, e nos artistas.

Tem um sentido de humor maravilhoso, seco e imoral, que se esconde para ser mais mauzinho ainda. Não se coíbe. Não vai em conversas, não se deixa recrutar. É um espírito livre, em roda livre, a divertir-se com o que pensa, a pensar no que o diverte.

Gostaria de estar dois anos sem lê-lo aos bocadinhos, para ter o prazer de poder ler um livro inteirinho de crónicas dele — mas já sei que não vou ser capaz de resistir.

Miguel Esteves Cardoso

Explicação que não explica quase nada

Os textos que compõem este livro correspondem, grosso modo, a uma selecção de crónicas sobre os mais desvairados assuntos, a maioria completamente inúteis, publicadas na revista *Sábado* (as datas estão assinaladas no final de cada capítulo). Com as seguintes diferenças: alguns títulos não correspondem aos originais, há crónicas reunidas numa única (daí que algumas sejam bem maiores) e outras foram alteradas, melhoradas ou desenvolvidas com pedaços de prosa superficial, cuja única função é aumentar a distância entre o significante e o significado. Às vezes, apetece mesmo *viajar na maionese.*

Cebola para todos os olhos

Obra corajosa é aquela que não necessita de prefácio. Nada mais falso. Porque há prefácios que são, em si próprios, pequenas obras-primas. Prefácios que, por serem ao mesmo tempo prefácios e criações literárias de largo alcance, existem como entidades independentes dos livros que estiveram na sua origem.

Aceitar o risco de um prefácio ser melhor do que o livro prefaciado significa que não se tem medo de ser vítima do prefácio. De ser contaminado, traído e inutilizado por ele.

Por isso, um prefácio implica muito mais do que simplesmente querer encostar-se à autoridade ou notoriedade do prefaciador. Implica, também, uma boa dose de coragem. Um prefácio que se apodera de um livro não é só um texto que influencia a maneira de ler outro texto ou que determina e enquadra a adesão dos leitores. É, igualmente, um mecanismo que participa na construção do valor artístico, literário ou intelectual, que fabrica a crença na importância cultural do livro prefaciado, que o faz existir como obra de arte ou do pensamento.

Vem tudo isto a talho de foice para fazer a apologia do prefácio como género literário independente, como prática criadora autónoma (cite-se, a este respeito, o *Discurso do Método*, de René Descartes, que, tendo sido composto em 1637, para servir de prefácio aos *Essais de Physique*, acabaria por se tornar a *magnum opus* do seu autor).

E, ainda, para defender que a leitura de um prefácio pode constituir uma experiência estética ou intelectual de primeiríssima ordem. Não exagero se vos disser que os escritores de que mais gosto são também aqueles que investiram todo o seu talento a escrever um proémio, um prólogo, umas notas prévias ou preambulares com colorido próprio; que tiveram a generosidade de colocar o vigor do seu estilo e das suas capacidades inventivas ao serviço de um texto considerado, a injusto título, secundário, lateral ou menor.

Da pluma ágil e torrencial de Camilo Castelo Branco, para não ir mais longe, saíram alguns dos prefácios mais esplendorosos, divertidos e desconcertantes da literatura portuguesa. Pelo violento contraste que estabelece entre o abstracto e o concreto (ou material), pela amplificação da ironia e do sarcasmo do texto principal, pela riqueza vocabular, pelo pitoresco de algumas expressões, pela rapidez dos raciocínios (e porque, há muitos anos, sacudiu a minha vida como um vendaval, mas explicá-lo é um conto largo, que não cabe nos limites desta crónica), o prefácio camiliano de que mais gosto chama-se «A Todos os que Lerem» e antecede *O Que Fazem Mulheres*, um romance que conta a história dos namoros contrariados de Angélica com Melchior Pimenta e de Ludovina Pimenta (a filha) com João José Dias, um brasileiro rico e mais velho do que a sua prometida. Começa assim: «É uma história que faz arrepiar os cabelos. Há aqui bacamartes e pistolas, lágrimas e sangue, gemidos e berros, anjos e demónios. É um arsenal, uma sarrabulhada, e um dia de juízo! Isto sim que é romance.»

Depois, as frases bifurcam-se, sobrepõem-se, até que as palavras voltam a fluir sem descontinuidades, precisas: «Tenebroso e medonho! É uma dança macabra! Um tripúdio infernal! Coisa só semelhante a uma novela pavorosa das que aterram um editor, e se perpetuam nas estantes, como espectros imóveis.»

Camilo serve-se de todos os estratagemas, incluindo o exagero caricatural, para tentar extrair o dinheiro da carteira dos leitores: «Há aí almas de pedra, corações de zinco, olhos de vidro, peitos de asfalto? Que venham para cá. Aqui há cebola para todos os olhos; Broca para todas as almas; Cadinhos de fundição metalúrgica para todos os peitos. Não se resiste a isto. Há-de chorar toda a gente (...). Tenha paciência: há-de chorar ainda que lhe custe. Se respeita a sua sensibilidade, fique por aqui» (o instinto de publicidade de Camilo não era coisa de somenos).

Em seguida, Camilo descreve as condições em que engendrou o livro: «Este romance foi escrito num subterrâneo, ao bruxulear sinistro duma lâmpada. (...) No fim de cada capítulo, vinha ao ar puro sorver alguns átomos de oxigénio, e todos me perguntavam se eu tinha pacto com o diabo.»

Depois, assesta as baterias contra as «almas plebeias», que «não sabem o que é a fidalguia do talento», que «não entendem este fadário do "génio", que eles chamam "excentricidades", como se não houvesse um nome português que dar a isto». No final, brinca brincando, avisa os leitores: «Não cuidem que podem ler um romance, logo que soletram. Precisam de mais conhecimentos para o ler que para o escrever. Ao autor basta-lhe a inspiração, que é uma coisa que dispensa tudo, até o siso e a gramática. O leitor, esse precisa de mais alguma coisa: inteligência.»

Dá prazer ler isto. Já tentei convencer (sem qualquer êxito) um ou dois editores a publicar um livro que reunisse os melhores prefácios do Camilo. Um pouco como Jorge Luis Borges fez em *Prólogos con un Prólogo de Prólogos* (1975), ou como as Edições Afrontamento fizeram em *Prefácio a Cromwell e Outros Prefácios*, de Victor Hugo, com tradução e notas de Pedro Eiras e prefácio de Joana Matos Frias (para que tenham uma ideia, o prefácio a Cromwell é mais conhecido e lido do que o próprio livro).

Outro talento fulgurante na arte sempre difícil de escrever um prefácio é o Miguel Esteves Cardoso. Se houver no futuro um gosto especial por prefácios (espero que sim), aposto que este naco memorável de prosa, arrancado ao *Último Volume* (1991), será lido em todas as escolas: «Compre este livro, se faz favor. Pegue nele e leve-o. Leve-o daqui para fora. Não perca tempo com este prefácio. Quando chegar ao fim do parágrafo, pare de ler. Dirija-se à caixa. Não olhe para os outros livros. Nem pense neles. (…) Perdoe o tom imperativo, mas é o mais indicado nestas situações. Não é o amor que me move — é a necessidade. Não faz ideia quanto custa, hoje em dia, escrever um prefácio! Compre-me este livro, por amor de Deus. Não me obrigue a continuar esta porcaria até ao fim. Quem se pode dar ao luxo de escrever prefácios, ao preço que a palavra está? Porquê perder tempo? Não tem mais que fazer? Este livro já deveria estar comprado. Não compreendo a sua relutância. Nem consigo prolongar indefinidamente o prefácio, à espera que se decida. Não quer comprá-lo e levá-lo consigo para casa? Até quando resistirá? Este tom cabotino e peremptório não o irrita?»

A agradecer o encantamento e a emoção com que continuo a ler o sempre tão jovem Miguel Esteves Cardoso, termino com outro excerto de um dos seus inestimáveis prefácios, de *Os Meus Problemas* (1988): «Os prefácios devem sempre ler-se. É o mínimo que o leitor pode fazer.»

Junho de 2019

Príncipes da gramática

Detesto, como vocês não podem fazer ideia, os puristas da língua. Os que olham para o português apenas a partir de Portugal e o convertem num objecto de culto (para esses, o Português Europeu deveria manter-se inalterável através dos séculos, como no tempo das danças religiosas medievais).

Se, teimosamente, arrasto comigo o anterior acordo ortográfico, não é por fidelidade ou juramento de fé aos seus princípios, é apenas porque a minha preguiça é mais forte e constante do que a minha vontade de pôr em prática a nova grafia.

Pense-se o que se quiser, mas a nossa identidade é também a forma como aprendemos a ler, a escrever e a olhar para as palavras. E nesta altura e a esta hora, em que já passei o equador da vida, custa-me despedir-me do que fui e do que já não sou.

As línguas são territórios de contaminação e impurezas, de desvios e corrupções, que incorporam o velho e o novo, o antigo e o actual, o clássico e o moderno, o académico e o vanguardista. Misturam realidades díspares e reflectem conjunturas e camadas sociais diferentes (estrangeirismos, arcaísmos, calão, etc.).

O valor (ou riqueza) e a duração (ou vivacidade) de um património linguístico não dependem apenas da força acumulada de uma tradição literária, bem ancorada na cultura de um país, mas também do seu uso popular, da sua verbosidade, dos seus vocábulos, das suas dicções peculiares.

O erudito procura sempre a veia popular, como esta, tantas vezes, pode e deve ser elevada à dignidade literária. Almeida Garrett, nas

Viagens na Minha Terra, fê-lo quando se referiu aos olhos verdes de Joaninha: «Os olhos de Joaninha eram verdes... não daquele verde descorado e traidor da raça felina, não daquele verde mau e destingido que não é senão azul imperfeito, não, eram verdes-verdes, puros e brilhantes como esmeraldas do mais subido quilate.»

José Gomes Ferreira, em *O Mundo dos Outros: Histórias e Vagabundagens* (1969), utilizou este mesmo processo popular de superlativação (pela repetição) e mesclou-o com o recurso literário da intertextualidade, com evidente preocupação letrada: «os olhos que, até naquele borrão preto empastado pela tinta, continuavam verdes, verdes, verdes, verdes».

Não perceber que o erudito e o popular são uma só forma de cultura em permanente interacção, que a alta cultura passa lentamente para o plano popular e que aquela recicla inúmeros contributos das práticas e representações das massas, é não perceber patavina do manejo das línguas.

Mais ainda do que os puristas da língua, detesto os que se ocupam a corrigir em público, com ar catedrático, os erros ortográficos dos outros.

Quem frequenta as redes sociais, mete-se regularmente em complicações e situações embaraçosas. Faz parte das regras do jogo e não vale a pena fazer grandes ondas.

Lendo o «Poema em Linha Recta», do Fernando Pessoa, podemos fazer uma ideia do ambiente mental destes escrupulosíssimos mestres-escola: ali, no Facebook ou no Twitter, eles são campeões em tudo, nunca têm um acto ridículo, nunca foram senão príncipes — todos eles príncipes — da gramática e da ortografia.

Mudando de assunto, sem sair dele, gostaria de fazer algumas observações sobre a pontuação, não para ensinar ou dar lições aos leitores (Deus me livre!), mas para vos entreter (entreter-vos, parece-me, não é fazer-vos um mau serviço).

Vejamos. No corpo dos textos, as nuvens de letras e palavras coexistem com uma vegetação de pequenos sinais que as entretecem e lhes infundem espírito.

Escrever é pontuar, e pontuar é estabelecer relações entre as palavras. A capacidade de deduzir emoções e sentidos a partir da pontuação foi um avanço fundamental da escrita.

Quem leu os manuscritos de Cervantes (nanja eu!) que sobreviveram até nós, sabe que o autor do *Dom Quixote* — tal como a maioria dos seus contemporâneos — não usava vírgulas, nem pontos e vírgulas, nem dois pontos, tão-pouco dividia os textos em parágrafos. Se hoje o livro contém todos esses sinais, significa que foi editado posteriormente (por filólogos e outros especialistas) e que alguém lhe colocou vírgulas, pontos e vírgulas, dois pontos, e o distribuiu por parágrafos.

Fazê-lo implicou um trabalho de interpretação do texto de Cervantes, de modo que quando estamos a ler o *Quixote*, também estamos a ler a interpretação dos seus editores.

A pontuação regula o nosso pulso cardíaco e a nossa respiração. Modula a leitura e dota-a de ritmo, música e sentido. Tanto assim que há inúmeras frases que admitem leituras diferentes consoante a sua pontuação.

Um exemplo instrutivo é contado no livro *Perdón, Imposible*, de José Antonio Millán, e envolve Carlos V. Quando lhe pediram que assinasse uma sentença de morte («Perdão impossível, cumprir a condenação»), o imperador teve um súbito acesso de magnanimidade, que consistiu apenas em alterar a pontuação da frase: «Perdão, impossível cumprir a condenação» (graças à mudança da vírgula, salvou-se a vida de um homem e Carlos V emergiu como um imperador um pouco mais decente).

Outro exemplo: em 1984, o jornalista Néstor Luján escreveu um artigo para o jornal *La Vanguardia* sobre as devastações da Revolução Francesa (mantenho a versão em espanhol, pois em português perdia-se o efeito), que incluía esta frase: «En una zona de la Vendée tan sólo, el 40% de la población fue asesinada y el 52% de la riqueza se destruyó.»

Inadvertidamente, o revisor do jornal publicou-a da seguinte maneira: «En una zona de la Vendée, tan sólo el 40% de la población fue asasinada y el 52% de la riqueza se destruyó.»

Bastou a mudança acidental da vírgula para transformar o autor do artigo num sádico. Em vez de lamentar, compassivamente, a destruição ocasionada pela violência revolucionária, Nestor Luján parecia desejar que a violência tivesse sido ainda maior. Cáspite!

Agosto de 2021

História da alma

Pontuar bem um texto é um trabalho, um ofício que exige um cuidado intensivo, uma inteligência comandada pela sensibilidade, e uma sensibilidade irrigada por um sentido da cadência verbal, da articulação entre música e palavra.

As emoções e intenções dos escritores dependem daquilo que conseguem ir buscar aos sinais ortográficos, das escolhas que fazem e dos caminhos que seguem em matéria de pontuação.

A pontuação é responsável pelos diferentes tempos e ritmos narrativos das histórias e das narrativas, é ela que lhes dá mais vida ou ênfase, que lhes confere maior ou menor expressividade.

Um texto só funciona no plano estético se mobilizar de maneira harmónica e coordenada as vírgulas e os pontos, as reticências e os parêntesis, os travessões e os parágrafos, os pontos e vírgulas e os dois pontos.

A estrutura de um texto é a sintaxe, a sintaxe é o sentido, o sentido é a pontuação, e esta é a alma de um autor (como dizia Machado de Assis, na sua crítica aos dois primeiros romances de Eça de Queirós, «na arte só têm importância os que criam almas, e não os que reproduzem costumes. A arte é a história da alma»).

Todos os sinais de pontuação podem ser explicados pela psicologia e pela fisiologia.

As vírgulas — múltiplas e tremendamente minuciosas — têm um efeito calmante, servem para introduzir pequenas paragens na leitura e permitir aos leitores encherem de ar os pulmões. Pausadas e simpáticas, sempre cuidadosas com a linguagem, para não cansar ninguém, podem ser oxigénio puro, após muitas arfadas devido ao caudal discursivo dos escritores (sobretudo daqueles que despejam palavras pela boca como um chafariz). O sistema nervoso e cardiorrespiratório dos livros depende delas.

Já o ponto final tem algo de fixo e de permanente, transmite uma sensação de fim inapelável. É como a cabeça de um prego que remata as frases e as encerra em sistemas totalizantes, isolando-as umas das outras para reforçar a coerência neurótica do escritor e eliminar tudo o que o possa pôr em causa.

Ou como alguém que come devagar, pousa os talheres, reflecte, ganha alento, pensa, e só depois continua.

As reticências, que multiplicam por três o ponto final, expressam a ideia oposta: consistem ora em deixar incompleta uma frase, como quem não quer dizer tudo o que sabe, ou pretende chamar a atenção para o que se silenciou; ora em cortar a frase a meio, antes do tempo, para que sejamos nós a completá-la, gerando assim uma cumplicidade entre o escritor e o leitor.

No final das orações, as reticências prolongam misteriosamente as frases, apontam-nas para lugares invisíveis onde todas as digressões, suposições e divagações são permitidas. Convidam à dúvida, transmitem a impressão de que a frase voou para sítios onde não estamos, mas cuja presença se faz sentir na história, actuando e produzindo efeitos, tanto mais fortes quanto nós os ignoramos.

Mas utilizadas no início, parece que as frases surgem do nada, de lado nenhum ou que são a continuação de algo que desconhecemos.

A ambição de algumas reticências é reproduzir as vacilações da oralidade, mostrando que deixamos muitas vezes as ideias irremediavelmente incompletas, que há muitas frases que iniciamos e que depois terminamos doutra maneira, como se nos tivéssemos arrependido da sua formulação original.

As reticências segmentam o ritmo do discurso em pequenas unidades separadas, para o leitor repousar em breves — mas significativos — momentos. Porém, essa é a cadência das conversas tal como mentalmente as imaginamos, não como as ouvimos. São, por isso, uma recriação do discurso falado, não o imitam e reproduzem tal-qualmente.

Os pontos de suspensão (reticências) remetem para a figura clássica da retórica denominada «aposiopese», a qual pode ser definida, parafraseando Massaud Moisés no *Dicionário de Termos Literários*, como uma interrupção súbita da cadeia sintáctica, que suspende um pensamento já iniciado. Como na Cena XIV de *Frei Luís de Sousa*, de Almeida Garrett, no diálogo entre o Romeiro e Madalena, quando esta diz, ansiosa: «Deus tenha misericórdia de mim! E esse homem, esse homem... Jesus! Esse homem era... esse homem tinha sido...»

O significado das reticências é elástico como o nosso estômago. Tanto podem dizer que o escritor não quis adiantar raciocínios ou surpresas, que pretendeu dar ênfase às palavras, que se apercebeu de que estava prestes a dizer mais do que desejava e que a escrita tomou uma direcção imprevista, ou que se sentiu dominado por sentimentos contrapostos: «Quero que a minha filha seja ministra, no entanto...» (ou seja, quero e não quero que ela seja ministra).

O romantismo, movimento artístico, político e filosófico que se caracterizou pela expressão livre das emoções do espírito, sem quaisquer barreiras morais, teve nelas um dos seus principais aliados ortográficos.

O uso das reticências é notório num escritor como Louis-Ferdinand Céline, autor da famosa *Viagem ao Fim da Noite* e de *Morte a Crédito* (traduzidos por cá, respectivamente, por Aníbal Fernandes e Luiza Neto Jorge).

Guiado por outros objectivos, Céline subverteu o seu uso tradicional, deu-lhe outro aproveitamento, abriu caminho para outras sugestões e analogias.

As suas frases, marcadas por uma copiosa aglomeração de reticências, são completas e independentes, tão peculiarmente completas e independentes que adquirem ressonâncias excepcionais, semelhantes a rajadas de metralhadora disparadas de dentro para fora, de fora para dentro, em todas as direcções (como se Céline escrevesse debaixo da influência da bala que, depois de se lhe ter alojado na cabeça, num dos campos de batalha da Primeira Grande Guerra, ali ficou a ecoar até ao final dos seus dias). Ou como um telemóvel que, insidioso, vibra no bolso das calças.

Sobretudo a partir de *Morte a Crédito* (1936), tornou-se impossível não reparar nas reticências de Céline, nos intervalos que elas criam, na tensão que estabelecem, na urgência que inculcam em cada frase individual, sincopando a prosa diferentemente dos outros escritores.

Massificadas, tal como são praticadas hoje nas mensagens electrónicas, têm um efeito de rotina e perderam significado. À semelhança dos pontos de exclamação, que deixaram de exprimir incredulidade, provocação, revolta ou iracúndia, as reticências tornaram-se recursos vazios de escritas cheias de efeitos fáceis.

Se os travessões parecem cicatrizes de cesarianas (ou lábios constritos), os parêntesis em semicírculo são dois sorrisos que entreabrem, não a boca e as bochechas, mas as frases, prenunciando um acolhimento cordial ou irónico. Quando abrem e são rectos, parecem bigodes em formato de ferradura, preenchendo as laterais do queixo.

A verdade é que somos muito injustos com os parêntesis. Porque os parêntesis, representados graficamente através de ( ), têm sido objecto de escárnio e de incompreensão, o fardo de todos os malditos.

Agosto de 2021

Pequenos sobressaltos

Há uma marcada antipatia pelos parêntesis. O suposto bom gosto literário afirma que devem ser evitados, porque dificultam a compreensão — contrariamente às frases curtas, simples e directas, que dão fluência à leitura.

Utilizados no meio e no final de uma oração, e muito raramente no início de um parágrafo, os parêntesis interrompem as frases com apartes, interpelações, sugestões, explicações, definições, ideias subsidiárias ou alternativas, citações bibliográficas, números de páginas, comentários, ressalvas, siglas, etc.

Tidos como próteses de frases, ou cápsulas de informação, criam socalcos no encadeamento das ideias, fazendo-as entrechocar.

São um lugar estreito que contém, esconde ou tranca pensamentos suplementares, acessórios ou não essenciais. E que, por isso, nos desviam dos assuntos e lhes dão um carácter desordenado, devendo ser substituídos por duas discretas vírgulas, por travessões ou mesmo por frases autónomas.

Mark Twain detestava-os, considerava-os uma das doenças da literatura norte-americana. Segundo ele, «os parêntesis na literatura e na odontologia são de mau gosto. Uma expressão entre parêntesis é como um dentista que agarra num dente e começa a contar uma anedota entediante, antes do puxão doloroso».

Eu, devo confessá-lo, sou um admirador dos parêntesis. A enumeração caótica, as combinações improváveis e as conversas com focos diversos, possibilitadas pelos parêntesis no interior das frases, lembram-me a mistura confusa e alegre das casas amontoadas de parentes, amigos, vizinhos.

Mas os parêntesis, ao invés de encavalitarem as ideias (como acontece às carruagens dos comboios que chocam um no outro), podem ajudar a organizá-las de um modo que escapa à imposição de uma escrita ordeira e civilizada, assente na ficção de que é possível reconstituir o sentido do mundo (eliminando tudo o que lhe é estranho ou difícil de explicar).

Os parêntesis, justiça lhes seja feita, opõem-se aos discursos encerrados na ordem e na coerência de sistemas lineares e contínuos, que nos asfixiam com as vulgaridades obrigatórias sobre o divino e o humano, impedindo toda a extravasão.

Remetem para a multitude de vozes que nos cercam; sugerem que as ideias estão em permanente movimento de recomposição e desarrumam a nossa maneira cómoda de pensar. Como dizia Bertrand Tavernier sobre os movimentos de câmara no cinema de Jean Renoir, os parêntesis servem para desacelerar a acção, ligam o que se passa no primeiro plano com o que se está a passar no pano de fundo. Os parêntesis introduzem variações subtis, por vezes líricas, que trabalham a profundidade de campo: a frase está a seguir uma ideia e, de repente, perde-a, para se interessar por outra. Como nos filmes de Renoir, nas cenas colectivas, em que as personagens cortam a palavra umas às outras e os diálogos se sobrepõem, o parêntesis interrompe momentaneamente a frase, para a conjugar com outra que vem do fundo e se aproxima de nós.

Além disso, os parêntesis operam diversas transições no tempo, mostram que os textos podem ter diversos níveis de leitura. Por outro lado, recordam-nos de que há afirmações que devem ser lidas baixando um pouco a voz, porque são semanticamente e sintacticamente isoladas das que ficaram no exterior dos parêntesis. Essa diferença de entoação, como acontece de resto com algumas reticências, estabelece uma proximidade ou cumplicidade entre o autor e o leitor.

Dostoiévski considerava os parêntesis e as elipses um recurso subjectivo de primeira magnitude. Em obras como *Crime e Castigo* ou *Memórias do Subterrâneo*, onde encontramos parêntesis e parêntesis dentro de parêntesis, estes servem para distinguir os diálogos do autor consigo próprio e, simultaneamente, marcam a sua distância em relação à história que está a contar.

Também Virginia Woolf aproveitou as potencialidades libertadoras dos parêntesis. Nos romances *Rumo ao Farol* ou *O Quarto de Jacob*, os parêntesis denotam a simultaneidade de experiências ocorridas em ambientes físicos diferentes, assinalam mudanças no pensamento das personagens (e acrescentam-lhes outros factos) ou incluem simplesmente comentários da própria narradora.

Quando transmitem uma contradição entre os pensamentos conscientes e inconscientes dos narradores ou das personagens de ficção, como acontece nos livros de Woolf, os parêntesis dão um cunho mais emotivo ou angustiante à leitura.

Porém, nenhum outro escritor, como William Faulkner, prodigalizou tanta afeição aos parêntesis. Faulkner fez frente à gramática inglesa e subverteu as suas regras, escrevendo frases que se estendem durante quatro páginas, com pouca pontuação. Mas, em contrapartida, com muitos parêntesis depois de parêntesis e parêntesis contendo eles próprios um ou mais parêntesis, como caixas que contêm várias caixas, umas dentro das outras.

Livros como *O Som e a Fúria* ou *Absalão, Absalão!* acumulam parêntesis com o intuito de prolongar a acção e criar *suspense* no leitor, para demarcar os monólogos interiores das personagens (o fluxo da sua consciência), ou para condensar o tempo, fazendo com que o passado actue sobre o presente como um fardo pesado, mais pesado do que a cruz sobre os ombros de Cristo.

Roberto Bolaño atribuiu dignidade literária aos parêntesis dando às colunas que escrevia para o jornal chileno *Las Últimas Noticias* o nome genérico de «Entre Parêntesis» (reunidas depois num livro com o mesmo título, *Entre Paréntesis. Ensayos, Articulos y Discursos, 1998–2003*).

Em Portugal, Lobo Antunes põe algumas personagens a falar através de frases dentro de parêntesis, para que as vozes se justaponham e misturem com as que estão fora deles. José Saramago, pelo contrário, condenou-os praticamente à inexistência nos romances, excepto nos diários — *Cadernos de Lanzarote* —, onde brilham aqui e ali.

Os parêntesis podem ainda ser, digamos assim (por falta de melhor termo), o termómetro da honestidade, do rigor e da humildade intelectual dos escritores. Por exemplo, destacam certas informações técnicas, como as referências bibliográficas que nos serviram de inspiração (seguidas do ano de edição da obra consultada e do número da página).

O rigor intelectual manda também que os cortes no início, no meio ou no final das citações sejam sinalizados através de parêntesis curvos com reticências no interior; que os vocábulos ou ideias indispensáveis à compreensão das citações de outrem apareçam entre parêntesis rectos;

e que, se houver algo de errado ou estranho no discurso original (um erro de ortografia ou de concordância), se use a expressão latina *sic* dentro de parêntesis.

O cubano Guillermo Cabrera Infante, em *Exorcismos de Esti(l)o*, confessava-se obcecado pelos parêntesis que incluem as datas de nascimento de escritores famosos que ainda não morreram, e apresentava como exemplos Raymond Chandler (1888–), Ernest Hemingway (1899–) ou Pablo Neruda (1904–).

Aqui, os parêntesis tanto podem ser um poço que espera, ganancioso, o registo da data da morte (e o hífen o trampolim ou a prancha de onde se dá o salto definitivo para o negro esquecimento); ou uma boca voraz que se abre para ligar a vida, indestrinçavelmente, à evidência da morte.

Os parêntesis esclarecem ou explicam melhor certas ideias e imagens secretas, porque as concretizam (exemplificando-as). Ou, pelo contrário, porque nos arrastam no turbilhão dos pensamentos imperfeitos e das metamorfoses da consciência.

Aconteceu-me muitas vezes ficar maravilhado com as deduções que os parêntesis sabem tirar quando nos assaltam, a meio ou no final das frases, propondo-lhes novos caminhos, que antes ninguém pensou seguir.

Não tenho nada contra o conforto das frases curtas e directas. Mas, como na vida, é preciso saber interrompê-lo com pequenos sobressaltos.

Agosto de 2021

Como uma corrente que nos puxa para dentro do mar

Um livro é uma construção semelhante a um formigueiro, um ecossistema parecido ao das florestas.

As frases de um livro não funcionam de forma isolada. Para garantirem a sobrevivência da leitura, agrupam-se em redes de solidariedade onde cada uma apoia a frase contígua ou vizinha, e em que todas partilham o mesmo alimento. Porém, há umas que têm um peso mais decisivo. É o caso das primeiras e das últimas frases.

Quando metemos o nariz dentro de um livro e começamos a lê-lo, a primeira frase deve fazer-nos sucumbir logo ao seu encanto. Deve captar a nossa atenção e conduzir-nos como uma corrente que nos puxa para dentro do mar.

Uma primeira frase pujante e luminosa é equivalente aos segundos iniciais do Big Bang, desempenha um papel detonador cujos efeitos se vão difundindo e espalhando por todo o livro.

É como uma célula-mãe que se multiplica e desdobra em várias. Ou como uma centopeia que vai deixando a sua baba no coração ou no cérebro do leitor.

A composição da frase inaugural é um dos primeiros problemas com que os escritores se deparam. É um estádio fundamental do processo de criação literária, um elemento indispensável da construção de todo o edifício romanesco.

A aprendizagem das resistências da linguagem inicia-se com a primeira frase, assemelha-se ao movimento do halterofilista quando levanta a barra de aço até à altura dos ombros.

Escrever uma boa primeira frase é uma tarefa árdua, um trabalho repleto de dificuldades e armadilhas. Exige grande esforço de imaginação e de concisão. Requer persistência, obstinação e um forte instinto estético. Por isso, há quem demore dias ou semanas a encontrá-la.

Simultaneamente, deve gerar no espírito do leitor a sensação de que surgiu com facilidade, sem nenhuma hesitação. Começando de uma forma perfeitamente banal, como quem começa a contar uma história enquanto aperta um botão da camisa.

Do Lado de Swann, o primeiro volume de *Em Busca do Tempo Perdido*, consegue essa proeza: «Durante muito tempo fui para a cama cedo» (Marcel Proust).

O mesmo ocorre em *A Morte do Pai* (Karl Ove Knausgård), com estas palavras simples e evidentes, profundas e óbvias: «Para o coração, a vida é simples: bate enquanto pode. Depois pára.»

A tendência para a desgraça redundar em proveito da literatura é bem conhecida e remete-nos para o início de *Anna Karénina*, um livro que não veio trazer-nos paz (apesar de Tolstói ser um conceituado pacifista), mas horas de horrível sofrimento: «Todas as famílias felizes são parecidas, cada família infeliz é-o à sua maneira.»

Para o escritor russo, a infelicidade é mais digna do que a felicidade, e a singularidade de cada ser humano afirma-se pela quantidade de sofrimento cristalizado em torno dele.

A infelicidade é o que nos salva de cair no esquecimento, é o aspecto distintivo, aquilo que nos confere individualidade, originalidade e autenticidade.

Romantizar o sofrimento é algo inerente à literatura e um dos seus grandes motivos condutores (mesmo se a literatura não redime o sofrimento, é sempre preferível romantizá-lo do que escondê-lo).

O pequeno mundo da infância é outro exercício obrigatório da literatura e modela o início da obra-prima de Dinis Machado: «"Teve uma infância estranha", disse Austin. "Em última análise, todas as infâncias o são", disse Mister DeLuxe» (*O Que Diz Molero*).

Quando entramos em *O Estrangeiro* (Camus), somos imediatamente agarrados pelos pés e arrastados pelo chão: «Hoje, a mãe morreu. Ou talvez ontem, não sei bem. Recebi um telegrama do asilo: "Sua mãe falecida. Enterro amanhã. Sentidos pêsames."»

Tolstói troçava dos franceses por estarem sempre a falar das suas mães. A avaliar pelo início de *Carta para Minha Mãe*, de Simenon, haverá nisso alguma razão: «Há cerca de três anos e meio que morreste. Tinhas noventa e um anos, e talvez só agora comece a conhecer-te.»

A respeito da figura da mãe, é de ler com proveito o excelente início de *A Amiga Genial*, da italiana Elena Ferrante: «Rino telefonou-me esta manhã, pensei que quisesse outra vez dinheiro e preparei-me para lhe dizer que não. Mas o motivo do telefonema era outro: não sabia da mãe.»

Um livro pode não ser nada de especial, no entanto, a sua redenção e a sua glória podem vir de uma primeira frase magnífica, como a de *The Go-Between* (Leslie Poles Hartley): «O passado é um país estrangeiro: lá faziam-se as coisas de forma diferente.»

Não há bisturi mais preciso e ágil do que uma primeira frase bem construída: «Muitos anos depois, diante do pelotão de fuzilamento, o Coronel Aureliano Buendía haveria de recordar aquela tarde remota em que o pai o levou a conhecer o gelo» (*Cem Anos de Solidão*, García Márquez).

Antes do escritor colombiano, já Machado de Assis inaugurara o realismo fantástico no Brasil, quando arrancou da sua mão inspirada a primeira frase de *Memórias Póstumas de Brás Cubas*, que ora é séria ora é divertida, e onde os limites da verosimilhança são ultrapassados para infundir objectividade à crítica de costumes: «Algum tempo hesitei se devia abrir estas memórias pelo princípio ou pelo fim, isto é, se poria em primeiro lugar o meu nascimento ou a minha morte.»

Há situações de partida normais que deixam subentendido o grau de anormalidade em que pode assentar a vida quotidiana (a normalidade do anormal), como no início de *O Processo* (Kafka): «Josef K. foi certamente vítima de alguma calúnia, pois, numa bela manhã, sem ter feito nada de mal, foi detido.»

E outras que nos colocam na fronteira do vulgar e do estranho, prova de que o trágico e o banal ligam bem: «Foi um Verão estranho e abafado, o Verão em que electrocutaram os Rosenberg» (*Campânula de Vidro*, Sylvia Plath).

No ecrã do meu cérebro estão também gravadas as imagens do início de *Fahrenheit 451* (Ray Bradbury), onde os livros são consumidos pelas chamas e as páginas de papel queimado esvoaçam no ar como pombos: «Era um prazer pôr fogo às coisas. Era um prazer especial vê-las serem devoradas, enegrecidas e transformadas.»

Todos conhecem a primeira frase de *Orgulho e Preconceito* (Jane Austen): «É uma verdade universalmente reconhecida que um homem solteiro e muito rico precisa de uma esposa» (um milionário pode permitir-se tudo, excepto permanecer solteiro, porque, convenhamos, só o casamento o torna digno da sua riqueza).

E de *O Amante de Lady Chatterley* (D. H. Lawrence): «A nossa época é essencialmente trágica, por isso recusamo-nos a vivê-la como tragédia.»

Se para Jane Austen as relações humanas profundas são representadas pelo casamento e pela família, para Lawrence (como antes para Tolstói), os matrimónios são sempre acossados pelo desgaste da passagem do tempo, pelas frustrações do sexo e pela infidelidade.

Para surpreender o leitor, há quem comece os romances de maneira insólita. O mais divertido, e o que se encontra mais afastado do âmbito daquilo que é previsível, é de uma portuguesa: «Eu sou eu, e o Salazar que se foda» (Dulce Maria Cardoso, *Eliete*). Ou, se preferirem, de um português: «Durante muito tempo vivi num frigorífico. Talvez um dia e uma noite. Não sei ao certo, porque, entretanto, adormeci» (Américo Guerreiro de Sousa, *A Morte das Baleias*).

E já que de baleias falamos, os meus escassos leitores não me perdoariam se não citasse aqui as primeiras frases de *Moby Dick* (Herman Melville), onde aventura e rotina surgem unidas por laços indissolúveis: «Tratem-me por Ismael. Há alguns anos — não interessa quando —, achando-me com pouco ou nenhum dinheiro na carteira, e sem qualquer interesse particular que me prendesse à terra firme, apeteceu-me voltar a navegar e tornar a ver o mundo das águas.»

Se a primeira frase é o lugar genesíaco de um romance, a última carrega-o todo às costas. Terminar um livro com palavras certeiras é também uma arte. A arte da fuga.

Outubro de 2021

A arte da fuga

Um dia parei e fiz um inventário das últimas frases dos romances portugueses. No decorrer de tal busca, que me tornou uma espécie de mirone dos epílogos da nossa literatura, cheguei à conclusão de que os especialistas têm debatido pouco os efeitos de uma última frase, desastradamente péssima, sobre todo um livro.

Na verdade, raros são os críticos e os teóricos que se dedicam a estudar a angústia dos nossos escritores antes da última frase. Sejamos, pois, realistas: esta é uma área sobre a qual ainda temos muito a aprender.

Quando o clímax chega, quando o leitor está prestes a precipitar-se no vazio que existe à frente da última frase, a verdade pura, e talvez dura, é que há demasiados escritores que não resistem à imprudência de sucumbir a um desfecho calamitoso.

Para que servem as últimas frases? Segundo vozes autorizadas, são um pretexto para dissertar acerca das grandes ideias e dos grandes factos da vida, para escrever coisas portentosas que mereciam ficar gravadas em mármore. É o caso de José Rodrigues dos Santos (JRS).

Na furiosa competição para saber quem é que agarrou no cinzel e esculpiu a frase mais lapidar, digna de ficar entre as mais excruciantes, JRS leva nitidamente vantagem.

Deixemos que o próprio escreva uma das suas últimas frases, daquelas que vieram para ficar: «As palavras e as flores farfalhavam diante de si como se o ritmo a que dançassem tivesse a marca da eternidade, quando afinal eram tão efémeras quanto a brisa que as agitava» (*O Sétimo Selo*).

Outro exemplo retirado dos livros de JRS — «o escritor favorito dos portugueses no apogeu no seu imenso talento» (citação na contracapa)

— é a frase com que termina *Imortal*: «O futuro que lhe estava reservado era realmente doce, pois o que a esperava era a eternidade e o seu destino o universo. O infinito era o seu limite. O futuro era Xiao. O imortal.»

Predestinado a decifrar os enigmas imperscrutáveis do mundo e do cosmos (nada que seja misterioso lhe é estranho), JRS parece ter um suprimento regular e generoso de frases fundamentais, que são claramente mais importantes para quem as não leu do que para aqueles que as leram: «As pupilas pareciam fixar o infinito, mas, na verdade, fitavam a eternidade» (*O Reino do Meio*).

Simultaneamente pernóstico e ingénuo, JRS coroa os seus romances com reflexões fulminantes, que estão para lá do circunstancial e do contingente: «A beleza é a cor de que se pinta a verdade» (*Um Milionário em Lisboa*).

Como um filósofo que viu tudo, conheceu tudo, e que caminha com as mãos nas costas enquanto debita verdades definitivas, JRS não percebe que a fronteira entre a grandiloquência vazia e o ridículo é muito ténue. E que as melhores frases da língua portuguesa são feitas com as palavras mais corriqueiras, como dizia Rubem Braga a propósito de um verso de Camões: «Tudo passei; mas tenho tão presente / A grande dor das coisas que passaram, / Que as magoadas iras me ensinaram / / A não querer já nunca ser contente.»

Mas JRS não é único no seu género (embora não seja tão fácil como isso ser-se JRS). Da extensa e funda sabedoria da literatura de valter hugo mãe (assim mesmo, pois o livro de onde fui buscar o próximo excerto é da época em que ele se recusava a usar maiúsculas), também costumam sair frases que contêm, num único compasso, as grandes questões da existência: «e era verdade que a fome tão grande me trazia coelhos selvagens à mesa, dentes caninos, e a destreza das mãos aumentava para tarefas tão duras, calos espessos e a pele secando de fealdade e terra. do que a morte come, terra e o silêncio intenso sobre toda a verdade» (*O Nosso Reino*).

Noutro plano, mas dentro do género «filosofia de papelão», a última frase mais terrivelmente longa da literatura portuguesa pertence a Vergílio Ferreira e mistura angústia, lua, gestos, dádiva, fertilidade, flor, repouso, cansaço, comunhão, inocência, cabelos louros e uma porta que se abre: «Mas dos desvarios que o meu aviso suscita como um erro de cálculo ou de manobra, da secura mecânica das horas que o esqueceram na execução dos gestos, do terror dos longos dias até ao repouso final a que aspiro, da própria angústia que me torce à evidência da minha condição — neste instante fugidio e apaziguado eu me esqueço à quietude desta lua irreal sobre a terra realizada em dádiva e fertilidade, à memória de uma inocência de outrora e para sempre reinventada em música a uma hora gravada de cansaço entre uns dedos indefesos e uns cabelos louros e a luz derradeira de um dia de Inverno, eu me esqueço ainda, ao anúncio de alguém numa porta que se abre, e que me procura e me toma as mãos e as molda, à luz da lua, na flor breve e miraculosa de uma profunda comunhão...» (*Aparição*).

É provável que o leitor tenha chegado ao fim deste exercício de frasismo oco, que reata uma tradição bem ancorada nas letras portuguesas, com o olhar fixo num ponto indefinido do vazio. Não se preocupe. Nenhum outro objectivo guiou Vergílio Ferreira que não fosse deixar o leitor num estado de hipnose, vendo círculos concêntricos movendo-se em espiral.

Apertem agora os cintos. Vamos descer até aos prazeres da eterna luta dos sexos: «Quando um homem está dentro de uma mulher, esquece tudo.» Esta frase, a última de *Verão Quente*, o sétimo romance de Domingos Amaral, dá vontade de nos sentarmos num canto a beber a água da retrete e a comer sola de sapato cozida.

Chegamos agora, leitores, a uma daquelas situações capazes de fazer vomitar um caracol. Sim, não é preciso ser bruxo para adivinhar que a próxima última frase foi escrita por Inês Pedrosa: «E sei, Emanuel, que a luz deste desejo se perpetuará para lá de nós. Sei-o neste instante em que dentro de mim vens a ti e dentro de ti venho a mim e os dois engendramos, num acordo uníssono, uma vida nova» (o prestígio de uma escritora não sobrevive a um final destes, retirado de *A Eternidade e o Desejo*, um daqueles romances que provocam deficiente irrigação cerebral).

Mas o problema de fundo, o grande sintoma de que esta área da criação literária continua votada a um certo desprezo, é que as últimas frases dos nossos escritores estão presas umas às outras pelos mesmos quadros de referência, oscilando entre o dualismo «adormecer facilmente *versus* não conseguir dormir» e a bipolaridade «entrar em algum lado *versus* sair numa direcção qualquer, até desaparecer entre as outras pessoas ou na natureza». Parágrafo, muda de capítulo.

Novembro de 2021

As unhas dos cadáveres

Há várias formas de terminar um romance. Com um final feliz, com um final infeliz, com um final que não é feliz nem infeliz ou com um final que não parece um final, que fica suspenso, como se o livro tivesse sido bruscamente interrompido.

Há finais que funcionam e outros que não funcionam. Que são abertos ou que são fechados. Descritivos ou interpretativos. Unívocos ou ambivalentes.

Tal como quando se abre um cadáver e este nos conta como foram os seus últimos minutos, as suas últimas horas de vida, o final de um livro pode ser profundamente revelador (dizer quem morreu e quem continua vivo, quem casou com quem, quem cortou relações, quem foi condenado, quem foi absolvido, etc.). Ou, pelo contrário, dar lugar à indeterminação e à indefinição.

As várias maneiras de cozinhar um epílogo é uma questão antiga. Para Aristóteles, um final devia ser tão inevitável e satisfatório como imprevisível.

Opinião semelhante tinha o autor de *O Deus das Moscas.* Segundo William Golding, a chave de todas conclusões de uma história consiste em dar aos leitores o que eles desejam, mas não da maneira que estavam à espera, ou seja, oferecendo-lhes o final que o autor foi anunciando ao longo do livro, mas não exactamente como eles o foram antecipando.

John Fowles, escritor do famoso *A Amante do Tenente Francês,* dizia que um final infeliz é mais autêntico, porque é mais aberto, transmite a sensação de que a vida continua em direcção a um futuro incerto (o fim aberto, diga-se entre parêntesis, foi introduzido por Henry James e é uma das características da ficção moderna).

Para Patricia Highsmith, o melhor final é aquele em que o leitor fica com a impressão de que era o único possível, um absoluto irreversível.

Truman Capote garantia-nos que «terminar um livro é como levar uma criança para o quintal das traseiras de casa e disparar-lhe depois um tiro». E Jess Walter defendeu, através de uma personagem de um dos seus romances (não sei qual, gamei a citação da Internet), que «um livro só pode terminar de uma de duas maneiras: com verdade ou com arte» (duas coisas que, pelos vistos, se lhe afiguravam inconciliáveis).

Teorias à parte, o certo é que, por qualquer motivo, todos os livros acabam (talvez para poderem recomeçar noutro sítio).

Por isso, porque são tantas as questões que se levantam, o final dos livros deve ser levado muito a sério, não é uma mera brincadeira literária.

Quando falo em terminar um romance, refiro-me sobretudo à última frase, talvez às duas ou três últimas frases.

Pelo seu efeito de acumulação, frase após frase, as palavras finais carregam todo o livro às costas. Transportam a força de tudo o que ficou para trás, todo o magma narrativo que nos arrastou até à emoção derradeira.

A perspectiva da última frase assusta, e, por essa razão, alguns escritores adiam o momento de a escrever. Sentem-se bloqueados. Hesitam. Pairam entre as incertezas e as bifurcações dos mecanismos narrativos. Não sabem se a última frase deve matar o protagonista, oferecer-lhe os prazeres do sexo, atormentá-lo com a insónia, oprimi-lo com a melancolia, dar-lhe duas bofetadas ou, tanto pior para ele, fazê-lo entrar numa repartição de Finanças ou numa Loja de Cidadão. Em suma, devolvê-lo ao fluir da vida, como quem abre a porta do frigorífico ou se senta na beira da cama, para descalçar os sapatos e coçar os pés.

A última frase é um lugar donde se sai por vários caminhos. Algumas inclinando-se acentuadamente para diante, cavando fundamente a correnteza da história e deixando atrás de si um traço de espuma que dura alguns segundos e desaparece. Como quando uma música deixa de soar, segundo Stanley Cavell: há um período de reverberação, e, depois, nada. Outras desacelerando o discurso e afrouxando a tensão, como se desistissem pouco a pouco do leitor. Ou terminando de modo abrupto, como um gesto cortado no ar.

Desengane-se, todavia, o leitor. Nem tudo o que fica incompleto é imperfeito ou insuficiente. Kafka desistiu de *O Castelo* antes da sua conclusão; Gaudí morreu antes de acabar a *Sagrada Família* de Barcelona; Mahler só conseguiu anotar as primeiras notas da sua décima sinfonia; Miguel Ângelo recusou-se a continuar a trabalhar na *Pietà de Florença*.

Essas obras podem ter ficado a meio porque os artistas morreram, porque decidiram não dizer mais nada, porque esgotaram as suas possibilidades, e continuar seria aproximar-se da sua própria caricatura. Mas isso não lhes retira necessariamente emoção, dramatismo, entusiasmo, espessura de ideias e sentimentos. Nem as impede de nos comoverem, impressionarem e deleitarem.

Há últimas frases que excedem as nossas melhores expectativas e nos atingem como uma flecha ou uma facada nas costas. Ou que nos torcem um braço, até doer.

Outras parecem-se, mal comparando, ao último movimento na ginástica artística, em que o sucesso da atleta depende da forma como consegue aterrar no tapete (idealmente, como se tivesse cola nos pés).

Há últimas frases que são servidas cruas, olhos nos olhos, como ostras frescas ou *carpaccio* de peixe; outras que passaram por um lento processo de maturação, antes de poderem ser consumidas pelo leitor; e outras que descrevem o irrisório do quotidiano, com o protagonista limpando uma migalha de bolo que lhe caiu no colo ou passando a mão na testa, para afastar uma mecha de cabelo.

Algumas frases finais, sobretudo nos maus romances, são como o último tiro que se dá por piedade com um ser agonizante, para acelerar o seu último suspiro. Outras deixam no leitor, tal como muitos *bestsellers*, o sabor característico dos alimentos enlatados.

Inversamente, uma última frase magnífica pode ressuscitar um livro que, depois de muitas combinações e confusões, de muitas voltas e reviravoltas, parecia um caso perdido.

Todo o problema da última frase reside no facto de coincidir com o momento em que o livro se afasta fisicamente do leitor, em que se dissolve como objecto.

Porém, a sua desmaterialização nem sempre é sinónimo de ausência, indiferença ou distanciamento.

Para que continue ressoando, para que prolongue a sua presença no espírito do leitor, a última frase deve ser como uma detonação que o eco de uma caverna expande e amplifica. Ou como as unhas dos cadáveres, que continuam a crescer, mesmo depois da morte de um ser humano (se a primeira coisa que morre num cadáver são os olhos, a última são as unhas).

Escrever boas últimas frases é uma missão deveras difícil. Talvez por isso seja também um dos pontos fracos da maioria dos escritores.

Outubro de 2021

Xanax em doses duplas

Como todos os assuntos, a literatura presta-se a todos os ensaios, permite-nos jogar com todas as possibilidades.

Foi imbuído deste espírito — de que não há nada sem sentido, e não ter sentido é ter um sentido — que me atirei à análise das últimas frases dos romances portugueses.

Tal pesquisa altamente especializada fez-me chegar à imediata conclusão de que a chave da nossa literatura, na categoria «últimas frases» da ficção romanesca, é a sua circularidade. Como certos padrões que se repetem e se multiplicam, os finais das histórias portuguesas oscilam entre fazer as personagens entrarem em casa ou condená-las a desaparecer rumo ao desconhecido, e entre fazê-las adormecer ou torturá-las com o muito longo momento da insónia.

A primeira situação (regressar a casa) é, desde a *Odisseia*, uma obsessão universal da literatura. A segunda (dirigir-se para algum lugar) remete para os álbuns de *Lucky Luke*, que terminam todos com o herói em cima do cavalo partindo em direcção ao Sol que se põe atrás de um desfiladeiro, enquanto canta: «Sou um pobre *cowboy* solitário...»

Observemos alguns exemplos de romances que se resolvem através do eclipse das personagens, como estrelas que se extinguem nas trevas, na claridade ou na distância: «Atou uma ponta do fio ao tornozelo e avançou para a escuridão» (*Todos os Nomes*, Saramago); «avançaram ambos em direcção à luz, rindo e conversando como quem entra num barco» (José Eduardo Agualusa, *Teoria Geral do Esquecimento*); «seguimos os dois juntos dando às ancas e cumprimentando as pessoas, até nos dissolvermos na luz» (António Lobo Antunes, *Para Aquela que Está*

Sentada no Escuro à Minha Espera); «ri-se, encolhe os ombros, faz uns gestos evasivos e dissolve-se na distância, sem me responder» (Teresa Veiga, *Uma Aventura Secreta do Marquês de Bradomín*).

Sair, partir ou ir-se embora é uma espécie de lei não escrita, respeitada por vários escritores nas últimas frases dos seus livros: «Entalou a pistola no cinto e saiu» (*O Homem Duplicado*, Saramago); «Depois agradeceu ao empregado e partiu» (Tiago Rebelo, *Para Ti, Uma Vida Nova*); «Pronto, disse eu, algo consolada, lá podemos ir embora» (João Tordo, *O Paraíso Segundo Lars D.*).

Todas estas personagens vão para sítios sem exacta localização de destino, são simplesmente devolvidas ao quotidiano. Ou ao fluir da vida.

A única diferença significativa é a forma como desaparecem. Umas pelo próprio pé: «cá vou neste descampado, a pé» (Carlos de Oliveira, *Pequenos Burgueses*); «A seu lado, passo a passo, a mãe levava-o — nem ele sabia para onde!» (Manuel da Fonseca, *Cerromaior*); «eu a trotar na areia na direcção dos meus pais» (António Lobo Antunes, *O Esplendor de Portugal*).

Por vezes, subindo ou descendo ladeiras: «E como se de par em par se abrissem as portas que me tinham ocultado a grandeza do viver, gritei de alegria e corri ladeira acima na pressa de encontrar o meu destino» (José Rentes de Carvalho, *Ernestina*); «Desceu a ladeira a correr, sentiu o vento fresco na cara. Talvez fosse ver o mar» (Ana Margarida Carvalho, *Que Importa a Fúria do Mar*).

Outras há que se afastam em viaturas para transporte de carga ou de passageiros (*Exortação aos Crocodilos*, de António Lobo Antunes, termina com uma «furgoneta a baixar a ladeira na direcção da Galiza»), em automóveis («Ele riu-se contente e entrou no carro, acenando-me um adeus», Domingos Amaral, *Enquanto Salazar Dormia*; «Adeus a entrarem no automóvel que não ouviu partir», António Lobo Antunes, *Comissão das Lágrimas*) ou em aeroplanos munidos de flutuadores («o hidroavião de Cabo Ruivo levantava voo como um arcanjo exausto, escalando dificilmente os degraus ocos da tarde a caminho do mar», António Lobo Antunes, *Fado Alexandrino*).

Ao desembaraçarem-se delas, fazendo-as desaparecer, sujeitando-as ao ultimato do mundo real e aleatório, os autores distanciam-se das personagens e radicalizam a sua inexistência. Traduzem a impossibilidade de permanecerem personagens e, simultaneamente, a celebração de uma liberdade conquistada no final (ou a aceitação do rumo que a vida toma).

Deixadas em circulação, entre um lugar e outro, sem outro objectivo senão o da entrega à mobilidade, são transferidas para outro nível de realidade, onde, presumivelmente, poderão continuar a explorar o desconhecido, resistindo à domesticação das palavras.

Em contraposição, temos os romances que acabam com as personagens entrando em algum lugar: «Ele mesmo diz — "Pelo amor de Deus, não fiquem aí parados; ainda é tão cedo, vão entrando." Ele mesmo diz. E depois, ele mesmo entra.» (Lídia Jorge, *O Vale da Paixão*)

Ou que, prudentemente, voltam para casa: «Anda, filho. Vamos para casa, que a tua mãe já deve estar apoquentada com a demora» (José Rodrigues Miguéis, *A Escola do Paraíso*); «Tens razão. Vamos buscar a nossa filha. E entraram em casa» (Francisco Moita Flores, *Não Há Lugar para Divorciadas*).

Regressar à esfera doméstica é uma forma de abolir a distância, de diminuir ou afrouxar a tensão, de integrar as personagens no mundo familiar (um mundo que só na aparência é inocente e acolhedor, já que, nele, as manchas do mal também afloram à superfície). De uma maneira geral, trata-se de colocar sempre as personagens em transição para um futuro que ninguém sabe o que vai ser.

Outro final prático, a que vários escritores recorrem, consiste em anestesiar as personagens, adormecendo-as com os efeitos narcóticos das palavras finais. A um tempo acontecimento e não acontecimento, dormir metaforiza o silêncio imposto pelo fim dos livros: «e deixou-se dormir com a cabeça apoiada no balcão» (Francisco Moita Flores, *O Mensageiro do Rei*); «Dentro da coberta, a criança está embrulhada em cobertores. Dorme. É dia» (Mafalda Ivo Cruz, *O Cozinheiro Alemão*); «Entrei no avião sem olhar para trás. Sentei-me no meu lugar, apertei o cinto e disse para mim próprio que seria bom dormir um pouco durante a viagem. Encostei a cabeça para trás e fechei os olhos» (Dinis Machado, *Mão Direita do Diabo*); «Carregou no botão "enviar" e adormeceu» (Miguel Sousa Tavares, *Último Olhar*).

Em *Square Tolstoi*, de Nuno Bragança, o corpo do narrador enfraquece de súbito, como se fosse dormir, morrer ou desmaiar: «Qualquer hipótese era-me indiferente, porque o que contava era a paz imensa que pousara em mim (...). Encostei a cabeça à Terra até que o meu ouvido assentou nela.»

E, em *Olhos Verdes*, de Luísa Costa Gomes: «Paulo Mateus rende-se finalmente ao sono e descai sobre a espádua mortal de Eva. Ela aconchega-o, deita-lhe a cabeça sobre o ombro. (...) Paulo Mateus tem um sono surpreendentemente silencioso.»

Não será por acaso, decerto, que adormecer é uma sensação que muitos leitores associam à literatura portuguesa: «Walser, finalmente, depois de um dia tão longo, e embora cheio de sede, adormeceu, tranquilo, pensando no dia seguinte» (Gonçalo M. Tavares, *O Senhor Walser e a Floresta*); «Terei de ir à lenha amanhã. Terei de ir à vila. Um cansaço profundo. Dorme» (Vergílio Ferreira, *Alegria Breve*).

Se uns são invadidos pelo sono e adormecem sem esforço, outros ficam a dar voltas na cama, castigados pela insónia, como em *Directa*, de Nuno Bragança: «Os minutos decorriam e ele não conseguia adormecer. Parecia-lhe que nunca mais ia conseguir adormecer.» Ou em *A Lã e a Neve*, de Ferreira de Castro, quando Horácio, no final, se vira para o filho, Joanico, e lhe diz: «Seu maroto, que não quer dormir.»

A dificuldade em adormecer explica, talvez, o recurso aos sedativos: «Foram encontrá-lo vestido e calçado a roncar na cama de casal, abraçado à Cidália, que toma Xanax em doses duplas» (José Rentes de Carvalho, *O País do Solidó*).

«Entrar/sair» e «adormecer/ficar acordado» estão misturados e fortalecem-se mutuamente. São momentos simbólicos que correspondem ao dualismo movimento *versus* suspensão do movimento.

Salvo evidência em contrário, como dizia Luís Fernando Veríssimo, isto prova não sei bem o quê. Mas prova.

Novembro de 2021

Romântico & sensual (como quem mastiga pevides)

Uma tarde destas, por puro interesse científico, armei a minha tenda de sociólogo na Bertrand do Chiado (alguém havia de ser o primeiro).

Gosto de entrar em livrarias só para ver os livros, mas naquela ocasião levava os óculos de ver ao perto, um bloco de apontamentos e um lápis de carpinteiro.

Queria ser arrancado do meu torpor. Abanado. Tomar consciência do mundo em que vivo. Mas, para isso, era necessário primeiro sair dele, atravessando o espelho como se fosse água, mudando a rotina de me interessar apenas por obras que carregam o peso da eternidade e acrescentam um ou outro milímetro extra à nossa inteligência.

Tinha de me transformar num consumidor de romances cor-de-rosa, numa térmita devoradora de novelas sentimentais e de ficção romântica, submetendo-me ao rebanho de leitores — selvagens sem literatura, que ainda lascam pedras — dos livros de Barbara Cartland, Danielle Steel, Nora Roberts, Nicole Jordan, Loretta Chase, Kelly Bowen, Elizabeth Adler, Tessa Dare ou Sarah MacLean.

Escritoras que dispensam apresentações e que vendem muito e depressa, ícones maiores de milhões de mulheres, mas que não são abordados pela crítica literária nem aparecem nas colunas das páginas de cultura, e que são definidos como subliteratura, contraliteratura, paraliteratura, literatura popular (ou de massas), literatura *light* ou *chick lit* (literatura escrita por e feita para mulheres modernas, divertidas e charmosas).

Há correntes que as classificam como literatura de usar e deitar fora, outras dizem que se trata de pastelões intragáveis, dramalhões tipo *Dallas* (aqui não há crise de rótulos: embora saibamos pouco ou nada sobre estes livros, passamos parte do nosso tempo a pensar em como rotulá-los).

De uma coisa podemos estar certos: estas escritoras conseguem transformar os livros que escrevem em trabalho lucrativo (e talvez sejam ainda o salva-vidas de muitos editores que, graças a elas — e às suas obras que se esgotam em sucessivas edições —, podem publicar, para fins decorativos ou de prestígio cultural, os autores «sérios» e os seus discursos de vibrante denúncia da literatura comercial) e que, por isso, despertam a nossa dor de cotovelo.

Sempre irreverente e desempoeirado, com um ar ausente (no entanto vigilante) e a minha barba de três dias, sozinho nos meus pensamentos, cheio de mistério e melancolia (como quem mastiga pevides), evidenciando uma energia notável para um indivíduo de 50 anos, rumei à livraria mais antiga do mundo (é o que diz o Guinness World Records), caminhando entre o bolo de pessoas que subiam e desciam a íngreme Rua do Carmo.

A tempestade Danielle aproximava-se de Portugal e o fim do Verão precipitava-se sobre Lisboa. Eu, porém, como qualquer intelectual de acção, tinha de analisar aqueles livros com os próprios olhos, inspeccionar e investigar o cenário onde são vendidos, tomando declarações das implicadas, recolhendo citações que se justificam a si próprias.

Entrei finalmente no número 73 da Rua Garrett, que faz esquina com a Rua Anchieta. Embalado na minha autoconfiança, perguntei pelos livros de Monica James, Sylvia Day, J. Kenner, Emma Wildes, Kate Morton, Lorna Cook, Blanka Lipinska, Jodi Ellen Malpas, Helen Hoang, Kendall Ryan, Simona Sparaco, Isabelle Broom e Joanna Shupe.

O silêncio fez-se de repente. Podia-se ouvir cair um alfinete. Perplexo e indignado, olhando-me como se tivesse sido brutalmente interrompido enquanto reflectia sobre a condição e os problemas do livro no século XXI, o empregado, notando o meu súbito embaraço, repetiu em voz propositadamente alta, para todos os clientes ouvirem: «MONICA JAMES, SYLVIA DAY, J. KENNER...?».

De olhos postos no chão, com a minha cara de pitecantropo, numa atitude acanhada, com inquietos olhares à direita e à esquerda, diminuindo-me, como a escusar-me de ocupar espaço na livraria mais antiga do mundo, murmurei timidamente que sim.

«Estão na Sala 2, a Sala do JOSÉ SARAMAGO», arremessou-me com sarcasmo, como se eu fosse uma barata ou uma pulga falante, parecendo dizer: não bastava a camada do ozono, a desflorestação da Amazónia e o aquecimento global, e agora vem este perguntar-me pelos livros de Monica James, Sylvia Day, J. Kenner, Emma Wildes, Kate Morton, Lorna Cook, Blanka Lipinska, Jodi Ellen Malpas, Helen Hoang, Kendall Ryan, Simona Sparaco, Isabelle Broom e Joanna Shupe.

Na Sala 2, diante de mim, lá estavam elas, numa enorme estante que ocupava todo o comprimento da parede, identificadas pelo letreiro «Ficção. Literatura no Feminino».

Ao lado, numa mesa coberta de livros empilhados, um enorme tumulto de capas espampanantes, escancaradas, com cores berrantes, soltando brilho, como *flashes* que lampejam, trepidando aos olhos desprevenidos.

Capas de estarrecer, assanhadas, telegénicas, cheias de enfeites visuais, com esquemas cromáticos exagerados, de modo a atrair as atenções, como a plumagem de certas aves exóticas.

Algumas obras estavam camufladas com laçarotes e sacos de tecido transparente. Tudo lindo. Um amor. Havia sempre uma capa mais «gira» do que a outra. Só faltavam as pétalas de rosa e o perfume francês.

Cercado daqueles livros por todos os lados, tive um momento de hesitação: ao entregar-me por inteiro à missão de estudar este tipo de ficção, tornando-me um leitor dócil e passivo, a ponto de prejudicar a vida familiar (e o estatuto, tão penosamente adquirido, de crítico *bulldozer* — ou, se preferirem, de pistoleiro da literatura portuguesa), não estaria a explorar a fundo o meu lado masoquista?

Como disse um dos meus poucos amigos, depois de me ter atirado à obra completa de Margarida Rebelo Pinto (que me levou a tribunal, por culpa do pacato *Couves & Alforrecas*), estes romances são sofisticados aparelhos de tortura, lê-los está ao nível do que a Igreja Católica fazia aos hereges durante a Inquisição, corresponde a ser queimado vivo, pendurado de cabeça para baixo (para depois ser dividido ao meio, com uma serra enfiada entre as pernas) ou apertado num capacete que comprime a cabeça até fazer saltar o cérebro do crânio e os globos oculares dos olhos, despedaçando ao mesmo tempo as mandíbulas e os dentes.

O momento de hesitação passou rápido. As dúvidas servem para excitar o trabalho, e, além disso, se todos são maus, não há razões para temer: onde tudo é mau, nada é mau, onde tudo é péssimo, nada é péssimo.

Meti mãos à obra. Percorri o maior número possível de livros. Apalpei-os, folheei-os, li badanas e contracapas, remexi-lhes as entranhas, cavei trechos — cavei e voltei a cavar naquela pouco explorada mina —, virei-os do avesso, sacudi-os, atirei-os ao ar, os joelhos doeram-me, sentei-me, descalcei os sapatos, estendi as pernas, até roçar com os pés (odoríficos, como imaginam) no nariz das lombadas, e os óculos pareceram-me subitamente lentes protectoras de soldador. Quando acabei, tinha as cuecas aderidas às nádegas e o rabo colado à cara.

Hoje, como um submarino que tivesse mergulhado no vasto mar de sargaços da literatura romântico-erótica e enviasse os seus sinais até à superfície, que sugestões, ideias, linhas de investigação, temáticas e problemas tenho para vos contar? Comecemos pelas histórias, servidas em resumos nas contracapas.

Ele é um famoso aventureiro e explorador nos confins da selva africana que regressou à Europa, ela dirige um orfanato e dedica a vida a ajudar os menos afortunados.

Ela é uma menina do papá que usa a conta bancária do pai (podre de rico) a seu bel-prazer. Ele é o seu guarda-costas, um ex-piloto da Força Aérea que vive um inferno privado.

Ela é uma simples costureira, ele é barão e o solteiro mais rico de Inglaterra.

Ele é um bombeiro e um pai solteiro que sofreu no passado e não quer novas «chamuscadelas» no coração, ela é de boas famílias, a quem o tio, um abastado aristocrata, nomeou como herdeira.

Ele é uma das maiores estrelas de Hollywood e já conquistou diversos corações, ela perdeu os pais em criança, foi criada por amigos da família, mas é determinada e destemida, e exerce sobre ele um estranho fascínio.

Ele é um duque apinocado, maluco por mulherio, ela é pobre e traumatizada, com experiência de violência e abandono, que percebe que por trás de um homem aparentemente cruel e emproado existe um coração ferido.

Depois de uma relação desastrosa, ela decide fazer uma pausa no amor e promete a si mesma não se envolver com mais ninguém num futuro próximo (o que não esperava era que o filho do seu novo patrão fosse tão atraente).

Ela herdou da avó uma bonita casa de férias na Sardenha, ele é o homem a quem despedaçou o coração na adolescência e que, anos mais tarde, se tornou um artista interessante, divertido e talentoso, com uma namorada de genética privilegiada.

Ele é um bonitão e um dos melhores comandantes do exército britânico e a tentação de todas as mulheres. Ela deixara de acreditar no amor, até descobrir que o homem que sempre odiou podia ser aquele com quem sempre sonhou.

Ela é uma mulher independente e confiante, mas após um fracasso amoroso decide deixar o amor de lado e focar-se no trabalho. Ele é um prestigiado cirurgião oncológico num hospital pediátrico.

Ele anseia curar as cicatrizes emocionais, ela é uma mulher tentadora que chega inesperadamente, numa manhã de sol (suponho que estava sol e o céu era azul) à ilha dourada do Mediterrâneo onde ele vive.

Ela tem um encontro secreto e apaixonado com um amigo de infância, no jardim da casa de campo, enquanto o marido, a mãe e os convidados conversam à volta da mesa de jantar.

Ele é mecânico na Toscânia, é Verão e ela tem o carro avariado. Ela é de uma família rica e privilegiada, ele é um guia de *safaris* no Zimbabué. Ele age sempre pelo seguro e gosta de saber o que acontecerá a seguir, ela gosta de expor-se a toda a espécie de perigos e arrisca permanentemente ir além do ponto de não retorno.

Estes são alguns dos enredos dos livros que, em todo o planeta, vendem quantidades industriais de exemplares. Livros que estão nos *tops* das livrarias de todo o mundo (sobretudo na Europa e nos EUA) e são *bestsellers* do *The New York Times*, da Amazon ou do *USA Today*.

Histórias que dominam a imaginação e a estima de milhões e milhões de leitores e leitoras à superfície da Terra, que proliferam nas livrarias como forças invasoras, mas que não são analisadas pela crítica, nem merecem qualquer consideração.

Porque são uma aberração repugnante. Porque obedecem apenas aos diabólicos processos comerciais. Porque o estilo é redundante e de escassa originalidade. Porque apelam ao sentimentalismo fácil e exploram a ignorância e a passividade dos leitores, prescrevendo o sedativo confortável dos lugares-comuns e dos estereótipos do discurso social. Um enorme gasto de papel e tinta sem qualquer relação com a arte, para pessoas incultas — pouco exigentes, pouco inteligentes, pouco esclarecidas —, que não querem lidar com a realidade.

Na hierarquia dos livros e das inteligências, em suma, a literatura romântica (ou «no feminino») ocupa um dos postos mais baixos, é o arqui-inimigo da literatura com L maiúsculo.

Só Deus sabe o tipo de pessoas que compra estes livros. Tanto pode ser a mulher que apanha diariamente do marido e lê *Odeio-te e Amo-te*, de Sally Thorne, como a modesta dona de casa que, arrumada a cozinha depois do jantar, se deita no sofá a consultar os *10 Segredos para Ser Seduzida por um Lorde*, *Tentadora ao Cair da Noite* ou *Amor e Chocolate*.

A cabeleireira que, metida num comboio apertado, rumo aos seus subúrbios, lê *Na Praia dos Corações Desencontrados* ou *O Apartamento de Paris*, ou a costureira mais ou menos inculta a quem emprestaram *Herdeira em Seda Vermelha* ou *Férias em Saint-Tropez*. A senhora de cabelos brancos, muito bem vestida, que se esconde para folhear *Uma Lady Escandalosa*, *A Traição do Duque* ou *Segredos de uma Condessa Respeitável*, ou a divorciada que, sentada na pastelaria, à espera que lhe sirvam um café e um copo de água, tem em cima da mesa *Um Amante Sem Igual*, *Sombras de Paixão* ou *Quando Acreditávamos em Sereias*.

A estudante com acne juvenil que vai à Feira do Livro e compra *Para Sir Phillip, com Amor*, *É Possível Resistir a Um Príncipe*, *Lua-de-Mel em Paris* ou *Casamento em Veneza*, ou a técnica oficial de contas que, depois de preencher o IRS, dá uma vista de olhos n'*A Matemática do Amor* ou em *Há Momentos que Deviam Ser Eternos*. A jovem viúva que, sentada em cima do cadáver do marido, lê *O Plano da Herdeira* ou *Mais Forte Que o Desejo*, ou a agente da PSP a quem ofereceram, no Natal, *Amarra-me* ou *Captura-me*, de J. Kenner.

Talvez estas leitoras desfrutem imaginando-se na pele de uma herdeira ou de uma mulher de desejos incontroláveis, a quem o amor voltou a bater à porta. Talvez estes livros potenciem as suas vidas, permitindo-lhes saborear os seus sonhos e anseios. Ao sentirem-se semelhantes às protagonistas, talvez consigam manter viva a típica aventura sonhada. Talvez as compensem das suas carências (na absurda esperança de que os livros as salvem delas próprias), talvez as ajudem a preservar um território de sanidade mental no meio do horror e da mediocridade das suas vidas, talvez as confortem no meio das aflições domésticas, da banal realidade dos chinelos e da camisa suada do marido, do cheiro do jantar no fogão.

Fartas de tanta realidade, serão estes livros a oportunidade de serem indóceis sem parecerem pobres de espírito? Ou, sentindo-se incapazes de realizar todos os seus sonhos de mulheres frustradas, resta-lhes apenas a resignação e a leitura destes romances?

Ou será tudo muito mais simples e a esmagadora maioria destas leitoras lê estes livros apenas por curiosidade, para se apropriarem dos segredos contidos nestas histórias, das suas revelações? Para se excitarem sexualmente, abrindo as portas às suas fantasias mais ousadas, deixando-se levar pelas tentações mais desenfreadas? Para, em momentos de liberdade imaginária, viverem experiências sensuais de total submissão? Ou para, voltando no final a si mesmas, se conhecerem melhor, depois de descobrirem apetites e sensações novas no seu corpo que não sonhavam existir?

De uma coisa podemos estar certos: estes livros vendem tanto que não haverá relações mais fortes entre livros e leitores do que as criadas por este tipo de romances.

Invejoso da fortuna que estas obras representam em vendas (o que ganham com uma vírgula ou com um ponto final equivale ao que eu ganho com um livro que me demorou um ano ou mais a escrever), fiquei parado na livraria, olhando as estantes, comungando daqueles livros, perscrutando distraidamente títulos como *O Duque Mais Perigoso de Londres*, *Um Marquês Irresistível*, *Um Ano em Veneza*, *Na Praia dos Corações Desencontrados*, *Tentadora ao Cair da Noite*, *Um Amante sem Igual*, *Estranhos ao Luar*, *Segredos ao Entardecer*, *A Baía do Desejo*, *Quando Acreditávamos em Sereias*, etc.

Para os amantes da grande literatura e da alta cultura — nós os dois, está claro, eu e a paciente leitora que ainda não mudou de página —, ficar especado na secção de literatura romântica e erótica, ver-se cercado de autoras como Lisa Kleypas, Blanka Lipinska, Anna Todd, Holly Jackson, Alice Kellen, Tessa Dare, Cheryl Holt, Megan Maxwell, Elizabeth Adler, Julie Garwoood, Dorothy Koomson, Catherine Isaac, Fionnuala Kearney, Rosanna Ley, Kiera Cass, Karina Halle, Erica Ridley ou Sarah MacLean, é passar para o outro lado, para uma dimensão à parte, ou uma realidade paralela. É uma experiência mais estranha que adormecer, acordar num lugar estranho e não fazer ideia de como lá chegámos.

Não existe maneira menos dolorosa de dizer isto: durante alguns minutos, como quem sente vergonha de um primo da província (quem é que não tem um primo da província?), temi ser identificado naquele local ignoto e sem brilho literário.

Mas depois lembrei-me de que sou sociólogo e que me debruço sobre problemas, de que o meu trabalho é fazer pesquisas apressadas (o meu tipo preferido de pesquisa) sobre a vida cultural, enfatizando a enorme complexidade de tudo.

Além disso, confesso-vos, mora em mim um autor romântico frustrado, um criador de histórias de amor e de retratos de experiências sensuais de total submissão.

Na minha imaginação, sou o rei do romance sensual, um escritor de novelas que abre as portas às fantasias mais ousadas das leitoras e lhes mostra sensações que elas nem sonhavam existir; que as faz ter sonhos eróticos e as leva a sentir de novo a chama da paixão, a acreditar nos prazeres do sexo e a confiar nos seus instintos e no poder do destino.

É uma fantasia que cultivo com um certo prazer. Vender centenas de milhares de exemplares, constar nas listas dos mais vendidos nos hipermercados Continente, na Worten e na Fnac, tornar-me um fenómeno da Netflix e dos canais de televisão, aparecer nas revistas, ter uma vida útil e produtiva, sei lá.

Nem precisava de mudar de nome, de me dar a esse trabalho: João Pedro George já parece o pseudónimo de um autor romântico.

Mas deixemos o mundo das fantasias, para nos ocuparmos da realidade concreta: se sacudirmos todos estes romances cor-de-rosa, que temas, personagens e ideias cairão aos nossos pés?

Antes de mais nada, é preciso dizer que esta literatura não pretende mudar cabeças, nem mudar opiniões, nem salvar almas, nem ser a consciência da sociedade, muito menos procura ser interpretada, decifrada ou levar a cultura aos seus leitores. A sua única obsessão é vender muito (num mundo em constante mutação, é reconfortante que algumas coisas permaneçam fiéis a alguns princípios).

Estes livros já assistiram a várias mudanças de moda — a moda já foi o modernismo, depois o fluxo da consciência, seguidos pelo surrealismo, o existencialismo, *o nouveau roman*, o neo-realismo, o realismo mágico, o realismo sujo, etc. —, mas mantêm-se fiéis ao mesmo modelo narrativo, a uma fórmula seguida há séculos, de efeito garantido, que inclui, com pequenas variações, os mesmos ingredientes.

Aquilo que faz a força destes livros é oferecerem-lhes tudo o que eles pedem, não os contrariando, limitando-se a antecipar e a activar os seus impulsos, desejos e instintos. Os quais são, de acordo com alguns especialistas em *bestsellers*, vários (todos juntos num só livro, os seguintes cinco desejos formam uma tempestade perfeita):

1) A busca do prazer das histórias que nos provocam reacções emocionais de alta voltagem, graças à luta entre bons e maus e à identificação com personagens que correm riscos e humilhações, mas que nunca perdem a capacidade de superar as dificuldades nem deixam de acreditar que mesmo os amores contrariados ou desgraçados acabam sempre por triunfar.

2) A fuga ao aborrecimento ou à monotonia e a tesão do divertimento, através da intensidade dos conflitos familiares, dos choques entre pobres e ricos, do afã de vingança ou do erotismo transgressor, feito com partes de sexo e partes de lirismo.
3) A fantasia dos corpos perfeitos e esplendorosos, habitados com desenvoltura. Ambos devem ser belos e impecáveis, sem defeitos físicos (é rara a mulher bonita que se apaixona por um homem com algum defeito físico, tal como é raro o homem jeitoso atraído por uma mulher muito feia).
4) O mimetismo social, que facilita a convivência (compra-se estes livros pela sua popularidade, pela sua consagração colectiva, porque estão na moda).
5) A multiplicação das possibilidades, dos horizontes e das expectativas, através do entusiasmo contagiante e do optimismo transbordante que caracteriza o desfecho (quase sempre feliz) destas histórias. No final, pessoas heterogéneas, de diferentes origens sociais e geográficas, separadas pelas circunstâncias ou pelas intrigas, acabam por se reunir, encontrando um sentido comum e vivendo em amistoso convívio.

Conflitos entre bons e maus ou entre ricos e pobres; encontro ou aproximação inesperada entre pessoas de origens ou circunstâncias sociais diferentes (quando se conhecem, apesar da diferença de estatuto, percebem que há algo que os une, que há atracções que não se podem negar); amores proibidos, paixões desgraçadas ou contrariadas; sexo espontâneo e irreflectido; segredos trágicos ou verdades escondidas no passado; conflitos familiares; protagonistas expostos a sérios perigos e ameaças, que suscitam desejos de vingança, fruto da inveja e do rancor de inimigos poderosos ou influentes; e, no final, capacidade de superar todas as situações difíceis.

Segundo o mesmo grupo de especialistas (de cujos nomes não me consigo lembrar), «o conteúdo prevalece sobre a forma, a acção sobre a reflexão, os sentimentos ou emoções sobre tudo o resto». As palavras têm de estar bem arrumadas sobre o papel, sem grandes ambiguidades nem duplos sentidos, e a linguagem deve ser simples, fresca, clara e explícita, não pode ser barroca, nem repleta de informações, nem densa de sugestões ou carregada de ideias vagas e de intelectualismo (os grandes inimigos das grandes vendas).

Tudo isto em cenários interessantes, uma cidade estimulante ou um refúgio no campo ou na praia, com os quais as leitoras podem (ou não) sentir-se familiarizadas, como em: *Escândalo em Veneza, O Apartamento de Paris, O Feitiço de Marraquexe, Reencontro em Barcelona, Um Ano em Veneza, Lua-de-Mel em Paris, Casamento em Veneza, Férias em Saint-Tropez, Encontro na Provença, Viagem a Capri, Verão na Riviera* ou *Romance na Toscana*.

Os títulos com as palavras «amor» ou «coração» contam-se também entre os mais praticados: *Água do Meu Coração, Quando o Amor é Fogo, Corações Feridos, Em Nome do Amor, Tempo para Amar, Os Aromas do Amor, Amor e Chocolate, O Coração Também Pensa, O Mapa do Coração*, etc.

Por vezes, estes livros estendem a mão à ciência, como se fossem laboratórios de ponta ou centros de investigação de excelência: *A Variável do Amor, A Matemática do Amor, A Hipótese do Amor, A Fórmula do Amor, Equação de um Amor.*

Não raro, o motor da acção é a exaltada paixão amorosa entre uma dama mimada por pais ricos, severos, autoritários e resistentes a qualquer emoção e um maltrapilho determinado e perseverante, que lhe incendeia o coração, lhe vira a vida do avesso e lhe proporciona noites intensas de prazer e muitos beijos na boca, que a deixam em estado de não dizer coisa com coisa.

Ou entre uma mulher comum, pobre ou órfã (como uma Cinderela ou uma Gata Borralheira, que, no final, se casa com o príncipe encantado ou recebe uma herança imprevista: *A Herdeira, Herdeira Inesperada, Herdeira em Seda Vermelha*) e um cavalheiro com um nome distinto, descendente de uma família aristocrática, antiga ou importante, indivíduos que nunca seremos ou que nunca conheceremos, com vidas invejáveis, que nos transportam para outro tempo (habitado por marqueses, duques e bastardos) e para outros lugares (palácios, mansões, casas solarengas), aonde nunca fomos e aonde nunca iremos.

Casar para subir de estatuto social é um dos sonhos das personagens destes livros. De preferência, conhecendo uma herdeira ou um herdeiro rico, um futuro marido ou uma futura mulher com um título nobiliárquico (o que mostra um alto entendimento das dinâmicas de classe), que lhes permita abandonar o apartamento T1, passando a viver num dos palácios de alguma família real europeia.

Os exemplos abundam por essas livrarias: *Um Conde Apaixonante, Um Marquês Irresistível, Uma Lady Escandalosa, Escândalo com o Marquês, A Traição do Duque, Acordo com o Marquês, Um Duque Glorioso, A Viela da*

Duquesa, Um Duque Malicioso, A Duquesa Acidental, A Órfã e o Fidalgo, Para Sir Phillip, com Amor, O Barão, O Duque Mais Perigoso de Londres, O Príncipe da Suécia, A Conspiração da Condessa, O Plano da Herdeira, É Possível Resistir a Um Príncipe, A Elite (*Muitas Candidatas, Apenas uma Coroa*) ou *Segredos de uma Condessa Respeitável.*

No meio disto tudo, há vários segredos por encontrar, algo que uma ou mais personagens desconheciam e que, finalmente, vai ser revelado: *Os Segredos de Saffron Hall, O Segredo de Helena, Segredos do Passado, Segredos ao Entardecer, Os Segredos da Casa da Praia* ou *Amores Secretos.*

Desde Cleópatra, pelo menos, que se lê este tipo de histórias. Narrativas onde o amor é o tema central e quase único (tudo o mais é consequência dele): o amor ultrapassa todas as barreiras; o amor é a aventura mais imprevisível de todas; o amor é inevitável como o destino; por mais que lhe queiramos fugir, o amor encontra sempre o caminho; nunca se esquece o primeiro amor; a melhor viagem que podemos fazer na vida é a do amor; amar é sempre possível, mesmo que o nosso passado tenha sido doloroso; o amor surge nos lugares mais improváveis ou quando menos se espera; para voltar a acreditar no amor, temos de aprender a confiar nos nossos instintos; quando já parecia demasiado tarde, o amor revela verdades inesperadas; um coração apaixonado tudo pode mudar; o amor muda-nos a vida num segundo; a nossa vida muda de um momento para o outro quando um novo amor entra na nossa vida; o amor ajuda-nos a enfrentar o nosso destino e a modificá-lo; o poder do amor é infinito; etc.

Nada disto — a temática recorrente do amor — é novo (desde a Idade Média, a nossa visão do amor não mudou assim tanto). Resume uma série de ideias antigas que encontramos na poesia provençal e na lírica dos cancioneiros, ou nas cantigas trovadorescas francesas, italianas, castelhanas e portuguesas.

As personagens principais femininas são sempre jovens, elegantes e as mais bonitas, com um físico excepcional (a natureza foi escandalosamente generosa com todas elas), submetidas a tentações incontroláveis que lhes revelam — «de súbito», «de rompante», «de um momento para o outro», «inesperadamente», «contra todas as probabilidades» — os apetites do corpo e a sua própria sensualidade.

Regra geral, trata-se de mulheres com lábios «rosados», «húmidos» e «sequiosos»; respiração «ofegante» ou «afogueada» (que lhes faz mover — erguendo e descendo rapidamente — os seios); sentidos que ficam «inebriados» ou «embriagados», que as deixam perdidas num «turbilhão emocional»; rostos que «ruborizam» ou «enrubescem»; corpos «sinuosos» e «apetecíveis», com movimentos «ávidos» e «estremecimentos de prazer»; decotes com recortes «generosos», «ousados», «reveladores» ou «vertiginosos», que «moldam» uns peitos que «latejam», «arfam» ou «suspiram», parecendo «espreitar» ou «querer saltar» (ao mínimo pretexto), e que deixam «adivinhar» um par de mamas «arredondadas», «firmes», «empinadas», «perfeitas».

Em muitos destes livros, as mulheres são sexualmente ávidas, não precisam de preliminares. São elas que despem os homens e que dão o primeiro passo. Segundo Elena Ferrante, isso significa que as mulheres «continuam a vergar-se à narrativa masculina do sexo», pois a avidez vai ao encontro daquilo que faz o gozo dos homens. A própria representação das personagens femininas continua a ser a canónica: mulheres belíssimas, em vez de perfeitamente comuns, com defeitos físicos ou muito feias.

O herói masculino é impetuoso, alto e igualmente elegante e bonito. Se é pobre, não é um homem como os outros, é audaz, corajoso, sorridente, probo e justo, com uma infinita confiança em si próprio. Se é rico, é encantador e inteligente, cheio de oscilações, contradições, impulsivo, imprevisível, enigmático. No final, o amor acaba sempre por triunfar. Reina a felicidade e o optimismo.

Ambiente aristocrático, sexo, intriga e um pouco de espiritualidade ou religião (para dar transcendência ao assunto). Eis a receita, dada por uma autoridade na matéria, para escrever um livro que vende como o chocolate e a cerveja.

Há, porém, outro ingrediente que o especialista se esqueceu: um animal doméstico.

Uma das facetas fundamentais da actividade destas romancistas de corações, flores e erótica escaldante («arder de desejo» é uma das qualidades predominantes das suas personagens) é possuírem um ou mais bichos de estimação.

É isso que delas se espera, pelo menos segundo as respectivas badanas (já escrevi tanto sobre badanas — veja-se *Mamas & Badanas. Duas Análises Extremamente Complexas da Literatura Portuguesa* — que não me custa nada voltar ao assunto):

Jennifer Blackwood, a autora de *Em Chamas* e *A Ferver*, «vive no Oregon com o marido, o filho e um labrador muito malcomportado».

Sally Thorne (*Odeio-te e Amo-te*) «vive actualmente com o marido em Camberra, na Austrália, dedicando os seus dias ao trabalho, a beber chá e a satisfazer os caprichos da sua *pug* [raça de cão de companhia de pequeno porte, com focinho achatado e cauda enrolada], *Delia*, e do seu cavalo, *Louie*».

Sarah Penner (*O Segredo da Boticária*) «vive com o marido em São Petersburgo, na Florida, com a sua *dachshung* [cão-salsicha] em miniatura chamada *Zoe*».

Isabelle Broom (*De Lisboa com Amor* e *Mil Estrelas e Tu*) «vive em Suffolk, onde partilha uma casa de campo com o seu cão *Max*».

Emma Brodie (*Canções em Ursa Maior*) «vive em Brooklyn com o marido e o cão, *Freddie Mercury*».

Outra corrente, radicalmente distinta, é a que nos conduz às donas de gatos (cães ou gatos, não sei se sabem, é como Tintim ou Astérix, Coca-Cola ou Pepsi-Cola, The Beatles ou The Rolling Stones, Apple ou Microsoft).

Mhairi McFarlane, a autora escocesa de *Não Te Esqueças de Mim* e de *Se Nunca Te Conhecesse*, «vive em Nottingham com o seu companheiro e um gato».

J. Kenner (*Amarra-me* e *Incendeio-te*) «vive no interior do Texas com o marido, duas filhas adoráveis e vários gatos».

Elizabeth Adler (*Encontra-me em Itália*, *Sombras de Paixão*, etc.) «e o marido viveram em vários países até que fixaram residência em La Quinta, Califórnia, onde passam dias tranquilos na companhia dos seus dois gatos».

Os dias de Marianne Cronin (*Os Cem Anos de Lenni e Margot*) «são passados a escrever, na companhia do gato que adoptou e que dorme debaixo da secretária».

Mona Kasten (*Desejar* e *Sentir*) «vive com o marido e com os seus gatos».

Nick Alexander (*Tudo o Que Sonhámos* e *Tudo o Que Não Dissemos*), uma das excepções masculinas neste tipo de literatura, «reside com o seu companheiro e quatro gatos».

Lugar à parte, mostrando que tantas coisas separam estes livros, é o de Eileen Garvin (*A Música das Abelhas*): ela «e o marido partilham a casa com um gato destemido, um cão adorável, quatro galinhas e 60 mil abelhas».

Apesar de as diferenças serem bem maiores do que as semelhanças, são sempre possíveis os paralelos entre as autoras que têm cães e as que preferem gatos, como acontece com Christine d'Abo (*30 Noites*) e Monica James (*Viciado no Pecado* e *Empurrado para o Pecado*), que se assemelham (sem, contudo, serem idênticas).

A primeira, «quando não está a fingir ser um ninja na sua cave, está com a família e com os dois cães», e a segunda, «quando não está a escrever, ocupa-se do seu negócio. Reside em Melbourne, Austrália, com a maravilhosa família e vários animais. É um bocadinho obcecada por gatos e *gloss*, e, secretamente, desejava ser um ninja aos fins de semana».

Esta montagem de badanas, em que não só pretendi (mas o que é isto?!!) encher espaço como apresentar algumas características sensacionais destas autoras, mostra aos mais incrédulos que os animais de estimação predispõem o espírito para uma escrita original, onde quase tudo tem que ver com tudo (aos leitores que discordam, argumentando que não existe qualquer relação entre escrever romances e possuir uma mascote, atrevo-me a dizer, como os budistas, que a ausência de ligação entre duas coisas pode esconder uma forma mais elevada de relação).

Neste contexto, a relevância de cães e gatos dá-nos a mais clara prova — como se fosse necessário — da poderosa influência dos portugueses na literatura estrangeira (negar isto seria como desmentir a influência de José Rodrigues dos Santos em Dan Brown, de Rodrigo Guedes de Carvalho em António Lobo Antunes ou de Rui Reininho em David Byrne).

Também aqui, graças a Deus, os exemplos não faltam. Joel Neto, autor de *A Vida no Campo* e de *Só Tinha Saudades de Contar Uma História*, vive na Ilha Terceira, «onde tem um cão e um jardim de azáleas e uma horta».

Patrícia Reis (*Amor em Segunda Mão* e *Morder-te o Coração*) «vive em Lisboa, tem dois filhos, um cão e odeia advérbios de modo», e Filomena Fonseca Silva (*Os 30. Nada É como Sonhámos*) «vive em Lisboa com o marido e o gato *Gucci*».

Já Pedro Chagas Freitas (o nosso Saint-Exupéry, segundo a Representação Permanente de Portugal na União Europeia), reputado sem discrepância como chefe de fila desta escola, «gosta de gatos, de cães e de pessoas. Não gosta de eufemismos e de bacalhau assado» (*Prometo Falhar*), «Não acredita na inspiração nem em pratos de comida sem arroz» (*Ou É Tudo ou Não Vale Nada*) e «Tem meia dezena de gatos. É a forma que encontra para se sentir rodeado de humanidade» (*Porque Ris, Sabendo que Vais Morrer?*).

Outro ponto essencial, demasiado evidente para que possa ser constantemente esquecido, é a «ostentação de distância» destas autoras em relação ao meio literário — a solidão, como todos sabemos, é uma condição obrigatória da criação e do verdadeiro escritor —, escolhendo recantos isolados do globo para habitar, onde ninguém as pode perturbar no seu isolamento: Nick Alexander «vive actualmente numa aldeia calma nos Alpes do Sul de França», e Megan Maxwell (*Há Momentos que Deviam Ser Eternos* e *Esperarei por Ti Toda a Vida*) «vive numa encantadora aldeia nos arredores de Madrid».

Esta tendência democrática para a imitação é contrariada por uma certa tendência aristocrática para a distinção, visível no prestígio dos títulos nobiliárquicos: Jill Mansell (*Na Praia dos Corações Desencontrados*) é «a rainha das histórias de amor que aquecem o coração», Sarah MacLean (*10 Segredos para Ser Seduzida por um Lorde*) é «a rainha dos romances de época», Jodi Ellen Malpas (*Cavalheiro Pecador*) é «a nova rainha do romance erótico» e Cheryl Holt (*Mais Forte que o Desejo* e *Prazer Absoluto*) é «considerada a rainha do romance sensual».

Neste particular — converter escritores em categorias de referência —, há quem se encontre numa posição especial (ao alcance apenas dos artistas que desafiam os deuses): Tessa Bailey (*Aconteceu Naquele Verão*) é «apelidada de Miguel Ângelo da *dirty talk*». Só a ideia de associar o nome do criador do tecto da Capela Sistina e do Juízo Final à conversa badalhoca é, em si mesma, uma pequena obra de arte. Sobretudo, mostra-nos que estes livros também podem ser lugares onde acontecem estranhas maravilhas. Quem me dera!

Setembro e Outubro de 2022

Sexo na banheira

O sexo na banheira, como diria o filósofo Zygmunt Bauman, é um dos grandes mitos da modernidade líquida.

Já experimentaram? É quase impossível. Não há nada mais incómodo e mais frustrante do que brincar aos médicos dentro de uma banheira.

Debaixo do chuveiro ou no banho de imersão — Picasso dizia que era um milagre não nos derretermos no banho como um cubo de açúcar —, o sexo nunca descola verdadeiramente. Todos os esforços são inúteis, todas as posições são desastrosas ou votadas ao fracasso.

No espaço finito das banheiras vulgares e correntes, não há sensualidade, não há espontaneidade, não há serenidade, não há sublime estético. Há apenas desgosto e desilusão: todos os nossos talentos para o amor carnal vão pelo cano abaixo.

O prazer do encontro de dois corpos só é acessível, numa banheira, a malabaristas de excepção, ou a pessoas capazes de realizar as mais atrevidas proezas acrobáticas.

O casal que se dedica a fazer amor na banheira não se confronta apenas com a sua própria falta de jeito, não tropeça apenas na mecânica complicada de posições palermas e inconvenientes. Expõe-se também a toda a espécie de perigos, que põem em risco a sua integridade física.

Para quem não possui aptidões realmente notáveis, fazer sexo na banheira é um espectáculo de tortura, propício a distensões musculares, lesões nas costas, pescoço dorido, cotovelos extenuados, ombros magoados, joelhos torcidos, pulsos abertos, entorses nos dedos (devia haver um santo para proteger os casais — ou os trios, Deus me perdoe! — que tentam fazer amor nas pequenas banheiras das nossas casas de banho).

O acto sexual na banheira lembra-nos fundamentalmente a nossa espantosa fragilidade, situa-nos perante o enigma impiedoso da vulnerabilidade humana. Nesse sentido, é um momento crucial de autodescoberta e de autoconhecimento.

Mas também nos coloca perante o ridículo da nossa espécie: haverá situação mais grotesca (e vagamente comovente) que espatifar-se com estrondo contra a borda da banheira?

Rendamo-nos à evidência: a imagem de nós próprios a tentar fazer sexo na banheira sofre de um excesso de realidade, não é algo de que consigamos recuperar facilmente.

Não é só o ridículo indefinível de parecer que estamos dentro de um sarcófago ou de um quadro de Hieronymus Bosch. Não é só o facto de nos pregar sustos indizíveis, deixando-nos uma penosa lembrança que jamais se apaga.

É também o trabalho que dá readquirirmos uma aparência de dignidade depois de uma sessão falhada de sexo na banheira. É também a dificuldade de, tão cedo, voltarmos a olhar nos olhos da outra pessoa.

Se ainda agora, apesar de todos os obstáculos, continuamos a sonhar com esplendorosas cenas de sexo na banheira, a culpa é do cinema norte-americano.

Uma das maiores conquistas do império norte-americano, e que mais contribuiu para a sua glória e potência, foi ter posto o mundo inteiro a sonhar com sexo na banheira (e enquanto tentávamos e sonhávamos com ele, os EUA invadiram, dominaram e exploraram o resto do mundo). Na verdade, o sexo na banheira é a própria encarnação do domínio mundial do Tio Sam (e a música «Sexo na Banheira», dos Ena Pá 2000, o seu epítome: «Sexo na banheira é bom. / É bom para a mamã, é bom para o papá. / Olhem para eles, como eles se divertem!»).

O sexo na banheira precedeu o cinema, porém, sob certo ponto de vista, Hollywood inventou todas as cenas de sexo na banheira.

Sempre que entramos numa banheira para fazer sexo, ressuscitamos como protagonistas de uma superprodução hollywoodesca, sentimo--nos como actores e espectadores do mesmo filme, actuamos como se estivéssemos a obedecer a um guião, procuramos agir em conformidade com os modelos veiculados pelas imagens dos filmes, onde o sexo parece mais intenso, mais veemente, menos domesticável.

Não há ninguém que não tenha tentado imitar as cenas de filmes como *About Last Night*, *Body Heat* ou *Out of Sight*, em que Demi Moore e Rob Lowe, William Hurt e Kathleen Turner, Jennifer Lopez e George

Clooney, respectivamente, praticam sexo na banheira. E todos já desejámos, mesmo que em segredo, fazer sexo na banheira como Valérie Kaprisky e Richard Gere em *Breathless* (o *remake gringo* de *À Bout de Souffle*, de Jean-Luc Godard).

Estas e outras longas-metragens deram um prestígio desproporcionado ao sexo na banheira e fizeram dele um dos grandes símbolos da cultura norte-americana.

Hoje, como ontem, os filmes norte-americanos abastecem-nos regularmente de cenas magníficas de sexo na banheira, e quase todas têm algo de efeito especial (sendo tão difíceis de executar, percebe-se que os estúdios recorram tantas vezes a duplos e a ilusões de óptica).

Por contrariarem o princípio de realidade, os filmes de Hollywood seguem a regra ditada por John Ford a respeito do Velho Oeste: quando os factos desmentem a lenda, publique-se a lenda.

Daí que, como todas as invenções de Hollywood, o sexo na banheira represente a ficção do sexo e, simultaneamente, o sexo como ficção.

O sexo na banheira só é operante quando fantasiado, quando não é empreendido no quotidiano. No entanto, milhões de casais, em todos os lados e com as mesmas técnicas — todos os casais que tentam fazer amor na banheira parecem-se no mundo e estão ligados uns aos outros pelos laços indissolúveis da ficção cinematográfica (neste momento, em que vos escrevo, quantos casais não estarão a tentar fazer sexo na banheira?) —, tentam reproduzi-lo em função dos ecrãs.

Segundo Walter Benjamin, essa reprodutibilidade leva a que ele perca a sua aura ou autenticidade. Torna-o sempre nostálgico e retrospectivo.

Por isso, para que continuemos a sonhar, a tentar e a fracassar, o sexo na banheira precisa de ser, como diria Jean Baudrillard, permanentemente actualizado e reinventado pelos simulacros e pela simulação mediática.

Mas como as novas gerações não aprendem nada e cometem os mesmos erros, o ser humano continuará a tentar fazer amor na banheira sem obedecer à triste experiência dos mais velhos, ignorando os seus avisos. E as suas penosas lições serão uma e outra vez desperdiçadas.

Podemos perdoar tudo a Hollywood, menos isto.

Março de 2021

Sexo na mesa da cozinha

Recapitulemos: de todas as construções humanas onde se pode fazer amor, a banheira é uma das mais incómodas, perigosas e ridículas.

Como já ficou demonstrado, o sexo na banheira pode ser uma experiência mais radical do que fazê-lo nos provadores das lojas de roupa, no cimo da Torre Eiffel, num automóvel durante a lavagem automática, na mesa de *snooker* de um bar, na secção de literatura islandesa de uma biblioteca pública ou até na Grande Muralha da China.

A lista de lugares estranhos e inseguros onde as pessoas já copularam mostra que é difícil encontrar algum limite para a capacidade de o ser humano descobrir sítios onde dar uma queca.

Imbuído da certeza de servir uma causa nobre, proponho-vos agora analisar outro local que surgiu, historicamente, como alternativa — ou contraponto — à segurança e à previsibilidade da cama: a ilha de cozinha.

Ao contrário da banheira, que remonta à Babilónia e ao ano 1800 a.C., a mesa-ilha é uma invenção puramente norte-americana.

Com base nesta especificidade nacional, é possível fazer uma ontologia da identidade norte-americana. Porque, vendo bem, as mesas de cozinha são o seu simulacro perfeito, o seu modelo: a desmesura do país é traduzida na desmesura das suas mesas de cozinha (o que comprova a teoria segundo a qual quanto maior e mais rico o país, maiores as suas mesas de cozinha).

Na verdade, a mesa onde os norte-americanos preparam os alimentos, tomam o pequeno-almoço ou fazem refeições informais está no centro da democracia norte-americana. Dir-se-ia mesmo que os EUA são uma sociedade organizada em torno de ilhas de cozinha.

Metaforicamente, ainda mais do que a banheira, são um símbolo do poder e da influência dos EUA no planeta. Aliás, na trajectória da cultura norte-americana, as mesas de cozinha vêm logo a seguir à bomba atómica e à chegada à Lua.

Como aconteceu com a banheira, também o sexo na mesa da cozinha se trivializou e massificou graças aos filmes de Hollywood.

Metabolizada no imaginário cinematográfico, a mesa de cozinha passou a fazer parte da nossa dramaturgia sexual. Tornou-se de tal modo uma refracção narcísica dos nossos desejos, que na mesa de cozinha temos a sensação de que o cinema norte-americano está dentro de nós.

Tanto assim que entregar-se de corpo e alma a manobras íntimas em cima de uma ilha de cozinha é o mais perto que se pode estar dos EUA sem sair de Portugal.

Na mesa de cozinha, em contraste com a arte da culinária, o sexo pede pressa, é abrupto e repentino. Irresistível e fundamental.

Para Hollywood, o sexo é uma relação de posse carnal dominadora, wagneriana. Através do ecrã, os realizadores tentam passar, a um tempo, a ideia de que se trata sempre de animalidade instantânea e a fantasia de que não há nada comparável ao sexo tal como ele é praticado nos EUA.

Em linhas gerais, correspondem aos modelos reaganiano e trumpiano, resumidos no seguinte jogo de inversão do genitivo: o desejo da *performance* e a *performance* do desejo.

Sempre que alguém fala de sexo na mesa de cozinha é inevitável a referência ao filme *O Carteiro Toca Sempre Duas Vezes*, interpretado por Jack Nicholson e Jessica Lange.

A primeira cena de sexo entre ambos parece uma tentativa de violação, mas depois é a própria Jessica Lange que desocupa a mesa e atira com tudo — pão, farinha, massa — para o chão, de modo a facilitar a aproximação sexual (e impedir a conjugação niilista dos produtos alimentares com os fluidos corporais).

Entre parêntesis, seja dito que na cara de Jack Nicholson estão subentendidas todas as perversidades norte-americanas (um actor como James Stewart, com os seus gestos hesitantes e a sua autodepreciação, nunca seria credível a fazer sexo na mesa de cozinha de Jessica Lange).

Desde *O Carteiro Toca Sempre Duas Vezes*, os norte-americanos têm um fascínio pelo sexo na mesa de cozinha, tal como desde *O Amante de Lady Chatterley*, o romance de D. H. Lawrence em que a protagonista tem relações numa cabana na floresta, que os guarda-caças[1] se transformaram, para as inglesas, num mito erótico.

Graças à longa-metragem dirigida por Bob Rafelson, com argumento de David Mamet (adaptado do romance homónimo de James M. Cain), os norte-americanos passaram a utilizar a mesa de cozinha para muito mais do que simplesmente empanturrar-se de hambúrgueres, cachorros-quentes e batatas fritas.

Mas o sexo na mesa de cozinha, é preciso dizê-lo também, não reúne a admiração unânime dos norte-americanos. Para muitos republicanos, sobretudo do movimento do Tea Party, a mesa representa a normalidade e a família, e não há nada mais respeitável do que ela.

Para a América profunda, este filme personifica um desafio à ordem estabelecida e uma ameaça à normalidade, significa pisar uma tradição sagrada, é uma forma de transgressão da imagem da comunidade à volta da mesa, reflecte a ligação ímpia entre fazer sexo e comer (sem trocadilhos, por favor).

Como quer que seja, o facto é que a mesa de *O Carteiro Toca Sempre Duas Vezes* conquistou a estima de milhões de amantes dos EUA, de tal forma que várias gerações de *yankees* são herdeiras daquela peça de mobiliário.

Por esse motivo, a mesa onde Jack Nicholson e Jessica Lange pinaram é actualmente um objecto típico do folclore norte-americano, tendo sido restaurada, preservada e até exposta em museus.

Quando estreou, em 1981, *O Carteiro Toca Sempre Duas Vezes* deu várias vezes a volta ao mundo.

Desde então, graças à cena de sexo electrizante entre Jack Nicholson e Jessica Lange, a mesa de cozinha tornou-se, para muitas mulheres, a

[1] Segundo a definição do *Dicionário InFormal* (*online*), o guarda-caça era o indivíduo da classe operária que, nas grandes propriedades rurais, ficava encarregado de manter as terras em bom estado, bem como os animais que nelas vivessem, de modo a preservar as boas condições para a prática aristocrática do desporto de caça. Entre outras ocupações — além de saltar para a cueca da mulher do patrão —, o guarda-caça explicava aos caçadores os segredos do terreno, espantava a caça na direcção dos caçadores e funcionava como vigilante, expulsando os caçadores clandestinos que invadiam a propriedade do seu senhor.

principal arma de persuasão para atrair os homens para aquela divisão da casa e os envolver nas tarefas domésticas.

Sim, direis, mas em Portugal as mesas de cozinha são minúsculas, e fazer sexo nelas é quase tão difícil como dançar na ponta de um alfinete.

A pergunta — por que razão a maioria dos portugueses não tem mesas de cozinha grandes? — é tanto mais admissível quanto é certo encontrar uma explicação simples.

Com efeito, na sociedade reprimida salazarista, fazer sexo noutro móvel que não a cama tinha um alcance revolucionário, simbolizava a libertação sexual do casal e a subversão da ordem do sentido doméstico imposta pelo Estado Novo. Daí que as mesas amplas tenham sido proibidas pela PIDE.

Portanto, se em Portugal as mesas de cozinha comprometem o conforto e a segurança dos milhões de cidadãos que lutam contra os grilhões do hábito e da rotina do sexo fofinho no leito doméstico, isso é um sinal evidente de que continuamos amordaçados pelos preconceitos e pelos puritanismos. E de que o 25 de Abril, ai de nós!, não mudou assim tanta coisa.

Março de 2021

Glória ao bidé!

Passemos a assuntos sérios. Qual é a parte mais importante de uma casa de banho? A pergunta é bem feita e é, sem dúvida, oportuna: é aquele objecto sanitário com o formato de uma bacia oblonga, ao lado da retrete e da banheira, mais correctamente chamado «bidé». Enquanto a retrete, desculpem, é uma merda, o bidé é original, complexo e elegante. A retrete é uma grandessíssima chatice, faz-nos lembrar de que somos uma desgraça completa, insignificantes, iguais aos outros todos. O bidé não.

O bidé é como um animal doméstico que priva de perto com os seres humanos, sabe tudo sobre eles, possui um íntimo conhecimento sobre os seus podres ocultos, mas adopta a atitude de quem não sabe nem quer saber. A retrete dá-nos uma satisfação imediata, capta a pocilga da condição humana: não somos as nossas ideias, crenças e convicções, somos apenas os nossos cheiros e a prisão das nossas necessidades urgentes.

O bidé, pelo contrário, é um sopro de ar fresco que nos permite respirar melhor e ver o futuro com mais confiança. Nele há sempre uma honestidade implícita, que reforça a sua aura e faz dos defeitos virtudes.

A retrete só quer ser o que parece ser, o bidé sabe que ninguém é o que quer ser. A retrete é cabotina e grotesca, recorda-nos de que somos feitos de fluidos, cheiros, urina, sémen, merda, suor, micróbios e bactérias, que nos expõem à putrefacção. Sobre a retrete já se escreveram doutoramentos e publicaram obras sobre «retretologia» ou «autoclismolírica», como *O Guardador de Retretes*, de Pedro Barbosa, onde se advoga, inclusivamente, a criação de disciplinas académicas como «Estudos Retretológicos», «Psicoretretologia», «Retretologia Comparada» e «Retretologia Aplicada».

Porque é que o mesmo nunca foi feito com o bidé? Porque é que ainda ninguém pôs o dedo na ferida, deslocando o centro da análise científica da retrete para o bidé? Porque é que o Ministério da Ciência continua a não libertar fundos que promovam novas linhas de investigação sobre «O Bidé Pós-colonial», «A Crise do Bidé e o Estado-Providência», «Atitudes Populistas e Negacionistas Perante o Bidé» ou «O Bidé, Hoje»? Quem é que no nosso governo manda fazer os estudos e a quem é que eles aproveitam? Não será que grande parte do financiamento para a actividade científica se baseia em preconceitos e não em análises? Estas e outras perguntas impõem-se categoricamente a toda a consciência crítica, aquela que estimula o confronto dos pensamentos.

Porque o bidé, quando comparado com a retrete, é uma coisa com classe, muito mais profunda e muito mais elaborada. Mostra-nos que é preciso ver através da ilusão da simplicidade para ver a complexidade subjacente. Não possui a pretensão vaidosa de influenciar a consciência, por isso nunca perde a dignidade do seu silêncio, é discreta a seu próprio respeito, mostra-nos que é mais interessante aquilo que se cala do que aquilo que se diz.

Não é difícil justificar a utilidade e a função social do bidé. Na realidade, há várias situações que pedem um bidé. Porque, tal como a cabeça não serve só para pousar o chapéu, o bidé também não serve apenas para lavar os pés, a genitália, o períneo e a região situada entre as nádegas.

A surpreendente verdade é que o bidé nos satisfaz de diversas maneiras, os seus usos são múltiplos e universais. Tanto serve para pôr garrafas de champanhe e de cerveja em gelo como para colocar a roupa de molho; para lavar as mãos das crianças, como para pousar revistas, livros, jornais; para cortar as unhas dos pés ou pintá-las com verniz, como para dar água ao cão e ao gato.

Além de tudo isto (o que não é pouco), bidé é uma palavra deliciosa e divertida. Ao contrário de retrete, que é uma palavra ligeiramente irritadiça, que se arrasta na língua como um réptil por folhas secas, bidé tem uma graça própria, rima com chulé, cheché, bebé e burrié.

O bidé, só pelo facto de existir, já tem graça. Estar sentado no bidé evoca a infância, é como estar montado num cavalinho de baloiço, admite apóstrofes palermas, como «ó filho, pára de chapinhar no bidé, estás a fazer um grande banzé». Não é por acaso que portugueses de várias gerações aprenderam a ler com a palavra bidé, como se percebe pela *Cartilha Escolar* do Inspector Domingos Cerqueira, onde o bidé é chamado a desempenhar uma função qualquer: «bidé sabe bóina/a mula bebe no balde e a vitela na tina».

E, no entanto, embirra-se cada vez mais com o bidé. Ninguém quer ter bidé na casa de banho. O problema é este: a vida do bidé não está fácil. Diz-se que já não tem utilidade, que é pouco prático, pouco cómodo, que ocupa muito espaço, que deixou de ser consentâneo com as necessidades das pessoas actuais.

Antigamente, o bidé era habitual, agora tornou-se um trambolho, quase uma curiosidade arqueológica. Hoje, o bidé sente-se abandonado, recusado. Por razões que não conheço em pormenor (há um certo tipo de informação que prefiro não ter), as pessoas tiram-nos das suas casas de banho, como quem arranca um dente.

Expulsam o bidé para colocarem um armário de parede Lillången ou uma estante Rönnskär. A nossa obsessão com o espaço e com o estilo de vida IKEA está a destruir o bidé. Portugal começa a ter armários de parede Lillången e estantes Rönnskär a mais e bidés a menos. Sinceramente vos digo: admiro uma casa de banho que não tenha vergonha do seu bidé.

Quantas vezes será preciso dizer que só os trogloditas têm casas de banho sem bidé? Ou que entrar numa casa de banho sem bidé é como entrar num WC público?

O bidé é demasiado importante para ser destruído por questões de arrumação, para ser substituído por armários cheios de gavetas onde guardamos os cremes, os perfumes, os óleos, os sabonetes, a maquilhagem e demais produtos que realçam a atenção obsessiva que dedicamos às aparências.

Uma coisa é certa: o bidé ainda não deu tudo o que tinha a dar. Hoje, em plena ditadura do papel higiénico (e mesmo das toalhitas húmidas), o bidé é menos contaminante e mais ecológico.

A tragédia do planeta, o mal do nosso mundo, é que são cada vez mais raras as pessoas com feitio para lavar o rabo no bidé. Perdoe-se-me se simplifico demasiado, mas o bidé é uma instituição que corre perigo, que está em vias de extinção, que se arrisca a ficar fechado num museu ou nos livros de História.

O bidé não é um problema puramente arquitectónico, de espaço ou de boas maneiras. É também uma questão vital de respeito pelo meio ambiente. Por isso, o bidé tem de ser defendido, precisa de uma protecção especial, precisa urgentemente de ser salvo, louvado e estimado. Será que só quando o bidé estiver nos museus é que conseguiremos apreciar plenamente as maravilhas do bidé?

O bidé em todas as casas de banho dos portugueses — convém que o leitor saiba isto, que permanece escondido nas esquinas dos gabinetes de São Bento — foi uma das grandes conquistas de Abril, é uma medida padrão da nossa democracia, é um princípio basilar da soberania popular. A Revolução declarou os direitos do bidé, coisa que nem a Monarquia, nem a Primeira República, nem o Estado Novo tinham feito.

Não é certamente por acaso que, neste momento grave em que se põe em causa a própria existência da democracia portuguesa, tenha aparecido um partido de direita como a Iniciativa Liberal, cujo esboço de programa de governo incluiu a eliminação da obrigatoriedade de ter um bidé em cada casa de banho construída. Com isto, o partido dos copinhos-de-leite parece ignorar por completo que Portugal é um bidé. Que isto, por mais voltas e reviravoltas que dê o país, «é um bidé».

Como quem diz: Portugal é pequenino e estreito, aqui todos nos conhecemos e todos sabemos tudo o que se passa, todos conhecemos as misérias íntimas do próximo, mas não as expomos em público, porque o que acontece no bidé fica no bidé.

Mas não divaguemos: quando quiserem lavar as regiões abaixo do umbigo (pila, vagina, regueifa, berlindes, espaço entre as bochechas do cu, etc.), usem o bidé. Disso depende o futuro da nossa espécie. Glória ao bidé!

Outubro de 2018

O bidé na literatura portuguesa

O capítulo anterior, «Glória ao Bidé!», motivou a troça de alguns leitores. Compreende-se. Um tema de tal grandeza não podia deixar de solicitar a vossa atenção apaixonada.

Saber que textos como estes chamam a atenção do público causa-me como que uma espécie de desvairamento, faz-me sentir vivo, cheio de esperança e optimismo quanto ao futuro de que já não faremos parte.

Os inimigos do bidé quiseram ridicularizar-me, porque, enfim, escrevo com os pés, enquanto gozo a tépida água do bidé, o seu movimento, a sua ondulação.

Mas ridicularizar porquê? Porque elevei o bidé, coisa obscena e rasteira, à dignidade de um livro; por ter promovido a alturas inéditas um equipamento de casa de banho que serve para limpar a bilha, a genitália e os pés; porque cantei em discurso o bidé, e sobre o bidé impendi a salvação do planeta, praticamente exigindo ao Parlamento e à ONU que se pronunciassem contra a extinção do bidé.

A prova da sua importância — uma importância, digamo-lo de passagem, que ninguém antes lhe ousara conceder — está na forte influência que esta peça sanitária destinada à higiene íntima exerceu na construção do nosso edifício literário, formando como que o alicerce do pensamento de vários escritores portugueses. Ao contrário do que muitos pensam, não é raro, antes comum, encontrar-se na literatura portuguesa várias menções ao bidé.

Reparem na variedade de funções literárias do bidé (demonstrando, afinal, que aqueles que dizem que só encontraram uma ou duas funcionalidades para o bidé limitam-se a oferecer-nos uma imagem da sua própria rigidez mental): António Lobo Antunes coloca, nas crónicas, uns «chinelos esquecidos no bidé»; Casimiro de Brito, em *Pátria Sensível*, lembra o «bidé onde costumávamos acumular as cartas por responder»; Silva Carvalho, em *Palingenesia*, evoca um truque muitas vezes utilizado para compensar a falta de espaço no frigorífico (ela «diz-me que tem umas cervejas frescas no bidé»); e Agustina Bessa-Luís, prosseguindo no mesmo compasso, demonstra n'*O Concerto dos Flamengos* que o bidé também foi inventado a pensar nos ébrios («Bruno ia vomitar para o bidé, e a mulher, se entretanto tinha mulher, achava-o porco»).

António Lobo Antunes, o segundo autor português a integrar a Biblioteca La Pléiade, a prestigiada colecção francesa que é muito maior do que o Nobel, recorre ao bidé para expressar a fragilidade das coisas humanas. A partir de uma receita de aplicação universal, que consiste em encher o bidé com roupa encardida, detergente e água, o autor de *Exortação aos Crocodilos* projecta sobre o bidé (e os frangos de churrasco) todo o seu cinismo filosófico: «de peúgas de molho, na espuma do bidé, no segundo direito do Monte Abraão, porque o casamento no fundo é isto, duas pessoas sem alma para cozinhar e nada para dizer partilhando peúgas em detergente e frangos de churrasco» (*A Morte de Carlos Gardel*).

Simultaneamente útil e profundo, o bidé não cessa de surpreender. O livro que melhor revela as imprevistas serventias do bidé (e, ao mesmo tempo, a sua capacidade de transformar radicalmente a nossa relação com a realidade) é *Viagem com Branco no Bolso*, romance de Manuel da Silva Ramos onde se lê este conselho digno de ser seguido: «se vires bidé usa-o pra outro fim criares jacaré ou guardares à noite a dentadura postiça.»

Esta associação entre bidé e carnívoros é bem reveladora da influência de Beatriz Costa na obra de Manuel da Silva Ramos. De facto, em *Mulheres sem Fronteiras*, a actriz, cantora e escritora nascida na Charneca, pequena aldeia do concelho de Mafra, diz com ares ameaçadores: «Amanhã vou-lhe pôr piranhas no bidé!»

Sem que ninguém tenha ainda dado por isso, presumo, o bidé vem assumindo um protagonismo cada vez maior na obra de António Lobo Antunes. Tendo em conta a sua mestria em lidar com os inúmeros detalhes da vida quotidiana, percebe-se que António Lobo Antunes atribua particular relevância ao bidé, sobretudo como ponto de apoio para cortar as unhas dos pés: «não menosprezes os pés, apesar da dificuldade em cortar-lhes as unhas inclinado para diante de calcanhar no bidé» (*Que Cavalos São Aqueles que Fazem Sombra no Mar?*). Nos romances seguintes, podem extrair-se cenas idênticas, como esta: «a proeza de cortar as unhas de joelhos no queixo apoiando-as no bidé» (*Não é Meia-Noite Quem Quer*). Ou esta, excelentemente conseguida: «lembrou-se da mulher de manhã, a seguir ao duche, embrulhada na toalha grande, com a toalha pequena de turbante na cabeça, sentada na tampa da retrete, de calcanhares no rebordo do bidé, a cortar as unhas dos pés guardando as aparas na palma, se caía alguma molhava o indicador e apanhava-as dos azulejos» (*Para Aquela que Está Sentada no Escuro à Minha Espera*).

Dir-se-ia que os escritores, amordaçados pelo pudor, se esqueceram da missão original do bidé. Nada mais injusto. Leia-se o que escreveu Luísa Costa Gomes, em *Florinhas de Soror Nada. A Vida de Uma Não-Santa*, e reconhecer-se-á a verdade do que acabo de dizer. A dada altura, a ingénua (e lúbrica) Teresa Maria cura de saber se «podia engravidar se tivesse o azar de lavar as partes baixas num bidé onde um homem tivesse acabado de molhar o instrumento»; Jorge de Sena, em *Os Grão-Capitães*: «deitei cautelosamente água num bidé de folha, ao lado do lavatório, e comecei a lavar-me com o cuidado prescrito»; ou Beatriz Costa, quando diz que «o que eu quero é um bidé para lavar a passarinha» (*Mulher sem Fronteiras*).

O imaginário do privado, do íntimo e do oculto associado ao bidé não podia escapar à observação do escritor português mais altamente dotado para as descrições com bidés. É mesmo digno de nota o cuidado com que António Lobo Antunes se refere à pentelheira: as «amêndoas escuras do púbis que lavavam a cavalo no bidé com o líquido dum garrafão de palha» (*Fado Alexandrino*).

O bidé permite ainda a António Lobo Antunes traçar um quadro eloquente do seu pessimismo antropológico quanto à curta duração do amor. Ao contrário do filósofo romeno Emil Cioran, que dizia que o amor é um sentimento tão forte que até conseguiu sobreviver «ao romantismo e ao bidé», António Lobo Antunes considera que «o amor é uma doença que se cura com uma caixa de ampolas e lavagens de permanganato morno no bidé da criada» (referência ao método de irrigação vaginal — também denominado «banho checo» em alguns sectores da sociedade — após o coito, para tirar os espermatozóides, mas que conduz frequentemente a candidíases vaginais). Esta comparação entre o bidé e a morte do amor achava-se já esboçada em *Os Cus de Judas*: «até o amor acabar no chapinhar do bidé, onde as grandes efusões se desvanecem à custa de sabonete, raiva e água morna.» No mesmo sentido, creio, posicionava-se Maria Velho da Costa, que em *Missa in Albis* considera haver «homens que não gostam ou pensam que perdem substância no bidé».

Além de apontar para as infinitas possibilidades da escrita, o bidé é também um herói civilizador. Como defende Ramalho Ortigão em *As Farpas* — «Os fundamentos da filosofia positiva e as conveniências do bidé» —, o bidé é um refúgio da civilização e um objecto de ostentação (daí o «bidé com arabescos dourados» descrito por Dinis Machado em *O que Diz Molero*). (Não terá sido por acaso, de resto, que, em 1919, surgiu uma publicação erótico-pornográfica de título *O Bidé*.)

Veja-se a cena na estalagem de Aveiro, em *Explicação dos Pássaros*, quando Carlos «pensa sentado no bidé a arquejar, enquanto mãos invisíveis e cruéis lhe torciam impiedosamente os intestinos e um esguichozinho de vento se escapava do ânus».

De resto, a afirmação de António Lobo Antunes, numa entrevista de 2004, que traía a sua grande familiaridade com o bidé — «[aquela] meia-hora que passo sentado no bidé antes de todas as coisas começarem a acontecer» — introduz aqui um elemento de dúvida: não haverá algo porventura de autobiográfico em todas estas passagens de António Lobo Antunes?

Contemplar o bidé serve, finalmente, para sugerir as limitações apensas à condição humana. Em *Os Cornos de Cronos*, Américo Guerreiro de Sousa, escritor que deveria ser lembrado mais vezes, soube apreender a enorme carga ontológica do bidé, daí tê-lo convertido numa categoria suprema do seu discurso literário: «E enquanto me aliviava, o olhar prendeu-se a um ponto determinado do bidé. Não o consegui arrancar de lá, por mais que me esforçasse. Isto pareceu-me muito simbólico: o homem que quer fugir dos seus limites mas não pode.»

Não me é lícito fazer agora a interpretação de todas as obras demonstrativas da importância fundamental do bidé nas nossas vidas. Sobre isso, e sobre as inexoráveis razões para não abolirmos o bidé, fique esta crónica por documento. E esta pergunta, que deverá rondar agora na cabeça dos leitores que me escreveram: sem o bidé, onde estaria hoje a literatura portuguesa?

Outubro de 2018

A merda do vírus

O papel higiénico necessita de ser explicado. Em tempos difíceis como estes, em que estamos todos assustados, nenhum outro assunto poderia ser mais oportuno.

De repente, o coronavírus deu-nos a noção da importância do papel higiénico, mostrou-nos que o papel higiénico é muito mais do que um simples papel fino e absorvente destinado a limpar o nosso rabo.

Causou admiração ver as multidões em fúria nos supermercados, tomadas pelo pânico, a apoderar-se de pacotes com dezenas de rolos de papel higiénico — perfumado ou não, com folhas simples, duplas e até triplas —, correndo depois a toda a velocidade para um esconderijo seguro e fechando-se à chave.

Desde que o vírus se introduziu sub-repticiamente na vida de todos nós, a vertigem da compra de rolos de papel higiénico é uma das imagens mais dramáticas da pandemia de covid-19. Com efeito, açambarcar o papel higiénico das prateleiras do supermercado, ou ver grupos de pessoas a procurar, como caçadores-recolectores, os lugares onde ainda existiam vestígios de papel higiénico, tornou-se um dos traços descritivos da quarentena obrigatória. Se há temas que perpetuarão a nossa época, o papel higiénico será, parece-me, um dos mais relevantes.

Ao contrário do que pós-modernamente se diz, não se trata de uma questão de idiossincrasia cultural, mas de um fenómeno verdadeiramente global: de Inglaterra a Singapura, passando pelo Brasil, pelos EUA, pelo Canadá, por França, pela Nova Zelândia, pela Austrália, por Portugal, etc., o papel higiénico surgiu como um dos bens de consumo mais disputados e deu-nos uma ideia daquilo em que nos fixamos quando temos de sobreviver de forma darwiniana.

O papel higiénico não é, pois, uma questão fútil. É antes uma medida do carácter anal desta pandemia, é o símbolo em estado puro da humanidade a borrar-se de medo. Daí o problema angustiante de uma eventual falta de papel higiénico.

E vem comprovar, uma vez mais, que o trágico e o banal ligam bem, que a nossa atitude perante a existência é, simultaneamente, dramática e picaresca.

Por outro lado, é também um índice das implicações psicológicas e sociológicas das pandemias. Ao que parece, as pessoas têm projectado no papel higiénico os seus receios e os seus fantasmas, as suas obsessões e as suas crenças e previsões: «eu sabia que isto ia dar merda», «vamos todos ficar na merda», «esta merda está a ir toda pró caralho!», «o coronavírus é uma bela merda», «há muita gente que continua a sair de casa e a fazer merda» ou «parto os cornos a quem me infectar com a merda do vírus».

Ao contrário da política e da religião, que sustentam que os seres humanos não conseguem bastar-se por si mesmos, o Dr. Freud ensina que somos auto-suficientes (apesar de raramente estarmos no nosso pleno juízo), e que para sermos humanos não precisamos nem das ideologias nem das religiões institucionalizadas, precisamos apenas de cagar e de lavar a alcofa.

Mesmo que o papel higiénico esteja contaminado, teremos sempre a satisfação de ter metido o nosso próprio traseiro na cara do vírus (para o Marquês de Sade, voz versada nestes assuntos, tão importante como o prazer de fazer cocó, é a maneira como limpamos o cu).

Vivemos, sem dúvida, um tempo de merda. Evocamos a merda para a negar e a recalcar, por isso o papel higiénico repete-se e multiplica-se entre os seres humanos e gera, nos consumidores, reacções em cadeia. Na realidade, o papel higiénico é uma resposta à pressão do vírus sobre a nossa animalidade fisiológica: na presença da pandemia de covid-19, os seres humanos sentem a necessidade prosaica de cagar sentenças, ao acaso, sobre os assuntos mais completamente inúteis (por exemplo, a maneira como cada qual esfrega a padaria).

Mas o papel higiénico não invadiu apenas os nossos sonhos, as nossas pulsões e os nossos conflitos psicológicos. Reter e amontoar rolos de papel higiénico é também o grande plano do actor racional soberano para sobreviver à quarentena: há relatos de pessoas a vender papel higiénico nos semáforos, e o Governo mandou fechar os restaurantes e as pastelarias para evitar os gamanços nas casas de banho.

Mas o rolo de papel higiénico não pode ser analisado isoladamente, sem o contexto que o exprime, ou seja, o rabo. Em primeiro lugar, a aplicação do papel higiénico nas nádegas nem sempre foi um fenómeno tão comum, tão generalizado e tão universal. Até há pouco tempo, o bidé desempenhava cabalmente a função heróica da limpeza do rabo e da genitália. Porque, no fim de contas, com vírus ou sem vírus, todos necessitamos de limpar a regueifa.

Depois, sem darmos por isso, o papel higiénico foi ganhando um protagonismo cada vez maior, conquistou o seu lugar, impôs-se e assumiu-se como o inimigo natural do bidé: as pessoas repudiaram o bidé, começaram a funcionar segundo o ritmo do papel higiénico.

Agora, por causa do coronavírus, o bidé reclama desforra, assume-se como último reduto, um objecto que oferece mais segurança aos seres humanos face a um exterior ameaçador, perigoso, incerto, fodido.

Diante da perspectiva da falta de papel higiénico, nunca o bidé teve tanta razão, e teve-a muitas vezes: graças a ele, o cidadão comum pode limpar despreocupadamente as partes íntimas apenas com um jacto de água (tanto que, nas últimas semanas, segundo o Dr. Google, as buscas com o termo «bidé» aumentaram subitamente).

Pois bem, neste momento, em que o ser humano está de quarentena e precisa tanto de limpar o rabo lá em casa, pergunto (notando o vosso embaraço): quem vos mandou tirar o bidé da casa de banho?

Abril de 2020

Atchim!

A expulsão violenta e ruidosa de ar dos pulmões, que se realiza pelo nariz e pela boca, mediante um movimento involuntário e repentino do diafragma, a que chamamos «espirro», nunca obteve tanta atenção como agora.

Até há algumas semanas, o acto de espirrar estava ausente do pensamento contemporâneo. Não interessava nada. Era uma coisa vulgar e desprovida de transcendência. As pessoas espirravam só por espirrar.

Hoje, por causa do insuportável coronavírus, o espirro já não deixa ninguém indiferente. Sugere as mais pessimistas reflexões acerca da raça humana. Inspira medo, respeito, antipatia. Perante isto, achei-me a perguntar a mim próprio: de que falamos quando falamos de espirros?

Em primeiro lugar, o espirro é muito mais do que um impulso do organismo para limpar as fossas nasais e as vias respiratórias de partículas irritantes e substâncias estranhas. É um dos veículos mais eficazes para a transmissão da bicharada mais reles: germes, bactérias, vírus, ácaros.

Um único espirro do nariz — esse lugar escuro que dá para galerias, túneis e pântanos cheios de monstros invisíveis — pode ser mais perigoso do que os ensaios nucleares da Coreia do Norte. Capaz de expelir entre 40 e 80 mil gotas de saliva e muco, que podem atingir uma velocidade de 150 km/hora, alcançar uma distância de oito metros, espalhar-se por uma área de dois metros quadrados e ficar algum tempo em suspensão, o espirro é também uma forma de comunicação, é o meio de transporte ideal para um dos bichos mais manhosos e nómadas do mundo (o coronavírus) deslizar para o nosso interior e nos transformar numa arma de destruição maciça.

Espirrar não é, portanto, insignificante. Suscita estados de tensão. Gera desconfiança e suspeição, desdém e nojo. Assusta-nos o espirro que não sabemos de onde veio. Põe-nos à defesa, com receio de que o vírus chegue a todos os lados. Deixa-nos aterrados, tentamos localizá-lo à nossa volta, enquanto imaginamos colónias inteiras de coronavírus flutuando no ar.

Na situação actual, sombria e cheia de dúvidas e interrogações, não podemos evitar uma certa perturbação em presença do espirro. Fugir dele tornou-se uma questão crucial, um exercício obrigatório de sobrevivência, e a forma como espirramos tornou-se um aspecto do nosso comportamento que dita a nossa grandeza ou pequenez moral.

O indivíduo que espirra correctamente, para a parte interior do braço, com o cotovelo fletido, é visto como um paladino das virtudes cívicas. Já o sujeito que espirra para as mãos ou projecta para o ar as excrescências do seu nariz tornou-se um sociopata, um idiota cultural que merece ser atado a uma pedra e lançado ao Rio Tejo.

Na verdade, os espirros ensinam-nos muitas coisas sobre a alma humana. Talvez por isso tanto as religiões monoteístas como as politeístas manifestaram sempre um grande interesse pelo espirro.

Um exemplo picante encontramo-lo na Bíblia: quando saiu do Jardim do Éden, toda nua, a primeira coisa que Eva fez foi dar um espirro. Quando Adão ouviu aquele som novo e desconhecido, apressou-se a exclamar: «Ó alma do diabo, a que vem isto?!»

Com o rodar dos séculos, na Antiguidade, dizia-se que a alma, quando espirramos, deixa por momentos o nosso corpo, expondo-nos a toda a espécie de perigos, pois o espirro (ou «pequena morte», como lhe chamavam então) deixava um espaço vazio dentro de nós que podia ser ocupado pelos maus espíritos. Alguns filósofos latinos, discordando, alegavam que o espirro era precisamente o corpo a deitar fora os espíritos que nele se tinham introduzido, para lhe fazerem mal, não sendo por isso recomendável contê-lo, mantendo o nariz e a boca fechados.

Tanto os gregos como os romanos sabiam que o espirro indicava desordem física e podia estar associado a uma doença fatal. Quando alguém espirrava, proferiam em voz grossa, entre a resignação, a impotência e o pesaroso: «Que Júpiter te guarde, pois não podemos fazer nada por ti!»

No século VI, para exorcizar os negros presságios do espirro, numa altura em que Itália estava a ser atacada por uma epidemia de «espirros persistentes», o Papa Gregório I instituiu o costume de dizer «Que Deus te bendiga» aos que espirravam. Donde o costume de dizer-se, hoje, «Santinho» ou «Jesus».

Eram tantas as superstições associadas aos esguichos do nariz que as pessoas, caso ouvissem um espirro no preciso momento em que se levantavam da cama, deitavam-se de novo, por terem tal coincidência como sinal de péssimo agoiro. De resto, a melhor altura para espirrar era ao sábado, durante as primeiras horas da tarde: indicava sorte ao amor e virilidade sexual (inventei isto agora mesmo).

Para alguns povos antigos, pelo contrário, espirrar era uma coisa positiva, um indício de que os deuses estavam de bom humor, daí os estrepitosos aplausos sempre que alguém espirrava. Outros tinham o espirro como o momento ideal para os homens pedirem em casamento uma mulher ou, então, para concretizarem um negócio.

Segundo um provérbio árabe da época dos mitos do Dilúvio, o gato é o espirro do leão, criado por Deus para controlar as pragas que infestaram a Arca de Noé. Entre os persas e outros povos do Médio Oriente, quando se falava de um morto e alguém espirrava, quem estava a usar da palavra interrompia o discurso e tinha de exclamar: «Glória a Alá!» Se não o fizesse, podia cair fulminado.

Noutras culturas, espirrar enquanto se falava de mil bagatelas era a comprovação de que se estava a dizer a verdade. E entre os judeus religiosos existe ainda o costume de responder ao espirro com a palavra hebraica *emet* (verdade): conversar e espirar ao mesmo tempo significa que Deus aprova ou corrobora o que acabámos de dizer.

Muitos andaluzes estão convencidos de que o espirro de um recém--nascido é sinal de que ele terá sorte na vida e gozará sempre de boa saúde. Na Índia e no Paquistão, onde o espirro é um fenómeno muito estudado por vários pensadores, acredita-se que quando espirramos é porque nos lembrámos de alguém querido, ou por ele fomos lembrados. No Japão, significa que alguém, algures, está a falar da pessoa que espirrou. E em certos locais do México, quando um homem espirra, julga-se que isso quer dizer que a mulher lhe está a ser infiel. Na psicanálise, espantem-se, o espirro significa que invejamos o pénis do nosso cunhado (mesmo que preferíssemos usá-lo na irmã dele...).

Ultimamente, porém, os espirros não têm graça nenhuma. Agora, cada vez que espirramos, queremos logo verificar se o dono do espirro está à famosa distância dos dois metros e não nos condenou a uma ingestão massiva de coronavírus. Mentalizem-se: espirrar nunca mais será a mesma coisa.

Abril de 2020

Efeito Macbeth

Limpo a casa de cima a baixo. Varro o soalho à volta dos móveis e, em tudo quanto é sítio, passo a esfregona ensopada num produto com tripla acção detergente, bactericida e desodorizante. Sinto um cheiro revigorante a limpeza e ordem.

Para as maçanetas, os puxadores, os interruptores de luz, o teclado do computador, os comandos e o telemóvel, uso toalhetes humedecidos em álcool. Nas superfícies, nas torneiras e nos ralos da banheira, do lavatório e do bidé, aplico directamente um gel activo com lixívia. Deixo actuar durante 3–5 minutos, antes de espalhar tudo com um pano húmido.

No interior da retrete, utilizo uma solução de água enriquecida com um *cocktail* de superoxidantes, como radical hidroxilo, oxigénio molecular, oxigénio atómico, ozono e peróxido de hidrogénio. Depois, esterilizo as paredes com cloro — deflagra em mim um movimento proustiano, regresso à piscina do Instituto Superior Técnico, em Lisboa, onde aprendi a nadar —, elimino bactérias, bolores e calcários entre os azulejos com a meticulosidade de um restaurador de quadros.

No chão, entorno uma solução com profunda actividade antimicrobiana e antivírus, que deixa a casa de banho a rebrilhar de limpeza. Despejo o balde na retrete. O cheiro a desinfectante e a detergentes eleva-se de todas as superfícies. Ouço uma porta bater com estrondo: foi a corrente de ar que provoquei entre as janelas da sala e do quarto.

Cambaleando aturdido com o cheiro do amoníaco e dos líquidos de limpeza, avanço para a cozinha, onde soa o barulho reconfortante da máquina de lavar roupa, com água a mais de 60 graus. Observo a louça suja amontoada, sinto-me como a Alice do outro lado do espelho, o que antes estava limpo agora está sujo. Esfrego pratos, copos, talheres (o pior são os garfos), passo-os por água quente e coloco tudo no escorredor.

Enquanto a louça enxuga, pulverizo os electrodomésticos, os armários e a bancada — cheia de restos de gordura e outros resíduos — com um detergente que, graças aos seus poderosos agentes antibacterianos, elimina 99,9% das bactérias, entre as quais salmonelas, MRSA (sigla inglesa para *Staphylococcus Aureus* Resistente à Meticilina), E. coli (*Escherichia coli*), *Listeria monocytogenes* e o vírus da gripe H1N1.

Removo a grade e os bicos do fogão, deixo-os de molho numa solução de vinagre, fricciono energicamente a sujidade entranhada, como se estivesse a submeter alguém à broca de um dentista. O caixote do lixo, de onde vem uma pestilência insuportável, é ensaboado até ao aborrecimento.

Estendida a roupa, espalho no chão da cozinha um líquido que limpa em profundidade e elimina sem esforço a sujidade mais difícil. A casa inteira liberta um cheiro a lixívia, o cheiro da pureza, da honestidade, da roupa branca.

Tal como para você, leitor, meu semelhante, meu irmão, a lixívia é, nestes dias, uma ideia que inspira segurança. Que representa a aniquilação dos seres invisíveis que nos rodeiam, que colonizam as nossas casas e os objectos de uso diário, como os vírus, os ácaros, as bactérias, os protozoários, os fungos.

Todos os dias, com uma pistola desinfectante numa mão e um pano microfibras na outra, arremeto contra esses brutos que tanto nos repugnam, espatifo germes com uma violência incontrolável, fulmino vírus patogénicos, sou responsável por autênticos genocídios de micróbios, bactérias parasitas, vermes da gordura, etc.

Quando imagino esse mundo vivo, imperceptível a olho nu, ao mesmo tempo distante e opressivo, forma-se no meu peito uma bola de angústia. Sei que alguns lugares remotos de minha casa — refúgios inacessíveis, locais secretos, reentrâncias, fendas, orifícios, cantos, curvas, ranhuras — albergam e acumulam colónias desses monstros minúsculos, que aí se escondem e se reproduzem.

Por muito que nos custe, a realidade está cheia de microrganismos que dependem da nossa transpiração, da nossa pele, dos restos da nossa comida. Universos inteiros de bactérias e ácaros vivem nos tapetes, no chão, nas solas dos sapatos; cada vez que nos penteamos, hordas de seres microscópicos caem no chão ou nos nossos ombros; nos colchões abrigam-se exércitos de ácaros compostos por cinco ou seis milhões de soldados com a cabeça colada ao tórax, o abdómen inchado e as patas peludas (vistos pelo microscópio, parecem gente de outro planeta fazendo a sua vida, em actividade frenética, indo de um lado para o outro como nós, egoístas como nós, fazendo tudo o que for preciso para sobreviver).

É verdade que o novo coronavírus nos tornou ainda mais obcecados pela limpeza, pela anti-sepsia e pela esterilização, espalhando por todo o lado, a uma escala gigantesca, a necessidade de suprimir a sujidade, os detritos, todas as manchas.

Mas a feroz influência dos líquidos de limpeza no nosso quotidiano (que é anterior à pandemia) também diz muito sobre o carácter dos seres humanos. Vejam bem: as pessoas que lavam a casa toda e tomam banho depois de terem realizado acções pouco éticas são pessoas que têm menos problemas de consciência. Muitos mentirosos e criminosos são conhecidos pela sua higiene pessoal escrupulosa ou imaculada: aldrabões que esfregam as mãos vigorosamente depois de uma vigarice, maridos infiéis que tomam banho depois de um encontro secreto, assassinos que passam fins-de-semana em estâncias balneares depois de um assassinato particularmente desagradável.

Num esforço inconsciente de calarem, sanearem ou purificarem a sua má consciência e repararem a sua identidade moral, quase todos eles sentem um impulso irreprimível de se lavarem depois das suas acções desprezíveis.

Chama-se a isto «efeito de Macbeth», pela cena da tragédia de Shakespeare em que *Lady* Macbeth se lamenta, depois de manchar as mãos de sangue (quando, a seu pedido, o marido assassinou o Rei Duncan): «Sai, maldita mancha! Sai!» (não por acaso, como sabem, Shakespeare escreveu *Macbeth* durante um período de quarentena, quando tentava escapar à peste negra).

Para quem acha que foram o nosso desrespeito pela natureza (destruição das florestas, aquecimento global, etc.) e o nosso desprezo pelos animais (mortos apenas por lazer ou cruelmente aglomerados em quintas de exploração intensiva) que causaram esta pandemia, aqui está outra explicação para a nossa actual ânsia de asseio.

Resta perceber até que ponto a utilização indiscriminada de produtos de limpeza, desinfectantes e anti-sépticos contribuirá, tal como sucede com o abuso dos antibióticos, para a expansão de micróbios mais resistentes, que podem dar origem a doenças ou problemas mais graves.

Eis, portanto, o estado da questão: como sair do labirinto em que nos metemos?

Abril de 2020

O corredor

O léxico da pandemia ofereceu-nos uma grande riqueza de vocábulos. Entre a acumulação pitoresca de termos e expressões que casam com o espírito do nosso tempo — zaragatoa, bazuca, acrílico, pangolim, síndrome da cabana, tsunâmi de xenofobia, cobre-sapatos, bicho, etc. — paira agora a palavra «corredor». Porquê o corredor? Porque fazer ou não parte dos corredores bilaterais aéreos de turismo, de viagens ou de trânsito (sem necessidade de se submeter a quarentena), constitui hoje uma das grandes preocupações terrenas.

De todas as palavras que acompanham e corroboram esta pandemia, «corredor» é talvez a menos explorada. No entanto, os corredores são poderosos factores sociais, tanto como a gramática ou a filosofia. Desde o século XVIII, talvez mesmo desde o século XVII, as sociedades passaram a estar organizadas em torno de corredores.

Antes da proliferação de corredores, as pessoas não podiam isolar--se como hoje. Para se deslocarem dentro de casa, tinham de atravessar as divisões de enfiada, umas após outras. O corredor veio criar privacidade, introduziu uma inteligibilidade nova nas casas: ao estarem dispostas de maneira a dar para um corredor, as divisões e os seus ocupantes ficaram mais distantes uns dos outros. O que determinou uma separação mais clara e precisa entre criados e patrões, operários e supervisores, prisioneiros e guardas.

Desde então, passamos os dias em corredores. A atravessá-los — apressados, de caminhar resoluto e direito, para chegarmos a um destino qualquer — ou à espera de sermos chamados para alguma coisa.

Escolas, hospitais, centros comerciais ou estações de metro são espaços de circulação anónimos e mundanos que nos introduzem em corredores que dão sempre para outros corredores. Os próprios transportes públicos, das carruagens dos comboios aos aviões, consistem em corredores cuja função é produzir um fluxo humano, um movimento de vaivém por onde os corpos aparecem e desaparecem, passando de um estado a outro.

O corredor é um lugar que separa o que está ligado e que liga o que está separado, que comunica as divisões umas com as outras e que, simultaneamente, as mantém à distância, ou seja, que separa e liga ao mesmo tempo, que dilata e contrai o sentimento do espaço.

Território de paradoxos, de ambivalências e de distâncias íntimas, o corredor marca a transição entre dois extremos, entre o aqui e o além, entre a socialização aberta e a privacidade fechada.

No exterior dos edifícios comunitários ou de habitação social, os corredores não são nem públicos nem privados, antes uma zona intermédia, uma exterioridade que remete para várias interioridades.

Rigorosamente, o corredor é uma categoria de movimento, de dinamismo e de velocidade que veio aumentar a eficiência no modo como as pessoas se movem e comunicam entre si. Por isso, porque é simultaneamente um espaço de eficiência e de alienação, o corredor é o mais profundo e eloquente símbolo do capitalismo.

Mas os corredores também nos interpelam, nos desafiam e nos fascinam. Escuros ou lúgubres, são lugares de inquietação cujo perigo procede da atracção psíquica que exerce sobre nós.

A visão dos corredores impressiona as crianças, impõe-lhes a certeza inconsciente de um mistério, intangível à compreensão racional. É um espaço fantasmagórico, da ordem do indecifrável, não isento de ciladas e sustos (sombras perturbadoras, ecos sinistros, sons de passos furtivos indo e vindo na casa), com que as crianças se confrontam nas suas deslocações pela casa. Um lugar de segredos, seduções e perigos que não tínhamos a certeza de ser capazes de atravessar, que nos ameaçava, tornando duvidosa a chegada, sãos e salvos, ao outro extremo (parar a meio de um desses corredores significava suspender o sentido do mundo).

Os grandes perigos da infância estão associados aos périplos por corredores sem fim, mal iluminados como cavernas, cujas paredes transpiravam ameaças. O medo dos grandes corredores sem janelas da casa da Rua Rosa Araújo, em Lisboa, onde vivi quando cheguei de África com apenas três anos — cheios de móveis sérios, sorumbáticos, soturnos; casacos pendurados na penumbra como monstros; livros e objectos de respeitoso culto; uma cómoda com retratos de família a preto-e-branco —, esse medo, dizia, está ancorado no mais profundo da minha infância, arrasta-me numa torrente de recordações sucessivas.

A Rosa Araújo é uma rua paralela à Barata Salgueiro (onde mora a Cinemateca), que desemboca na Avenida da Liberdade. No terceiro andar do número 28, constituído por 13 divisões, viviam a minha tia-avó Maria do Rosário, irmã do meu avô Manuel, muito velhinha e encarquilhada, um aglomerado de ossos e pele muito branca, quase translúcida (por onde se via o sangue pulsando nas veias azuis), de quem nunca viu o sol da praia (talvez porque passasse os dias a ler a Bíblia com as narinas no papel, a conversar com Deus e o Cristo, de joelhos num pequeno genuflexório de madeira que jazia na imensa sala de jantar), e a senhora Maria, a criada, que tinha 14 anos quando chegou àquela casa e estava nos seus mais de 60, mal contados. Sem filhos, era também solteirona e vivia, desde a adolescência, com a minha tia-avó Maria do Rosário. Com ela e para ela, quase exclusivamente.

Quando ali cheguei, não sabia qual delas era a minha tia. Se a Maria do Rosário — que sofria de um atraso mental (causado, dizia-se, pelo leite da ama-de-peito, que estaria envenenado) e a assemelhava a uma criança de oito anos —, se a senhora Maria, um bloco compacto de baixa estatura, com pernas de hipopótamo, que arrastava pela casa um avental cheio de nódoas e umas pantufas coçadas e esburacadas. A senhora Maria era completamente desprovida de maldade. Não se esforçava. Era assim que ela era.

Ali vivemos — eu, o meu irmão António e os meus primos Aboim Inglês, o Henrique e a Ana Paula — durante os meses em que os nossos pais permaneceram em Angola. Durante todo aquele tempo, a senhora Maria, no seu posto de guardiã da cozinha, velava pela alegria que as crianças imprimiram naquela casa.

Percorríamos a casa — imaginem quatro crianças, com o seu dinamismo exasperante, a viver com aquelas duas senhoras velhotas, numa casa qualquer, de uma rua qualquer, de uma cidade qualquer (não importa que rua de não importa que cidade) — como selvagens despenteados, correndo e gritando energicamente, impondo a nossa presença por todas as divisões (foi uma época da minha vida demasiado importante para ser esquecida, onde nasceram muitas das sensações que construíram as memórias de infância, aquelas que nos explicam e nos justificam).

Ali não havia frigorífico nem quaisquer outros electrodomésticos, excepto o fogão. Em contrapartida, tínhamos uma dispensa e um armário com portas de rede, onde se guardavam os alimentos. As batatas e outros produtos nadavam dentro de bacias cheias de água, para evitar os ataques da bicharada, sobretudo as baratas (ainda hoje, quando me perco na contemplação da repulsiva imagem de uma barata, sinto que se me restitui um dos quadros familiares da minha infância).

A meio da noite, quando tinha de ir à casa de banho (que ficava na outra ponta da casa) e acendia a luz da cozinha, milhares de pequenas baratas espalhadas pelo chão (antes escondidas na escuridão, na sua vida de insectos, numa busca desenfreada de alimentos e de parceiros sexuais) lançavam-se em fuga subitânea, numa marcha vertiginosa que as dispersava por todas as direcções. Faziam-no com uma rapidez incrível, penetrando frinchas, gretas e buracos que desciam a mundos infernais (a minha prima, por causa das baratas, teve uma vez um ataque de asma tão grande que nunca mais foi à casa de banho a meio da noite).

Na sala de jantar havia um móvel mandado desenhar pelo meu bisavô John, que tinha um irmão que era avô do Francisco George, o ex-director geral de Saúde. Nesse louceiro — feito em madeira de cerejeira, cujas portas tinham puxadores que eram cabeças de leão e em cuja superfície desenhávamos no pó acumulado — ficavam as travessas de servir as refeições e um jarro de água, onde, por vezes, se precipitava alguma barata, a que chamávamos (com o sadismo e a crueldade natural e espontânea das crianças) «submarinos».

Por aquela casa, contígua a um prédio ocupado pelo PCTP/MRPP, com grandes bandeiras vermelhas nas varandas que tapavam os vidros das janelas, passaram vários adultos da família. O meu tio António, que escrevia poemas com o pseudónimo Georgeanto de Avellar, tivera um filho com uma criada, delapidara todo o património dos Avellar (a minha família de São Martinho do Porto, onde tinha uma mansão aristocrática, com tapetes de palácio e três pianos, rodeados de obras de arte antiquadas e pesadas) e fora viver para o Brasil, onde teve 21 filhos; o Polidoro, que fora ajudante-de-campo do General Spínola, durante a guerra na Guiné, cuja farda, um metro e noventa de altura e cabelo louro despertavam paixões sem saída em quase todas as mulheres da família, incluindo a minha tia e a minha avó (ao Polidoro achávamo-lo todos fascinante, na sua farda do Exército português); a menina Júlia, uma costureira de 80 anos que ia lá a casa todas as quartas-feiras e ficava num dos inúmeros quartos interiores, muito escuro e com uma cama, onde dormia a sesta e escondia um garrafão de vinho (observar a máquina de costura avançando sobre o pano e a menina Júlia de alfinetes na boca era uma das minhas delícias fundamentais).

A mesa da sala de jantar era gigantesca. Nela fazíamos as nossas particulares batalhas de El Álamo e de Estalinegrado, com berlindes e soldadinhos de plástico (os móveis daquela divisão eram tão grandes que nenhum dos herdeiros tinha espaço para ficar com eles). Nas paredes havia quadros enormes com motivos religiosos e, por todos os lados, figuras de santos, na sua impassibilidade de estatuetas (quem deixasse um gravador ligado naquela casa, durante o silêncio da noite, podia vozes de além-túmulo).

E havia, claro, um corredor enorme com um bengaleiro cheio de casacos monstruosamente pendurados uns em cima dos outros, um móvel em madeira de cerejeira (mandado fazer pelo meu bisavô John) e, numa parede, uma fotografia gigantesca do primo Vitorino (que morrera prematuramente), parecendo olhar para nós interrogativamente, com uma medalha militar posta na lapela e com as mãos enterradas nos bolsos do casaco.

Antes de o atravessar, parecia que caía através de mim mesmo. Estugava primeiro o passo, parando um instante à entrada do corredor (cujas dimensões me pareciam impossíveis de abarcar, sentindo o pânico daqueles que percebem na sua nuca o hálito ou a respiração da besta) para me habituar à escuridão e perscrutar os mais pequenos ruídos.

Só depois de convocar todos os meus fantasmas é que a quietação do corredor se transformava numa força de propulsão que me empurrava para a frente, um desafio abstracto e imaginário a que dedicava os meus maiores esforços, uma prova que devia superar.

Porém, os corredores não sugerem apenas terror, como ao pequeno Danny Torrance no filme *The Shining*, de Stanley Kubrick. Quando são luminosos e transparentes, pelos corredores passam as crianças a brincar à apanhada, a lançar bolas ou em bicos de pés (pezinhos de lã) para os pais não acordarem.

Além disso, os corredores possuem uma dimensão metafórica obscura: os corredores do poder (onde se fazem os «jogos de corredor», as alianças perversas e as conspirações que derrubam ministros e presidentes), os corredores ecológicos (que evitam a extinção de espécies animais), o corredor da morte, etc.

Arquitectonicamente, o corredor não é considerado uma assoalhada, mas um lugar entre assoalhadas, um espaço neutro quase indefinido, que desempenha uma função mediadora entre assoalhadas.

Para muitas pessoas, os corredores são espaços sem alma e sem grandes histórias que contar. São o sítio menos emocional e menos pessoal ou mais frio (por onde uivam as correntes de ar) da casa. Um não-lugar por onde passamos rapidamente e a que não prestamos grande atenção, ansiosos por chegar a outro lado; onde raramente ficamos, raramente permanecemos, e que nunca ocupamos (excepto nas festas).

Ao contrário das outras divisões da casa, não há um termo oposto ao corredor: o contrário dos quartos é a sala, da cozinha a casa de banho, do sótão a cave. Daí que o corredor seja o único espaço onde se pode adquirir um ponto de vista crítico sobre toda a casa.

Campo essencial de reflexão filosófica e de grande alcance sociológico, o corredor é uma das bases das relações sociais, uma tipologia que estrutura e exprime a história contemporânea.

Passamos a vida a atravessar corredores, por isso estranho que poucos os estudem hoje de modo sério e profundo. Inclusivamente, não é absurdo dizer que se tem descurado a história dos corredores.

Nas obras de arquitectura, são subvalorizados, subestimados, esquecidos, não têm realidade autónoma, nem lugar próprio. Hoje, os projectos de arquitectura parecem tentativas de acabar com os corredores, visando aniquilá-los.

No meio desta tendência, adversa aos corredores, é reconfortante perceber que o velho imaginário do corredor — graças aos «corredores bilaterais» que facilitam as trocas turísticas entre países — experimenta um ressurgimento, está a ganhar uma nova razão de ser. Abençoado vírus!

Julho de 2020

Processos judiciais contra Deus

Em 1975, um crítico perguntou a Augusto Monterroso, escritor hondurenho naturalizado guatemalteco, que sensação lhe produzia ser considerado um humorista. O criador de «Dinossauro» (tido como o conto mais curto da história da literatura) disse que lhe provocava uma sensação agradável, «não por me verem como um humorista, mas sim pelo facto de ser classificado. A ordem fascina-me.»

Monterroso — não é por acaso que o reputam de mestre dos textos rápidos, breves e concisos — resumia assim uma verdade intemporal: o ser humano adora classificar, sempre teve uma forte tendência para catalogar e estabelecer categorias. Categorias de animais, de plantas, de doenças, de causas de morte, de tipos de chá, de posições sexuais (missionário, tesoura aberta, dança das borboletas ou Moisés abre o Mar Vermelho, entre outras), de síndromes (como a síndrome do cabelo impossível de pentear ou a síndrome da pronúncia estrangeira, que afecta as pessoas que falam a sua língua materna com uma pronúncia estrangeira) ou de fobias (pessoas que têm medo de abrir os olhos, pessoas que sentem horror a estar perto de carecas, pessoas que detestam receber boas notícias ou pessoas incapazes de olhar e de tocar em joelhos, os próprios e os dos outros).

O ser humano é um implacável classificador. Não dispensa as listas, não consegue passar sem elas. As listas são inerentes ao cérebro humano, traduzem o nosso impulso de, simultaneamente, unir e demarcar, aproximar e afastar, associar e dissociar.

São talvez aquilo que melhor nos distingue dos outros animais. Nenhuma pessoa de bom senso negará que somos o único ser vivo capaz de fazer uma lista de animais não humanos com diplomas académicos fraudulentos (como o rato doméstico Colby Nolan, que recebeu um MBA da Trinity Southern University; mais tarde, veio a saber-se, por fontes fiáveis, que não só não possuía as qualificações necessárias como nunca tinha ido às aulas) ou uma lista dos animais que praticam prostituição.

Estas listas existem mesmo, não são produto da imaginação (a minha capacidade de efabulação não chega a tanto), podem ser consultadas na Internet.

Na Wikipédia, encontramos uma imensidade de tipos perfeitos de listas, que põem à prova a nossa capacidade de manter a mente aberta a novas listagens. Se não as tivesse visto, não teria acreditado: lista de pessoas que morreram na casa-de-banho ou com um coco na cabeça (uma lista preocupantemente longa); lista de inventores mortos pelas suas próprias invenções; lista de processos judiciais contra Deus (quase todos indeferidos porque Deus, não tendo um endereço, não pôde ser notificado); lista das piores declarações de Bolsonaro; lista com todos os títulos do líder norte-coreano Kim Jong-il («Pessoa Superior», «Querido Líder que é a Encarnação Perfeita do Aspecto que um Líder Deve Ter», «Filho do Futuro Comunista», «Sol Radioso do Século XXI», «General Invencível e Triunfante», «Grande Homem que é um Homem de Grandes Acções», «Altíssima Encarnação da Camaradagem Revolucionária», etc.); lista de pessoas influentes que nunca viveram (o *cowboy* da Marlboro, o *Big Brother* de George Orwell, o Rei Artur, o Pai Natal, o Hamlet de Shakespeare, etc.); lista de associações modernas que acreditam que a Terra é plana; lista de cidades-fantasma do Canadá; ou a fundamentalíssima lista das 24 páginas mais estranhas da própria Wikipédia.

Aliás, a Wikipédia gosta tanto de listas que possui, inclusivamente, uma lista de listas de listas, em que uma lista leva a outras listas, que, por sua vez, nos reenviam para outras listas, chegando-se ao momento em que as coisas mais diversas e opostas, as mais estranhas, as mais afastadas, encontram o seu ponto comum e entram em contacto: a lista de objectos artificiais enviados para o Espaço pode conduzir-nos a uma lista de planetas do filme *Star Trek*; a lista dos objectos mais comuns abandonados em cacifos até à lista das *playlists* mais mexicanas do Spotify; a lista de jogadores de críquete do Sri Lanka até à lista das coisas mais bizarras que aconteceram em 2021; a lista das melhores e das piores cores para usar no trabalho até à lista de operações militares na Guerra do Vietname; a lista dos piores filmes de terror (*Palhaços Assassinos do Espaço Sideral*, *O Vingador Tóxico* ou *Piranha 3D*) até à lista dos nomes mais estranhos de pessoas (como Aeronauta Barata, Agrícola Beterraba Areia, Ácido Acético Etílico da Silva, Amim Amou Amado, António Moura Pacífico de Oliveira Sossegado ou Espere em Deus Matheus) ou à lista das piores figuras que os convidados fazem nos casamentos.

Na verdade, as listas personificam o paradoxo próprio da pós-modernidade, onde tudo é uma síntese de tendências opostas, onde nada é coerente e inteligível isoladamente, implicando sempre uma qualquer relação com o seu avesso. Mostram que o desenvolvimento histórico resulta de uma tensão entre princípios antagónicos — afastar e correlacionar, discriminar e igualizar, incluir e excluir —, que, combinados, nos oferecem uma imagem do mundo fotografado em contraluz.

Vejamos apenas um exemplo, para não abusar mais da paciência do leitor: a lista das pessoas mais afortunadas do mundo só adquire o seu sentido exacto quando confrontada com a lista das piores profissões do planeta: provador de alimentos para animais, desentupidor de esgotos, farejador de odores (trabalhadores de empresas de desodorizantes que ganham a vida a cheirar as axilas, a respiração e os pés das pessoas), juiz de gases intestinais (no Brasil, pelo menos, é uma profissão), cobaia de pistolas de choque e testador de supositórios.

Era aqui justamente — ao supositório — que queria chegar. Porque o supositório, entre todos os produtos farmacêuticos, é de longe o que tem o pior trabalho. Talvez por ser um assunto doloroso de abordar, por causar incómodo e desconforto, o supositório tem sido lançado no esquecimento, pouca ou nenhuma atenção se lhe tem prestado. Pois chegou a altura de falar do supositório, de aprofundarmos os mistérios da sua existência. Prossigamos em novo capítulo.

Março de 2021

O supositório

O supositório é difícil de abordar. É inoportuno. Inconveniente. Embaraçoso. O supositório, temos de concordar, infringe as normas de convívio, não atende às conveniências da sociabilidade.

Como assunto, não é respeitável, não possui majestade histórica ou literária. Não é mencionado nos noticiários, não desperta interesse estético, não aparece nas palavras-cruzadas, muito menos nos anúncios da televisão (é fácil anunciar um detergente para a roupa, mas como vender um supositório contra as hemorróidas?).

O supositório viola o acordo tácito de nunca se escrever sobre temas que põem o acento, senão a ênfase, na região das nádegas (o sítio em que se levam os pontapés, como dizia Eça de Queirós).

Para quê mentir? O supositório é um dos temas mais arriscados de qualquer cronista. Pode metê-lo em apuros, pôr em perigo a sua respeitabilidade, causar prejuízos à sua reputação, tornar duvidoso o seu futuro político.

É que, dizem alguns especialistas, não existe apenas o supositório, existe também tudo o que está implícito quando se pronuncia a palavra «supositório».

E, no entanto, falar do ponto de vista do supositório (e dos problemas que lhe dizem respeito) é falar da nossa humanidade comum. Ajuda a estabelecer aquela simpatia natural que faz quebrar barreiras e aproxima os indivíduos.

A própria vida tem algo de supositório: começa numa embalagem protegida do exterior (conservada a determinada temperatura) e desaparece num buraco negro (o reino das sombras, como é definida, na *Odisseia*, a morte).

Por muito que isto custe, a verdade é que o supositório está no cerne de quase todas as infâncias (há aí alguém que nunca tenha sofrido no rabiosque o martírio de um Dulcolax ou de um Ben-u-ron?).

O supositório é o lugar onde a infância se reflecte, é o subconsciente materializado num objecto, como se o nosso subconsciente actuasse fora do cérebro humano.

O supositório realmente abrange a infância colectiva. Os dois formam um conjunto inseparável, uma única identidade.

A hora do supositório era o momento em que, de tanto chorarmos, quase nos afogávamos no próprio ranho.

Às vezes, através da confusão dos golpes de judo dos adultos, conseguíamos escapulir para debaixo da cama, como os cristãos primitivos que se escondiam numa catacumba para fugirem à perseguição de Nero.

Baldada tentativa: quase de seguida, voltavam a arrastar-nos, à maneira de um cadáver, para o sacrifício (um sacrifício que, ao contrário do que acontece na Bíblia, não tinha nada de nobre ou belo), enquanto nos tentavam enganar, dizendo que aquela coisa (na altura, ainda não sabíamos dizer a palavra «supositório») era como a poção mágica do Astérix, conferia poderes especiais (sabíamos que era mentira, porém, talvez por instinto de sobrevivência, preferíamos acreditar nisso).

Mas o supositório também promovia a crítica da religião (Deus, afinal, nunca nos ouvia) e fazia-nos chegar, pela primeira vez, a conclusões de carácter filosófico (haverá vida do outro lado do supositório?).

Outro facto curioso é que os supositórios são todos parecidos. Se pensarmos nas variações através dos séculos, o supositório não sofreu modificações drásticas, a sua forma ogival sobreviveu à Revolução Francesa, à Industrialização, à Teoria da Relatividade, à Bomba Atómica e à China socialista.

No plano estético, o supositório tanto pode parecer uma coluna neolítica erguida em direcção ao céu, como um objecto visionário ou futurista, saído da ficção científica da década de 1980.

Ao mesmo tempo, a epopeia do supositório faz lembrar os missionários que levavam a boa-nova às terras pagãs ou os antropólogos que estudavam as tribos primitivas (no sentido levi-straussiano do termo). Ou então uma daquelas criaturas obscenas e minúsculas que Jonathan Swift descreve n'*As Viagens de Gulliver.*

De resto, a cadeia de associações em torno da sua forma cilíndrica — torpedos, mísseis, balas — impõe a imagem da vida como uma guerra, evoca o trânsito da luz para as trevas (atenção: ao contrário daqueles bélicos projécteis, o supositório não deve ser introduzido pela parte cónica, mas pela outra extremidade).

Não pretendo reconstituir pictoricamente o momento em que o supositório começa a desempenhar a sua função, tão-pouco quero ofender o pundonor dos leitores mais sensíveis, todavia, é inegável que o supositório tem um daqueles trabalhos que ninguém quer. Quem é que gostaria de trabalhar no ambiente do supositório?

O caminho trilhado pelo supositório é incrivelmente adverso, praticamente inabitável: um túnel cavernoso e espesso e quente, repleto de correntes de ar, que acarreta o risco de explosões de gás ou desabamentos.

Simultaneamente, como demonstram as observações de Darwin sobre os aborígenes da Terra do Fogo, o supositório tem uma vida curta, e o seu horizonte é pouco tentador. Do supositório, aliás, pode dizer-se o mesmo que se diz do teatro do absurdo: nunca tem um final feliz, nunca acaba bem.

Sejam quais forem as opiniões sobre o supositório, uma coisa pelo menos todos terão de reconhecer: o supositório ficará para sempre nos anais da medicina. Não se conhece o nome do criador do supositório — sabe-se pouco sobre a sua história —, mas presume-se que terá sido inventado pelo grego Clístenes, que nasceu e morreu antes de Cristo, em Atenas.

Na minha maneira liberal de observar as manifestações quotidianas, o supositório funciona como uma alegoria do modo humano de fazer as coisas, onde a fronteira entre civilização e barbárie é mais fina e estaladiça do que massa folhada acabada de sair do forno.

O projecto existencial do supositório é, simultaneamente, catastrófico e cómico, define-se pelo fim que existe à frente dele: ser pressionado pelo esfíncter anal, para depois amolecer, derreter e dissolver-se nos fluidos do organismo.

Sim, amigos. O supositório está duplamente marcado pelo determinismo dos mártires. Enquanto a vacina, cada vez mais mediática, se tornou o herói providencial da indústria farmacêutica, o supositório não é uma figura gloriosa ou apoteótica. É, pelo contrário, o grande sacrificado das substâncias medicamentosas. Tem o destino trágico das personagens de Ésquilo, Sófocles e Eurípides.

Se tivéssemos de constituir uma linhagem de medicamentos malditos, o supositório estaria ao nível de Le Tasse, de Nicolas Gilbert, de

Thomas Chatterton, de Arthur Rimbaud, de André Chénier ou mesmo de Pierre Lacenaire (que, aos 36 anos, para melhor dar a conhecer os seus poemas, decidiu passar pela guilhotina).

Está claro que esta crónica não é uma apologia do supositório. No entanto, se a vacina contra a covid-19 pudesse ser administrada por via rectal, na forma de supositório, e não por injecção intramuscular, qual dos dois preferiríamos? O supositório ou a ponta de uma agulha comprida e grossa, assustadoramente estranha, espetada no músculo deltóide[1], na parte superior do braço? Desconfio que sei a reposta. Relaxe.

Março de 2021

---

[1] O músculo deltóide, segundo definição gamada na Internet, «é um músculo volumoso e em forma de triângulo, que cobre a cintura escápulo-umeral e a estrutura do ombro. Apresenta um formato triangular, semelhante ao delta do alfabeto grego, advindo daí o seu nome. Situado na região da espádua, constitui-se como o seu músculo mais volumoso, estando localizado próximo da zona superficial, logo abaixo da pele, modelando o formato arredondado do ombro. Tem um formato côncavo, estando a face convexa voltada para o exterior» (Dicionário Infopédia da Língua Portuguesa sem Acordo [em linha]. Porto: Porto Editora. Consultado em 26/03/2023. Disponível em https://www.infopedia.pt/apoio/artigos/$deltoide-(anatomia)).

De chinelos e mangas de camisa

Gosto muito do calão. O que é o calão? É uma avenida cheia de gente ruidosa, por onde circulam carteiristas, fadistas, contrabandistas, meretrizes, chulos, travestis, actores, operários, jornalistas, estudantes, drogados da seringa, marinheiros, músicos, marialvas, foliões de sábado à noite, pedreiros, tipógrafos, militares e o diabo.

É uma linguagem mergulhada no pecado, que fica na rua até tarde, gosta de vinho e aguardente barata, vai às tabernas e aos bares sombrios e fumacentos, arrisca na roleta e joga cartas a dinheiro.

É o dicionário de chinelos e mangas de camisa. É a expansão do português, a nossa língua dilatada pelo calor, como dizia Eça de Queirós do brasileiro. É o seu grau superlativo, a sua dimensão mais desmedida e depravada.

O calão não é reservado nem discreto. Leva uma vida desregrada (ou procura-a) e conhece a maldade humana, não tem dúvidas de ordem moral.

É um dos assombros da infância, quando ainda saltamos ao eixo e ficamos deslumbrados pela descoberta das primeiras palavras proibidas. Entra-nos, depois, pela adolescência, acompanha-nos nos maus e nos bons momentos.

O calão tem uma beleza natural, incluindo nos seus defeitos e no seu léxico brutal. Gosta dos prazeres da existência. Alberga regularmente pensamentos de desejo sexual e expressa-os com veemência, revelando-nos a outra pessoa que escondemos dentro de nós.

É uma forma de desmoronar as distâncias em relação aos outros, mas também de criar barreiras quando não queremos que nos compreendam.

Com ele, escreveram-se trovas (Gil Vicente), sonetos (António Lobo de Carvalho, «o Lobo da Madragoa», e Bocage), poemas épicos (Caetano José Souto-Maior, «O Camões do Rossio») ou heróico-cómicos (José Agostinho de Macedo, «o Padre Lagosta»), epitáfios («Aqui jaz, mui contente de seu Fado, / Jacinto Palmeirão; Que quatro lindas vezes foi casado, / E quatro foi cabrão», Filinto Elísio), textículos (Luiz Pacheco), romances (*O que Diz Molero*), crónicas (Miguel Esteves Cardoso), músicas *pop/rock* («Chico Fininho», de Rui Veloso, e «Perfume Patchouly», do Grupo de Baile) e blogues (o anónimo O Meu Pipi).

É também uma forma de resistência contra o poder, as convenções, as academias, a moral compulsória. É a coragem dos desvalidos, quando repreendem os vícios e as injustiças dos grandes e poderosos.

O calão dá largas a si próprio, sai de qualquer maneira. Não anda nas pontas dos pés nem receia perturbar o estado de coisas. É o coração nos dentes impondo-se à moderação, à concórdia e à conciliação. O exacto contrário do recato, da respeitabilidade e da razoabilidade, ou da linguagem morna do dia-a-dia.

É a subversão permanente da sintaxe e da lógica, uma lava turbilhonando no interior do mundo solene e comedido da língua, do português pomposo, servido em pratos limpos. É a demonstração rigorosa de que a linguagem muda mais depressa do que os seres humanos.

O calão exprime movimento. Tem o mérito da naturalidade e da agilidade narrativa. Nele há uma enorme sensação de liberdade, de desordem, de intensidade. Há alegria, excesso, detonações, faíscas, firmeza de estilo, uma vida sonora própria, mais sortida em imagens.

O calão traz aos ouvidos surpresas várias. É um motor poderoso do processo fonético e linguístico. Abre outros horizontes epistemológicos.

Por vezes, o calão e a gíria andam de braço dado, confundem-se. Para Manuel Joaquim Delgado (1910–1990), distinto filólogo e etnógrafo, «a gíria significa o mesmo que calão. Gíria parece relacionada com geringonça ou gerigonça, que, por seu lado, se relaciona com o francês *jargou*, o italiano *gergonc* e *gergo*, o castelhano *geringonza*, *gerigonza* (ou *jerigonza*) e *xerigonça*. Calão vem de caló, nome que se dá ao cigano do nosso país. Propriamente, *caló* quer dizer "cigano" e "língua de cigano"» (*O Calão e a Gíria Plebeia*, separata da *Revista de Portugal*, Série A: Língua Portuguesa, Volume XXX, pp. 155–170, Lisboa, 1965).

Numa época como a nossa, em que somos cada vez mais obrigados a controlar as impressões que os outros têm sobre nós, recorrendo à contenção emocional e à moderação verbal, em que se tenta criar uma relação terapêutica com a linguagem, o calão é um idioma de compensação psíquica, que flui de maneira envolvente e nos olha directamente nos olhos.

O calão inventa palavras[1] que reduzem a resistência do ar e se precipitam com violência em direcção aos nossos pavilhões auriculares. É um linguajar de precisão assustadora: bastam-lhe duas ou três palavras para ficar tudo dito. Permite morder nos outros, cortar na casaca, castigar adversários e inimigos. Mandá-los à fava. Infernizá-los. Calcá-los. Amesquinhá-los ou ofendê-los com propósitos achincalhantes, sem delicadeza nenhuma (e, melhor ainda, com consciência disso).

O calão é uma linguagem concebida para agredir e insultar ou apupar — em incidentes de rua, nos sarilhos do trânsito, em ajuntamentos populares, nas pugnas de clãs políticos rivais, nos ambientes broncos e alarves, em conversas narcisistas, quando os homens gabam o tamanho e o vigor do seu pénis —, mas também para divertir.

O calão mistura agressividade e gozo, inclui uma profusão de palavras indecentes, fétidas e embaraçosas, de consumo farto, como (tranquem os ouvidos) punheta («Cinco contra Um»), rata («Países Baixos», «Salão de Festas»), caralho («A Felicidade das Mulheres»), minete («Beijar a Relva», «Falar ao Telefone»).

Para alguns, trata-se de anomalias do pensamento (nos EUA, em tempos, o Tribunal Supremo regulou o uso da linguagem «indecente» nos meios audiovisuais, as chamadas «sete palavras sujas»: merda, mijo, foda-se, cona, estúpido, cabrão e tetas).

No *Dicionário Aberto de Calão e Expressões Idiomáticas*, da Universidade do Minho, coligido por José João Almeida (fonte de consulta geralmente bem informada, saboroso pretexto para encadear devaneios linguísticos), o calão possui uma hierarquia interna, deliciosa e fulgurante, que começa no calão normal (nível superficial, que não escandaliza ninguém), passa pelo calão *tout court*, o calão arcaico/ /erudito (por exemplo: «clitóris», «flatulência», «sodomia»), o calão coloquial («bacano», «bófia», «bosta», «chavalo», «dar de frosques», «dar cabo da troika» — «O meu marido dá-me cabo da troika» —, «endrominar», «laurear a pevide», «chunga», «sulfato de peúga»), o calão carroceiro («queca», «brochista», «pichota», «Black & Decker»,

---

[1] A minha filha Ema, como todas as crianças, é uma inventora de expressões divertidas e engenhosas, como estas: «iogurte lírico», «bolas de berlinde», «provas de aflição» ou «as sirigaitas cantam à noite quando está calor».

«mais longe que o caralho mais velho», «nem Ford nem sai de Simca»), o calão muito carroceiro («fodilhão», «empata fodas», «enrabador de curiosos», «fazer um bobó», «filho de um porta-aviões de putas», «filho de um cabaz de cornos», «jogar bilhar de bolso»), e termina no calão estupidamente carroceiro, o nível mais profundo, aquele que nos deixa corados como uma maçã Fuji (é curioso o dicionário considerar estupidamente carroceira a palavra «minete», mas apenas muito carroceiro o adjectivo «mineteiro»).

No calão encontramos extractos permanentes da identidade nacional, resíduos acumulados devido a experiências repetidas de muitas gerações.

Através dele, e das suas especificidades antropológicas, reconhecemos os elementos constitutivos da nossa cultura e do nosso quotidiano. Elementos que relacionam a evolução dos indivíduos com a evolução das estruturas sociais, e que casam com o espírito de diferentes épocas.

Novembro de 2021

Um senhor caralho

O calão, para ir directo ao assunto, é o santuário das palavras javardas. É uma linguagem inventada por gajos à conversa com outros gajos.

Antes de prosseguir, um aviso aos leitores mais sensíveis: este capítulo, segundo o «caralhómetro» (aparelho idealizado pelo próprio calão para detectar ou medir a percentagem de sinónimos de caralho mencionados num texto estupidamente carroceiro), apresenta altos níveis de testosterona lexical.

Feita a advertência, é preciso dizer, claramente e sem contemplações, que o caralho é uma obsessão temática. Só para que tenham uma ideia, o *Dicionário do Palavrão e de Outras Inconveniências*, de Orlando Neves e Carlos Pinto Santos, é um armazém com fartura de entradas — perto de 200 — que designam os penduricalhos masculinos (órgão eréctil e copulador + testículos).

Severo, autoritário e nada emotivo, o caralho tem uma fixação narcísica por si próprio e move-se dentro de uma estrutura de repetição: a conversa fiada.

Na sua visão paleolítica do mundo, o caralho nunca precisa de explicação, existe desde os sorumbáticos tempos da Maria Cachucha, e isso basta-lhe.

No fundo, o caralho ilustra a noção paradoxal de passagem e permanência do tempo. Mas também mostra como o progresso da cultura foi influenciado pela necessidade de dilatar enormemente o tamanho do pénis.

Embora a quantidade não produza, por pura acumulação, qualidade, nestes dicionários desfila uma procissão de pénis entoando cânticos medievais, nomes associados à potência dos músculos (mesmo que o pénis não seja um músculo, nem aumente com o exercício), à confiança vital, ao vigor frenético dos 20 anos, a uma vivência existencial eufórica, de quem gosta de exibir o seu estado de tensão e de excitação.

Dotado de uma notável capacidade de ilusão de óptica, o caralho é um exageradão. Exibe-se em ponto grande, eleva-se num pedestal, gaba-se de certas áfricas, desdobra-se em facetas várias, observa-se e avalia-se como uma coisa de tamanho descomunal ou de proporções épicas. Para se sentir mais caralho, precisa de se engrandecer, de se encorajar a si próprio, de viver no meio de caralhos feitos à medida da sua mania das grandezas (aqui, tudo é feito para saciar o ego infantil do caralho). Por isso, o caralho é um lugar único — «Vai pró caralho!», ouvimos dizer, como se fosse o pior sítio para se estar (e todos soubéssemos onde fica). É uma totalidade significante, distinta do resto do corpo masculino.

No núcleo do seu núcleo obsessivo, o caralho vê-se ora como um «piçalhão» ora como um «caralhão», ora como um «caralhudo» ora como um «pencudo», um «gigante», um «sardão» ou um «matulão». Tem uma tal autoestima, é tão cheio de si mesmo — em autoimportância ninguém o ultrapassa —, que se intitula «bisarma», «barrote», «charuto» e «salame».

Tal como costuma acontecer nos delírios de grandeza, os sentimentos de enormidade do caralho tendem a desencadear pulsões violentas, sobretudo quando as expectativas maníacas são contrariadas (a realidade é sempre menos gloriosa) e ele se vê perante a ameaça de humilhação pública.

Mas o caralho não quer apenas ser invejado, também quer ser temido, por isso as metáforas bélicas e as reminiscências colonizadoras não devem ser vistas como meras declarações de circunstância, mas antes como a apologia prolongada do serviço militar obrigatório, da disciplina de quartel e do aprumo guerreiro, como aqueles soldados de impermeável militar e óculos escuros: «bazuca», «bacamarte», «canhão», «chaimite», «espingarda» ou «pistola».

Profundamente reveladores do seu modo de ser e do seu desejo de poderio, estes vocábulos mostram que o forte destes caralhos não é a negociação nem a plasticidade diplomática: o que quer que estes caralhos queiram, deve ser logo satisfeito. Rapidamente e sem qualquer discussão.

Estes caralhos, é justo reconhecê-lo, não são obra do acaso. Pertencem ao género de caralhos que assumem de imediato o controlo da situação, que mostram força e determinação, uma gloriosa sensação de invencibilidade. Caralhos que nunca duvidam, que detestam a incerteza e a vulnerabilidade, que se sentem possuídos por uma força irracional, um instinto selvagem de auto-preservação.

Como se tivesse acabado de sair das cavernas («cacete», «cachaporra», «moca») ou dos campos de algodão do Sul dos EUA («chicote», «chibata», «vergalho»), o caralho é um mandão. Quer impor vassalagem e governar o mundo.

Perseverante e com uma infinita confiança em si próprio, um caralho nunca duvida. Diz e faz tudo sem rodeios. Move-se descontraidamente numa festa, cumprimenta e faz rir toda a gente. Tem-se sempre em boa conta, autointitula-se «a felicidade das mulheres», julga-se um cavalheiro benemérito, cheio de dignidade e prestígio («senhor caralho»), muda constantemente de nome próprio (Gaspar, Tinoco, Bernardo, Judas, Zé[1]), não precisa da ajuda de ninguém para se definir, de modo ostensivo, como «camandro» («Um caralho do camandro!»), «marsápio», «marsapo» ou mesmo «mangalho» (leia-se Guerra Junqueiro e o verso «eu canto do Soriano o singular mangalho!»).

Seguríssimo da sua importância, o caralho abarca todos os domínios, desde a música (flauta, gaita, berimbau, pífaro) à jardinagem (mangueira), passando pela bricolagem (martelo, prego, broca, viga, verruga, Black & Decker), pela pesca à linha em alto-mar (besugo), pela zoologia (sardão, furão), pela botânica (pirola), pela geologia (basalto), pela anatomia (quinta perna) ou mesmo pela arte da caricatura e da cerâmica (bordalo).

O ponto de referência do caralho é ele próprio, e em tudo encontra uma imagem persistente de si, como num espelho. Na fruta (banana), nos legumes (nabo, cenoura, pepino, maçaroca, rabanete, hortaliça), no talho (costeleta), no mundo animal (bicho, ganso, furão, macaco, cobra, lagarto, lombriga), etc.

O caralho funciona por analogia, raciocina através de comparações. Para designar o sexo oral praticado nas mulheres, utiliza a expressão

---

[1] Ao contrário de Zé, o «Zezinho» — como também é conhecido o caralho em alguns ambientes de tranquila e segura serenidade — é um caralho que desenvolveu aquele tipo de vulnerabilidade que muitas vaginas acham atraente.

«beber água como os gatos». Aos homens que se misturam nas multidões com o intuito de apalpar as raparigas, chama-lhes «ceboleiros». E, aos testículos, «favas», «grãos» ou «tomates».

Quando sai à rua e vê uma senhora que lhe desperta forte desejo sexual, o caralho «tira apontamentos» para a masturbação. Quando se dedica a esta prática, é um «organista», «conta as tábuas do tecto». Se teve bom desempenho no minete, diz que «passou na oral». Quando copula, «mete a disquete» ou a *pen drive*.

Para produzir efeitos imprevisíveis, o caralho recorre a palavras de origem obscura ou duvidosa. Palavras que, apesar de serem 100% portuguesas, têm um som estranho, necessitam de um manual explicativo: «drejo», «belica», «lampresão», «bregalho» ou «sabordalhão».

Este último — sabordalhão — encontram-no na Internet, a propósito de uma notícia de jornal: «Por causa do feitiço que lhe lançaram, o sabordalhão do rapaz está a diminuir a olhos vistos» (a fazer fé no *Jornal de Notícias* de 21 de Fevereiro de 2016, um homem de 38 anos apresentou queixa na GNR de Felgueiras contra a ex-companheira, por acreditar que esta realizou uma feitiçaria, com terra de cemitérios, que lhe fez encolher o órgão sexual; de modo a evitar que o caralho desapareça, diga-se desde já que o indivíduo decidiu envolvê-lo com fita-cola).

Como símbolo da experiência masculina, o caralho também não podia deixar de reflectir o ambiente mental das oficinas de automóveis — «descarregar a bateria», «mudar o óleo», «dar uma panada» (cópula), «lubrificante» (esperma), «pegar de empurrão» (homossexualidade masculina), «aquecer a máquina» (masturbação), *airbags*, «pára-choques», «faróis» (seios) — ou dos modelos ou marcas de carros, como «Não Ford Nem Sai de Simca».

Através do calão, o caralho dá-nos acesso ao seu subconsciente. Aos seus devaneios, obsessões e pequenas manias. Ao seu desejo de supremacia, autoridade, autoconfiança e competitividade.

Tudo características que denotam insegurança, medo (o medo que as mulheres provocam em muitos caralhos) e sadismo (o caralho sente-se seguro sendo cruel).

Tal como num concurso de demonstração de proezas, o caralho precisa de se evidenciar, de contar aventuras imaginárias, gabar-se de que fez isto e aquilo e aqueloutro.

Para conquistar ou fingir que conquista, para ser bem visto no grupo de amigos, o caralho evita o domínio dos sentimentos, reprime os sentimentos delicados, fala constantemente do acto sexual e da frequência com que o pratica, das suas várias posições e de como executá-las.

Apesar de tudo, e porque é bom para a saúde, forniquemos. Forniquemos a toda a hora.

Dezembro de 2021

O pai de todos

Fixemos os limites do debate: o pénis. Há razões para que assim seja. Afinal, o comportamento do pénis — como temos visto nas notícias (movimento #Me Too, casos Cristiano Ronaldo e Boaventura de Sousa Santos, acórdão medieval da Relação do Porto sobre a mulher violada por dois funcionários de uma discoteca de Vila Nova de Gaia) — é a grande questão actual.

Para se perceber o que se está a passar, é necessário reconhecer que achar designativos para o pénis, para a sua dimensão, feitos e poderes, é uma preocupação que não larga (alerta de aliteração) os proprietários de pénis portugueses.

Em primeiro lugar, os pénis portugueses organizam-se em diferentes grupos. Há os que carecem de apresentação ou que são demasiado evidentes para precisarem de um nome exacto — o «bicho», o «coiso», o «careca», o «ceguinho», o «surdo», o «sacana», o «membro», o «amigo», o «pai de todos», a «felicidade das mulheres» —, e os que têm nomes próprios, como «Gaspar», «Tinoco», «Zé», «Zezinho», «Zé da Véstia», «Bernardo» ou, na sua versão bíblica, «Judas» (diz-se do pénis femeeiro ou mulherengo que «só pensa em mandar o Bernardo às compras» ou em «afogar o Judas»).

Há pénis que são anteriores à idade do ferro, que retrocederam a um estádio primitivo, como o «pau», a «moca», o «tronco», o «cacete», a «viga», o «cajado», o «taco», o «maço», a «tora», o «pilão», o «sarrafo», o «barrote».

Os donos desta espécie de pénis passaram incólumes à civilização e tendem a apresentar problemas de temperamento difícil, ou belicoso, daí que, para eles, copular seja equivalente a dar «mocadas», «tacadas», «marretadas», «traulitadas», «marteladas», «porradas», «piladas», «sarrafadas» ou «trancadas» nas mulheres. E que, quando estão excitados, fiquem de «moca afiada» ou de «pau feito» (paradoxalmente, quando não consegue resistir a uma mulher atraente ou «podre de boa», este tipo de pénis costuma argumentar que «Um homem não é de pau!»).

Há outras variedades de pénis — como a «estaca», a «verruma», a «broca», a «picareta», o «dardo», o «ferrão», o «parafuso», o «martelo pneumático» e o «Black & Decker» — que, pelo contrário, são utilizadas para «enterrar», «espetar», «encavar», «picar», «farpar» ou «furar».

Neste contexto, praticar o coito corresponde a «atarraxar», «amolar a ferramenta», «amolar o canivete», «enroscar o parafuso», «dar-lhe aço», etc.

Outros apontam para o imaginário das travessias marítimas e dos piratas — «mastro», «bacamarte», «dobrar o Cabo da Boa Esperança» (diz-se dos homens com excitação sexual reduzida ou nula que esses não conseguem dobrar o Cabo da Boa Esperança, que estão a «meia-haste» ou que andam de «vela apagada»).

Outros, ainda, remetem-nos para os ambientes bélicos («pistola», «espingarda» ou «bazuca»; quando o pénis está erecto, diz-se também que «está armado»), ou aproximam-nos da época dos amos e dos escravos («chibata», «chicote»). Com razão se diz, assim, que fazer sexo, para as mulheres, é «ir ao castigo» ou «ir ao sacrifício».

Por transmigração do reino animal, e recuando à idade dos répteis, quando o ser humano ainda não apresentava a sua atitude vertical, há alguns pénis que se autodenominam «cobras», «jiboias», «anacondas» ou «lagartos».

Como às vezes produz sons, chamam-lhe também «pífaro», «gaita» ou «flauta», tanto assim que tocar «pífaro», «flauta lisa» ou «trombone de varas» consiste em masturbar o pénis. Por igual razão, «organista» é aquele que se dedica ao onanismo e «virar o disco» sugere a prática do coito anal.

É normal o pénis jogar também com elementos do universo automobilístico. O acto da masturbação tanto quer dizer «aquecer a máquina» como dar uma «batidela»; o pénis que não consegue pôr-se erecto, ou que se mantém miseravelmente encolhido, é um pénis que «demora a arrancar»; homossexual é aquele que «pega de empurrão»; e fazer sexo significa «descarregar a bateria», mudar o «óleo», o «lubrificante» ou a «água dos testículos».

Na realidade, o uso de metáforas ligadas ao mundo automóvel é bastante comum nesta forma carroceira de olhar o sexo: as mamas das mulheres são «para-choques», o rabo é um «tubo de escape», a vagina o «piloto» e as lésbicas «camionistas».

O domínio do pénis, já se sabe, é o domínio da analogia. Vejam-se as semelhanças — bem maiores que as diferenças, como toda a gente sabe — entre o órgão masculino (sobretudo quando está rígido) e os cilindros.

É essa aparência cilindroide que explica a existência das «mangueiras», dos «canos», «canudos», «tubos», «bisnagas», «seringas», «termoacumuladores», «charutos», etc.

Quando se trata do pénis, todos os paralelos são possíveis, incluindo com espécies alimentícias como a «banana», a «cenoura», a «maçaroca», o «nabo», o «pepino», o «rabanete», o «chouriço», a «linguiça», o «paio», o «salame» ou a «salsicha».

Deve ser por isso, e porque as mulheres boazudas são «lascas», «nacos», «febras», e as mamas delas «abóboras», «melancias», «melões», «marmelos», «caramelos», «pudins», que o acto de copular, do ponto de vista do pénis, signifique «comer», «papar» ou «trincar».

Há certos termos que colocam sérios embaraços de interpretação. Que quer dizer, por exemplo, «marsapo» ou «marsápio»? Ignoramos. Sabemos apenas que se trata de reminiscências de períodos geológicos muito remotos, do tempo em que os animais e as pedras falavam, e que em volta desse nome tem o povo tecido inúmeras lendas. Quase todas relacionadas com pénis de grandes proporções, que excedem as forças humanas, como «mangalhão», «matulão», «sardão», «bisarma», «exímio», «calhamaço», «gigante», «monstro».

Agora a sério (porque ninguém leva este assunto mais a sério que eu): o calão, o palavrão, o insulto e a linguagem chula ou brejeira são a atmosfera própria em que se desenvolve o macho lusitano. São um repositório inexaurível de informações especialmente minuciosas sobre os elementos constitutivos da cultura machista, tal como ela ainda hoje se nos apresenta.

O pénis, a avaliar pelos exageros a que as suas descrições podem chegar, não é só um símbolo sexual. Reflecte também uma certa maneira de estar no mundo, representa o poder e a dominação das mulheres pelos homens. Simboliza a experiência masculina de falta de freio ou de refreamento, e a dinâmica patriarcal da posse e da propriedade.

Ter um pénis, para alguns homens, é a declaração de uma atitude em relação à vida e às mulheres. É a essência masculina do prazer, do desejo, da virilidade e da potência sexual, mas também o instrumento de uma sujeição e de uma agressão, um órgão de soberania a cujas injunções as mulheres são obrigadas, tantas vezes, a obedecer.

Não é de admirar, pois, que a sexualidade do pénis esteja quase sempre associada a qualidades agressivas, díscolas ou violentas. Tal como não é de admirar a sintomática insistência na fisionomia bélica, mortífera ou aniquiladora do pénis, como uma máquina de guerra que avança semeando caos e sofrimento, e que coisa alguma faz vergar. Ou que a relação sexual seja dada em termos de animalidade bruta ou rude.

Aparentemente, a operação mental que levou à criação destes vocábulos, e que leva alguns indivíduos a fazerem uso corrente, ainda hoje, de alguns deles, continua enraizada no substracto de muitos homens e mulheres, e ajuda a explicar a vontade de domínio de certas personalidades. Bem como a subsistência de vestígios do homem primitivo nos juízes que desculpabilizam os agressores sexuais. Sim, que dúvida?

Outubro de 2018

Xoxota

A maneira como o calão delimita as zonas recônditas do corpo da mulher dá-nos também uma boa medida dos dotes de observação dos homens.

De acordo com a actividade psíquica masculina, a mulher é um prato que se pode preparar e servir como uma refeição completa, uma iguaria para ser devorada e saboreada.

Ao processo de excitação sexual (responsável pela expulsão do ser humano do paraíso), denomina-se «aquecer a sopa para o jantar»; a uma mulher atraente chama-se «febra» ou «fatia» (como em Camilo, quando exclamava «oh que fatia!!»); e o aparelho genital (cuja sinonímia é infinita) oscila entre o «bacalhau» e o «bife», passando pelo «berbigão», pela «crica» (cite-se aqui Bocage, por ter imortalizado «a branda crica nacarada e lisa»), pela «ostra», pelo «mexilhão», pelo «besugo», pelo «boqueirão» ou pelas «iscas de lingueirão» (assim as designava o poeta popular António Maria Eusébio, também conhecido por Calafate ou Cantador de Setúbal).

Como uma janela comprida e larga sobre uma praia onde fomos felizes, a vulva desencadeia uma série de associações automáticas. É um receptáculo de doces sensações, lembra a sonolência vegetativa de um «búzio» ou de uma «concha» à beira-mar.

A genitália feminina — como todas as totalidades significantes — é comparável ao sabor primordial, altamente nutritivo, de um molho de «grelos» ou de um «dente de alho». Por outro lado, como a vagina é a metafísica do clitóris (podem citar-me), este último é equiparado ao «camarão», à «ervilha» ou, aludindo à sua configuração, à «pipoca».

O sexo feminino não é apenas uma fonte de entretenimento, alguém com quem podemos passear na calçada de mãos dadas, ao cair da tarde. Fornece-nos também uma alimentação rica e variada.

Segundo vários enciclopedistas, as mulheres devem as suas características sexuais aos antepassados que viviam na floresta e comiam fruta, daí que os seios lembrem «abóboras», «limões», «marmelos», «melancias» ou «melões».

Mas o prazer com uma mulher não é apenas comparável ao nosso prazer à mesa. No rico acervo do calão português, a vagina salta à vista como uma cavidade natural, onde corremos o risco de sofrer fracturas múltiplas.

Repare-se no efeito de conjugação da seguinte «sinonímia glosante» (sucessão de palavras que se aproximam entre si): «toca», «cova», «furna», «caverna», «gruta» (ou, mais romanticamente, «gruta do amor»).

Neste contexto, em que o todo é tomado apenas por uma parte, a mulher, antes de tudo, e acima de tudo, é uma «racha», uma «rachinha», uma «rachadura» ou uma «greta».

Aqui, de resto, abundam as referências geográficas, como «monte de Vénus» (conjunto de pêlos púbicos da mulher), «outeiro» (elevação de terreno) ou, simplesmente, «Mato Grosso».

Esta última analogia, ao contrário do que muitos afirmam, tem lógica, pois Mato Grosso é um Estado brasileiro caracterizado pela extensa zona húmida do Pantanal, pela floresta tropical amazónica e por inúmeros penhascos, quedas de água, formações rochosas e cavernas.

Porém, será que «Mato Grosso» ainda tem muito a dizer às novas gerações? Não exprimirá antes o conflito entre a púbis arcaica e a púbis moderna, totalmente depilada?

Seja assim ou assado, o certo é que conquistar uma mulher é como avançar no desconhecido, tal qual exploradores de um Novo Mundo.

Dir-se-ia até que a vulva é um território inóspito e sem fronteiras. Mas não. Trata-se de uma área bem circunscrita, que poderia fazer parte da nossa gesta descobridora e que foi crismada com nomes científicos como «mar do meio» e «países baixos» (expressões que deviam ser reabilitadas, mais vezes usadas).

Na verdade, alguns dos temas favoritos do calão giram em torno de um certo espírito de nacionalidade, que tem em conta as realidades locais: «Pernambucos» são as pernas bem feitas das mulheres, as quais, quando colocadas na posição para o sexo anal, estão «a ver o busto do Napoleão» ou a preparar-se para a «tomada da pastilha».

As metáforas do calão conduzem-nos sempre a outras metáforas, que nunca perdem de vista o pitoresco, como «salão de festas», «quinta», «chafarica» (vulva), «hotel das estrelas» (qualquer local ao ar livre onde se copula) ou «tabuleiro de damas» (cama).

À semelhança da *Ilíada* de Homero ou dos romances de António Lobo Antunes, as comparações com animais são fiéis intérpretes da versatilidade do sexo da mulher, cuja fisionomia não superou as suas condições zoológicas.

Uma vez que a mulher descende dos bichos e a sua vulva não se libertou ainda dessa herança, percebe-se que a cultura portuguesa se tenha habituado a qualificá-la como «aranha», «marmota», «bichana», «bicho cabeludo», «pássara», «passarinha», «periquita», «pombinha», «ratinha» e «rata» (os sinónimos são palavras iguais, mas «rata», convenhamos, é mais igual que outras).

O mais sumamente curioso vem a ser o facto de «ratoeira» ser um dos pseudónimos de «rata», o que mostra a condição paradoxal (ou dupla conotação) da vulva: ela é a caçadora e, simultaneamente, a presa.

Tudo aqui, aliás, assenta num desequilíbrio fascinante, que resulta da indecisão dos homens em considerar a vagina ora como uma «ratoeira», símbolo de armadilha, ora como um «bicho fujão», símbolo da reacção de fuga psíquica a uma situação particularmente traumatizante. O que nos oferece uma explicação alternativa para a circunstância, que tanto tem intrigado os historiadores, de a vulva ser apontada como a «perseguida» (é assim que António de Faria a designa na *Peregrinação*, de Fernão Mendes Pinto).

Tudo isto convive, inesperadamente, com uma certa noção de infância prolongada, já que os seios deflagram nos homens um processo regressivo, dito proustiano: «tetinas», «chuchas», «pimpolhos», «chupetas» ou «biberões».

O vínculo que certos homens estabelecem entre saciar um apetite infantil (gesto a que o Dr. Freud atribuía uma ampla simbologia sexual) e beijar as mamas das mulheres é evidente nas reminiscências, de menino e moço, de José Rodrigues dos Santos, quando descreve uns «mamilos largos e rosados como biberões suculentos» (*O Último Segredo*), uns «mamilos grandes e rosados a arrebitarem como chupetas» (*O Sétimo Selo*), uns «mamilos largos e rosados, como chupetas gigantes» (*O Anjo Branco*), ou quando repara, com um toque de audácia, num «largo mamilo rosa-claro» com «a ponta arrebitada e dura como uma chupeta» (*O Codex 632*).

Tendo em conta que o conhecimento ginecológico é uma espécie de gemologia, as pedras preciosas tornaram-se correntes, desde a literatura medieval, enquanto metáforas da vulva («rubi») e do clitóris («pérola»), mas também da mulher com a vagina toda nua («o cofre das jóias aberto») e da arte das prostitutas («arte de fazer ornamentos»).

Contudo, a maior conquista do calão está nas palavras estranhas e pouco manejáveis (quem foi o Picasso que se lembrou de chamar «xuxuta» à crica? E se o papel da vagina, nas nossas vidas, é claro, o da «bixoxata» não será enigmático?); está no repertório nacionalíssimo de termos obscuros, ou de origem controversa, que inclui vocábulos como «parreco», «parrameiro» (que lembram mecanismos primitivos de que não temos bem a certeza como funcionam), «pirona», «pitaço» (que parecem procedentes da tradição índia), «paxoxo» (de cuja origem se perdeu o rasto), «pachacha» (ou «paxaxa», segundo algumas correntes linguísticas), «xoxota» (nunca perdi a esperança de poder escrever «xoxota» num livro), a qual sugere a ideia de que estamos perante um monstro gigantesco, mas feliz, ou as barbáricas «senaita» e «fanesga», que nos reenviam para um período anterior aos macacos.

É um milagre que algumas destas expressões tenham sobrevivido à entrada de Portugal na CEE e chegado vivas ao século XXI. Que o calão tenha criado palavras como estas, que custam a morrer, é uma das grandes proezas nacionais.

Dezembro de 2021

A revolução do clitóris

A vagina, ultimamente, tem sido o centro de todos os debates. Na fotografia, na pintura, na escultura, na filosofia, no cinema, na psicanálise, na autoajuda, nas nossas mentes. Até na política ela ocupa um lugar supremo.

Por várias razões (algumas contraditórias, posto que nem todas positivas ou enaltecedoras), a atenção e a curiosidade públicas confluem na vagina, muito mais do que no clitóris.

Antes de insistir na importância do clitóris, repassemos o estado actual da vagina.

Quem compulsar as estantes das livrarias portuguesas, encontrará obras como *Vagina: Uma Biografia* (Naomi Wolf), *Viva a Vagina! Maravilhas e Mistérios do Sexo Feminino* (Nina Brochmann e Ellen Støkken Dahl, livro que já vendeu mais de um milhão de exemplares em todo o mundo e que no original se intitula *Gleden med Skjeden*, isto é, *A Alegria da Vagina*) ou *A Bíblia da Vagina: A Vulva e a Vagina, Separar o Mito da Realidade* (Jen Gunter).

No catálogo da Biblioteca Nacional, vários são os títulos alusivos à vagina, dos quais destaco os solenes *Ausência Congénita da Vagina* (Vítor Cardoso) ou *Um Caso de Útero e Vagina Duplos* (José Pereira).

Sobre o clitóris, uma obra solitária: *Sexualidade Feminina. A Importância da Estimulação Directa do Clitóris para o Orgasmo e para a Satisfação Sexual*, tese de mestrado em Sexologia de Ana Sofia Garcia, defendida há um ror de anos (2005) na Universidade Lusófona.

Nas artes, desde o célebre *A Origem do Mundo* (1866), do pintor Gustave Courbet, até à instalação *Diva* (2021), da brasileira Juliana

Notari, passando pela escultura *A Grande Muralha da Vagina* (2008), de Jamie McCartney, múltiplos têm sido os pontos de vista sobre o canal que conduz ao colo do útero e que se abre na vulva.

(Atenção: entre vagina e vulva, apesar de diferentes, lavra a confusão. A vagina é uma espécie de bainha, ou canal, por onde se introduz o pénis eleito — além doutras coisas, como toda a gente sabe —, já a vulva, por seu lado, refere-se ao conjunto das partes genitais externas da mulher, nomeadamente os lábios maiores, os lábios menores e o clitóris.)

Em Londres, no Mercado de Camden, existe um Museu da Vagina, inspirado no islandês Museu Falológico do Pénis. Este, fundado em 1997 e composto por um acervo de 280 falos de 93 espécies de animais, tornou-se conhecido pelo pénis de uma baleia-azul com um metro e setenta de comprimento, e outro, de um hámster, com apenas dois milímetros.

Em Abril de 2021, Eduardo Bolsonaro, um dos filhos do ex-Presidente do Brasil, definiu as mulheres que integram a Comissão de Constituição e Justiça como «pessoas portadoras de vagina».

E em Setembro do mesmo ano, milhares de portugueses assistiram, no Teatro Politeama, à reposição d'*Os Monólogos da Vagina*, da autoria de Eve Ensler. Protagonizada por Teresa Guilherme, Marta Andrino e Sofia de Portugal, e considerada «a mais importante peça de teatro político da última década», o texto aborda temas como a masturbação, o orgasmo, a mutilação genital feminina, o amor, o sexo, a prostituição ou os vários nomes que existem para vagina.

Todos os focos se concentram, pois, na vagina. Todos se rendem a seus pés. Todos andam de volta dela. Todos querem fotografá-la. Todos querem pintá-la. Todos querem escrever sobre ela. Todos querem representá-la e analisá-la.

Contudo, nem sempre foi assim. No passado, em várias culturas, contava-se a lenda (ligada ao medo da castração masculina) das mulheres que possuíam vaginas com dentes (do latim *vagina dentata*).

Noutras sociedades, repetia-se de boca em boca (à volta de fogueiras) a história das vaginas que se apertavam em torno dos pénis, envolvendo-os, sugando-os, até os homens se esvaírem dentro do corpo das mulheres.

Estas e outras fábulas pretendiam alertar os rapazes para os perigos de fazer sexo com mulheres desconhecidas, mas também lembrar-lhes de que o seu orgasmo é um misto de vitória e de derrota (à fase triunfante do início na penetração e do orgasmo, segue-se a prostração e a diminuição sensível do corpo masculino, a sua vulnerabilidade).

Hoje, a vagina vive em pleno apogeu. É glorificada, admirada, rasgadamente elogiada. Justo. Justíssimo!

Já o clitóris anda arredado da notoriedade pública. Permanece, entre milhões e milhões de homens e mulheres, um quase completo desconhecido.

Mesmo os eruditos e os investigadores lhe consagram um interesse restrito. Há até quem se pergunte: O que é o clitóris? Onde fica?

Talvez eu não seja a pessoa mais competente para reabilitar o clitóris (a meu favor tenho apenas a tradução do *Kamasutra do Sexo Oral*, da argentina Alicia Gallotti).

Mas enquanto outros não se abalançam a cometer esta empresa — sentar o clitóris no trono que merece, desbravando o seu campo de estudo —, cabe-me o privilégio de o exaltar, elevando-o à dignidade de categoria filosófica do pensamento. Ou, como diriam as Pussy Riot: «Revolução do clitóris? Foda-se, caralho, até que enfim!»

A etimologia da palavra é grega, embora o seu verdadeiro significado seja brumoso e impreciso. Há quem remeta a sua origem para *kleitorís* (fechado, por causa da sua posição, ocluso entre os lábios da vulva) e quem a reporte para *kleidos* (chave).

A descoberta anatómica do clitóris terá sido tardia. De 1545 data a primeira referência clínica ao clitóris, de um médico francês que, depois de o dissecar, a ele se referiu como «membro envergonhado» (cuja única função seria, vejam só, urinar).

Decorridos alguns Natais, um anatomista da Universidade de Pádua, Matteo Realdo Colombo, reclamou para si a «descoberta» do clitóris, dizem que a partir da observação da vulva da sua mecenas, D. Inês de Torremolinos (a bem dizer, um fino maroto).

Apesar de Colombo ter descrito o clitóris em *De Re Anatomia* (1559), onde lhe atribui influência na sexualidade feminina (daí chamar-lhe «Prazer de Vénus»), Gabriele Falloppio (esse mesmo, o das Trompas de Falloppio) veio gabar-se, dois anos depois, da proeza do achamento do clitóris.

Regra geral, os manuais renascentistas, apesar de não negaram ao clitóris uma função erógena, descreviam-no como uma «verga feminina».

No século XVII, Caspar Bartholin, *o Jovem* (a ele se deve a primeira descrição das glândulas de Bartholin, responsáveis pela lubrificação do canal vaginal, preparatória do acto sexual), descartou ambas as paternidades e demonstrou que o clitóris já era conhecido dos anatomistas do século II a.C., constando em tratados gregos, persas e árabes.

Ainda assim, o clitóris continuava a ser um órgão pouco menos que desconhecido, mantinha-se num lugar enigmático. Umas vezes valorizado positivamente, outras demonizado, mas um desconhecido, quase sem discursos nem prestígio.

Inapto para a reprodução, passou a estar associado ao gozo excessivo das mulheres. Servindo apenas para o prazer, o modesto clitóris (modesto mas — como sabem as minhas pacientíssimas leitoras — com altos padrões de exigência) tornou-se um inútil. Um pária. Um herege associado aos maus costumes (prostitutas, adúlteras).

Novas lendas despontaram, então, sobre mulheres que, dotadas de clitóris volumosos, foram condenadas à masturbação para o resto da vida.

O esquecimento ou a menorização que as sociedades modernas organizaram em torno do clitóris colocaram-no numa situação terrivelmente cabeluda.

Já a carreira da vagina, pelo contrário, tem sido espectacular. Todos os caminhos — mau grado alguns percalços — passam (com todo o respeito) por ela.

Crivada de discursos e representações, a atenção de escritores, artistas, psicanalistas, intelectuais, activistas e políticos, como quem admira uma obra-prima num museu, tem estado sobretudo voltada para a vagina.

O clitóris, incluindo a sua história, costuma ser remetido para um plano secundário, ignorando-se o bem que dele resultou para toda a Humanidade. Mesmo a sua existência e o seu funcionamento foram anunciados muito mais tarde.

Só no século XVI, à semelhança de europeus e índios, quando, pela primeira vez, se toparam mutuamente, é que alguns médicos vieram proclamar-se os Messias do órgão eréctil do aparelho genital feminino.

Apesar de vir dos tempos de Ramsés (não sei, estou a inventar), de sempre ter havido milhões e milhões de clitóris, a sua anatomia permaneceu, até então, bela e adormecida.

Se isto é assim, peço licença para perguntar: porque é que o clitóris, durante tanto tempo, não recebeu a atenção merecida? Ou recebeu e eu é que tenho andado distraído?

Se homens e mulheres viam a vagina, e nela tocavam, por que razão não descortinavam o clitóris? Porquê a ausência de testemunhas oculares?

Como explicar que ignorassem a localização, senão a existência, do clitóris?

Nunca um clitóris deu sinal de vida? Nunca falou? Manteve-se sempre intocável?

As mulheres, as que deveriam ter e têm maior interesse na vida do clitóris, que levavam e levam milénios de convívio com ele, nunca se bisbilhotaram de alto a baixo, espiaram de perto o botão do seu orgasmo? Nunca pararam diante dele? Nunca o questionaram? Não havia espelhos nessa altura? Ou pouco importava o que elas diziam sobre o seu sexo?

Convenhamos. É pouco crível que nem uma única mulher tivesse feito repetida e pormenorizada referência ao clitóris, lembrando-o e exaltando-o como merece.

E os homens? Em tantos séculos de relações sexuais, nunca sentiram suficiente curiosidade para se deixarem guiar pelo clitóris?

Não se deram ao trabalho de mergulhar até às «maravilhas lá em baixo»? Não gritaram «*Eureka! Eureka!*», como o filósofo que estava no banho? A vida era só enfado? Ninguém quebrava a monotonia?

O certo é que a identificação e a descrição do clitóris foram tardias. Mesmo depois da sua insólita revelação, a notícia não se espalhou: o clitóris não era muito falado, permanecia um enigma e um segredo.

Raros eram os tratados médicos, incluindo os de ginecologia, que o mencionavam. Os historiadores ignoraram-no (na sua *História da Sexualidade*, Michel Foucault, como lembra Catherine Malabou em *Le Plaisir Effacé. Clitoris et Pensée*, não lhe consagra uma única linha, não lhe atribui qualquer papel no «uso dos prazeres», excepto quando evoca o clitóris «monstruoso» de um hermafrodita), e só recentemente começou a figurar nos manuais escolares.

Mesmo o interesse que Freud manifestou pelo clitóris, na viragem do século XIX para o XX, só veio agravar a situação.

Para o pai da psicanálise, tal como mais tarde para Sartre, o clitóris era um pénis menor ou mais pequeno. Uma piroca, por assim dizer, reduzida, compacta, interrompida, estropiada, aleijada, cortada, enfim, castrada (tanto o pénis como o clitóris ficam erectos e aumentam de tamanho quando estimulados, ou sob tensão sexual, portanto, entre um e outro, a questão seria apenas de tamanho e de feitio).

Não fosse a interferência do código genético das mulheres, estas nasceriam também com um pénis.

Em todas as células haveria uma predisposição para o pénis, mas as suas instruções seriam para ele sofrer, nas mulheres, uma espécie de amputação.

Do nada, Freud recorreu ao subterfúgio óbvio, permanecendo prisioneiro do modelo dominante de sexualidade que atribuía à libido uma essência fundamentalmente masculina ou fálica.

Na sua obra, e na de muitos outros, a genitália nunca é descrita em termos femininos, e a sua visão da anatomia das mulheres é sempre filtrada pelo olhar masculino.

Em função desta lógica, a mulher não passaria de um homem falhado e, inconscientemente, sentiria inveja do pénis (mesmo se o tamanho do órgão não determinasse o talento erótico de um homem).

Outra tese de Freud é que a normal evolução sexual da mulher passaria pelo abandono da fase clitoriana do prazer em benefício do investimento vaginal, já que o seu instinto tenderia a obedecer à função reprodutiva do organismo.

A vagina e o clitóris, como dois inimigos, desenvolveriam nas raparigas uma relação de força, com a primeira acabando por prevalecer invariavelmente sobre o segundo.

Na mesma ordem de ideias, uma mulher não frígida seria aquela que, obedecendo à voz de comando do pénis, conseguisse abandonar as reivindicações do clitóris, para estabelecer definitivamente a função materna da vagina.

As coisas fantásticas que o autor de *A Interpretação dos Sonhos* viu no clitóris mostram que desconhecia o terreno que pisava.

De certo modo, e durante várias décadas, os discípulos de Freud alimentaram uma imagem capciosa do clitóris. Nunca se libertaram do peso da cultura «falocêntrica» que o sufocava.

A mesma cultura que, recusando-se a aceitar a autonomia do prazer feminino, recomendava, ainda no princípio do século XX, na Europa e nos EUA (e não apenas em África, como muitas vezes se acredita), a excisão, ou remoção cirúrgica, do clitóris para «tratamento de casos rebeldes do abominável vício». Isto é, para impedir a masturbação frequente ou habitual.

E em alguns países árabes, a ablação do clitóris fazia-se para promover o orgasmo vaginal através da penetração masculina e desencorajar o lesbianismo (quando praticado nos haréns).

Malquisto, visto como obra do Diabo (a mulher-demónio sempre foi um símbolo totémico), o clitóris foi associado ao histerismo, aos delírios, a obsessões, ao narcisismo, a convulsões por excitação notável dos órgãos genitais, mas também a patologias de lésbicas, hermafroditas e ninfomaníacas.

Entretanto, as teorias avolumaram-se, as ideias evoluíram. A primeira a introduzir o conceito de vulva na filosofia e a falar abertamente do clitóris, para lhe conferir a singularidade de um prazer desligado da maternidade, foi Simone de Beauvoir, em *O Segundo Sexo*.

Apesar de Beauvoir, e não obstante as reivindicações do prazer da mulher e das reflexões feministas de Hélène Cixous, Judith Butler, Paul B. Preciado ou Catherine Malabou, o clitóris continuou a ser objecto de alguma incompreensão.

Duvidam? O dicionário de sexologia do Dr. Hugo G. Beigel, membro fundador da Society for the Scientific Study of Sexuality e primeiro editor do *Journal of Sex Research*, que o Círculo de Leitores traduziu em 1982, insiste no clitóris como «pénis feminino», formula a hipótese de «a excessiva masturbação clitórica» diminuir «a sensibilidade do órgão» e afirma que «entre as rapariguinhas muito jovens, o órgão sexual masculino é, por vezes, objecto de inveja (inveja que a rapariga tem do facto de não possuir um pénis como o rapaz). Assim que se apercebem das diferenças sexuais, as raparigas parecem alimentar, por vezes, o ressentimento por não terem pénis. Se esta inveja não for vencida, pode levar a censura contra a mãe, que é criticada por esta falta; pode, mais tarde, vir a ser uma obstinação e desembocar numa atitude agressiva e num protesto contra o papel feminino. Pensa-se que esta será uma das razões da cleptomania». (Como dizia Camilo, «ora vejam o que são as mulheres!... Fiem-se lá!...»)

Dito isto, é preciso entender e interpretar o clitóris. É preciso afirmar a dignidade e a beleza do clitóris. Porque o clitóris, enfim, é um lugar de reflexão teórica, onde a História quase ainda não penetrou.

O clitóris é a palavra-passe, o «abre-te sésamo» da excitação sexual das mulheres.

É um solitário que leva uma existência ideal, tranquila, recolhida, mas que precisa de ser desbloqueada.

Desiluda-se, porém, quem pense que é fácil ou simples chegar a ele.

Ao contrário da vagina, o clitóris não gosta de pressas. Precisa de tempo, paciência, compreensão (como disse não sei quem: «muitas pessoas não percebem quão erótico é ser compreendido pelo outro»).

Exige um ritmo especial, a delicada perícia de um relojoeiro lidando com um mecanismo preciso e precioso — manejar o clitóris é a arte das artes —, que dá corda à história da vida privada das mulheres.

Se correctamente estimulado — através da chamada «fricção rítmica», em compassos ora lentos ora um pouco mais rápidos —, o clitóris gera um clima de intimidade que cria, para sempre, laços de confiança.

Os que sabem lidar com ele são como mágicos hipnotizadores que põem as mulheres em estado de não dizerem coisa com coisa.

Todos os clitóris têm o seu carácter, o seu jeito, as suas manias, as suas opções, os seus gostos, os seus humores, o seu significado absoluto.

Incapaz de simulação e de hipocrisia, o clitóris reage diferentemente consoante o local onde se exerça a compressão.

Se a parede frontal da vagina está intimamente ligada à base do clitóris, este é como a ponta de um icebergue e a vagina a parte submersa (nada de piadas, por favor).

Qualquer clitóris é fonte de admiração, e todos os clitóris têm o seu fascínio. Há neles qualquer coisa de digno, que lhes dá uma grandiosidade que os olhos não conseguem captar.

O clitóris, ao contrário da vagina, tem uma disponibilidade fundamental para o prazer.

Mais rico e denso em terminações nervosas do que a vagina, é a região mais sensível da genitália feminina, é o órgão sexual mais intensamente estimulável da mulher.

O clitóris não é, pois, um pormenor: nele pulsa o coração do prazer das mulheres, a atmosfera onde se realiza a sua individualidade.

Pensar no clitóris é pensar em si própria, é pensar exclusivamente na primeira pessoa do singular, explorando os mais loucos desejos e permitindo que os dedos se sintam simultaneamente livres e fixos, movimentando-se em sentidos bem determinados, que preservam padrões e obedecem às variações mais subtis.

Graças a ele, as mulheres são sujeitos sexuais de parte inteira, mestres exímios no jogo do seu desejo.

Se a vagina é o arquétipo universal da origem da vida, o clitóris simboliza a autonomia e a independência do prazer da mulher face ao pénis e à sua lei.

Não estando ligado a qualquer necessidade ou função reprodutiva, o clitóris não tem outro fim senão o orgasmo. Serve apenas para o gozo, o regozijo, o entretenimento.

Se o clitóris tem esse poder, então, quem tem poder sobre o clitóris, pode tudo.

E, no entanto, o clitóris desafia os homens, incute-lhes medos idiotas, atormenta a sua consciência, fere a sua virilidade. É, diz Catherine Malabou, uma pedra no sapato da sua imaginação.

Associado às preocupações sobre higiene e moralidade social, o clitóris é um herói da resistência. Foi, durante muito tempo, um estigma. Um ser ameaçado que correu e corre todos os perigos (as mutilações sexuais ainda são comuns, e o prazer continua a ser negado a milhões de mulheres).

Do clitóris para a vagina, e da vagina para o pénis, o clima psicológico muda dentro da mulher.

Ao contrário da vida erótica clitoriana, que começa cedo nas raparigas (faz parte do crescimento da adolescente, quando ainda escreve palavras sentidas no seu diário), o prazer na grande avenida do trânsito da vagina é posterior, é a parte adulta do gesto erótico feminino.

Era essa a opinião do anarquista e libertário Jaime Brasil, em 1932, no livro *A Questão Sexual*.

Vejam bem o que ele diz na secção sobre masturbação feminina: «Com a idade, a digitação, sempre insuficiente, começa a ser posta de parte, passando a ser utilizados corpos estranhos, destinados à masturbação vaginal. Esses corpos empregados, em regra, pelas mulheres que já tiveram experiências sexuais normais, visam substituir o órgão sexual masculino, cuja forma afectam. São empregados há muitos séculos, sendo feitos de madeira, louça, marfim, metal, pano comprimido e couro.»

Depois, mais adiante: «Como coadjuvantes da masturbação feminina são ainda usados corpos que podem afectar a forma dum pénis, como velas de iluminação, castões de bengala, garrafas. A masturbação com estas pode dar lugar ao percalço de a pressão do ar impedir a extracção do gargalo da garrafa, quando esta é introduzida desrolhada. Para um caso destes, foi pedida a intervenção dum médico, que se limitou a mandar quebrar o fundo da garrafa. (...) Uma prática, muito divulgada, que seria injusto classificar no domínio da bestialidade, mas que também dificilmente cabe no âmbito da masturbação, é o *cunnilingus* praticado por cães. Nas classes burguesas isso é corrente, exibindo as mulheres esses animais e brindando-os com inequívocas manifestações de carinho. Essa prática, como em geral a masturbação feminina, é rara entre as classes trabalhadoras e, a bem dizer, desconhecida entre as camponesas. Há ainda uma forma de masturbação, muito usada pelas costureiras e mulheres que utilizam a máquina de costura e pelas que montam a cavalo, que é a fricção das coxas. Dada a facilidade com que a mulher pode atingir o orgasmo, sucede que um aperto de mão de uma pessoa que a impressiona sexualmente, a leitura duma carta ou dum livro erótico, o simples esforço mental do sonho diurno ou devaneio funcionam como meios masturbatórios. A isso se chama, porém, "masturbação psíquica".»

(As coisas que se aprende lendo livros...)

O orgasmo vaginal, todavia, não é certo nem garantido. Há razões para que assim seja: se as primeiras experiências sexuais tiverem sido violentas ou brutas, e o companheiro quiser a imediata realização do seu desejo, dificilmente será atingido (o rancor e o ressentimento são as fontes mais comuns da frigidez feminina).

Talvez por isso, e porque o orgasmo ocorre também no cérebro, apenas 4% das mulheres sentem prazer na primeira cópula, enquanto 50% não atingem o prazer vaginal durante semanas, meses ou anos.

Embora, segundo as especialistas, não existam diferenças fisiológicas entre orgasmo clitoriano e vaginal, para muitas mulheres a estimulação manual do clitóris é mais agradável do que a penetração. De tal maneira que a presença fálica (natural ou artificial) deixa de ser essencial.

Um exagero, claro. Porque o clitóris — tal como a vagina — só quer ser amado. E ser amado, por mais voltas que dê o mundo, permanecerá sempre o seu fim, o seu centro e a sua regra.

Setembro e Outubro de 2021

Salazar e os pastéis de nata

Fazer um bolo é um dos grandes acontecimentos da infância. O espectáculo da família reunida à volta do açúcar, dos ovos, da farinha e da margarina constitui, para as crianças, um palco de felicidade suprema.

Sempre que em casa se espalhava a notícia de que a mãe se preparava para confeccionar um bolo de laranja ou de iogurte, abria-se à minha frente um horizonte de emoções descontroladas e desencadeava-se uma corrida desvairada e frenética rumo à cozinha.

Na minha alimentação de criança, era perfeitamente lícito comer os restos da massa crua que ficava agarrada à colher de pau ou que escorria das paredes da tigela.

Breves momentos de doçura que se contam entre os mais esplendorosos: enquanto me lambuzava com as sobras da massa (e aspirava os agradáveis aromas que começavam a subir do forno, invadindo as minhas fossas nasais), sentia-me um pequeno deus.

Até que o salazar (assim mesmo, com *s* minúsculo) entrou na casa dos meus pais, substituiu a colher de pau e anunciou uma nova época na minha ainda curta existência.

Por culpa da espátula rapa-tachos, que a cultura popular apelidou de salazar, caí numa tristeza sem remédio. Despedi-me de uma parte de mim. Um vazio instalou-se no meu espírito, como se a alma tivesse saído do meu corpo.

Graças à borracha mole e fina da sua extremidade, o salazar consegue adaptar-se a todas as curvas, e a sua acção é especialmente eficaz a suprimir esbanjamentos, a reduzir custos e a diminuir o tempo de trabalho manual.

A missão do salazar não podia ser mais mesquinha: impedir os desperdícios, aproveitando completamente todas as sobras, e desapossar as crianças do seu quinhão de massa crua de bolo.

Foi assim que a palavra «salazar» passou a existir para mim e invadiu o meu imaginário infantil.

Quando mais tarde, no meu recolhimento de adolescente anti-social, ouvi aquele nome associado à figura do ditador do Estado Novo, tive um sobressalto. Afinal, a imagem do presidente do Conselho adequava-se mais às feições duras, modestas e rústicas da colher de pau. À sua grave monotonia, ao seu laconismo, à sua solidez, ao seu despojamento.

Só depois percebi que se tratava de uma alegoria da sua visão muito particular do país. E compreendi outra lição: enquanto o salazar está mais ligado às coisas da inteligência fria e distante, a colher de pau remete para as coisas do corpo (quem não sofreu na ponta dos dedos das mãos, *in illo tempore*, o castigo de umas quantas palmatoadas com uma colher de pau?).

Tal como o salazar da cozinha tentou introduzir a ordem na preparação dos alimentos, afastando os profissionais da desordem, da agitação e da perturbação social (entenda-se: as crianças), o tirano de Santa Comba Dão tentou acabar com a suposta anarquia nas ruas.

E tal como aquele é pouco dado aos gastos supérfluos, este fundou uma ditadura para fiscalizar todas as despesas inúteis, defender-nos do desperdício, obrigar-nos a gastar o menos possível e impedir-nos de levar uma vida que não podemos, acima das nossas possibilidades.

O primeiro é económico, útil e frugal, representa a mulher como chefe moral da família e serve para ela administrar, devidamente, o pouco de que dispõe na cozinha. O segundo conduziu uma política orçamental severa, sóbria, rigorosa, implacável.

O rapa-tachos tem um ar modesto, mas digno e honrado, como agradava ao ditador. É a metáfora de um país pobre, filho de pobres (apenas um pau com uma borracha na ponta, que se vende sem embalagem e não precisa de ilustrações que nos indiquem a sua função e utilidade), já o Botas (alcunha com que Salazar também era conhecido, pelas botas de cano alto que usava para aliviar as dores dos pés) lembra a ascética e bem arrumada pobreza do Estado Novo, o círculo de rotinas, burocracias e repressão montado à volta dos portugueses.

Mas há outra maneira de analisar a transposição popular do nome de salazar para um rapa-tachos, de sondar o facto de ele ter atingido a fama de significar o regime salazarista, de revelar a ideia e a imagem que fazemos do ditador português.

Nas ditaduras nem tudo se reduz à alternativa entre colaboração e resistência institucionalizadas. Nem a dominação do Estado Novo era total, nem as suas instituições afectavam todos os domínios do quotidiano (tão-pouco um ditador pode ter a certeza de ser obedecido e temido em todas as circunstâncias).

Entre essas duas possibilidades — conformismo ou oposição activa —, havia formas mistas de crítica ao regime, que misturavam colaboração e subversão, e que, do ponto de vista da experiência do dia-a-dia, nem sempre se conseguiam distinguir claramente.

Como mostrou o antropólogo James C. Scott, com o conceito de «arma dos fracos», para se referir às práticas e estratégias de discordância dos grupos dominados ou subordinados, com pouco ou nenhum acesso aos meios de expressão social, a resistência pode exercer-se em diferentes níveis e em diferentes direcções.

Na verdade, havia várias estratégias ocultas, intrínsecas ou subliminares através das quais os cidadãos gozavam com o tirano em nome da liberdade, sem se exporem aos perigos da resistência ou oposição directas.

Eis um exemplo de como a consciência social pode conduzir à piada corrosiva, que rebaixa o poderoso e eleva o humilde: quando surgiram, em Portugal, os pacotes de açúcar da empresa SEMPA (Sociedade de Empacotamento Automático), com o intuito de acabar com os açucareiros de que as pessoas se serviam, sem qualquer parcimónia, nos estabelecimentos comerciais, os frequentadores dos cafés e das esplanadas de Lisboa decifraram aquele acrónimo recorrendo ao humor: SEMPA significava «Salazar Envia Militares Para Angola» (ou, lido ao contrário, «Angola Pede Mandem Embora Salazar»).

Em muitas situações, as pessoas recorriam a estratégias criativas, astutas e maliciosas para criticar o regime, evitando o confronto aberto, com o qual não tinham nada a ganhar.

Utilizavam o humor — e, dentro deste, a ironia — como código retórico velado ou dissimulado, para conquistar pequenos espaços de liberdade e de dignidade (uma piada tanto pode conduzir-nos a situações perigosas como ajudar-nos a sair delas, servindo de válvula de escape ou pequena consolação).

A atribuição do nome «salazar» àquele banal e corriqueiro utensílio de cozinha é um belíssimo exemplo da criação de um registo escondido, cognitivo e verbal, que se converteu num recurso social e colectivo para os indivíduos subverterem simbolicamente o regime autoritário e expressarem a sua visão crítica do mundo, as suas preocupações políticas em relação ao estado de coisas, o seu cepticismo em relação ao futuro.

Do ponto de vista das mulheres, o salazar em miniatura guardado na gaveta da cozinha, que elas manipulavam e sujavam (às vezes de forma desapiedada e cínica) enquanto preparavam as refeições, pode ser interpretado como uma vingança contra a humilhação, a discriminação e o paternalismo condescendente a que o ditador as votara, encarando-as meramente como dóceis e submissas donas de casa, sujeitas à autoridade masculina.

Ao mesmo tempo que cumpriam as normas, fechando-se na cozinha, as mulheres ironizavam e lançavam um protesto silencioso contra a sua condição e a sua posição na sociedade salazarista.

Uma época que esperemos que não volte a repetir-se e que fique perdida para sempre nas brumas do tempo. E daí, nunca se sabe!

Abril de 2021

Ao serviço da maldade

São o flagelo dos estudantes e a besta negra dos editores. Podem ser um gesto de honestidade intelectual dos escritores (o reconhecimento de que pediram emprestados os pensamentos de outros), uma ferramenta para os pedantes, pequenos arrotos de erudição auto-satisfeita dos pretensiosos (para impressionar os leitores mais sensíveis, que se deixam deslumbrar pelo «teatro das citações») ou um sinal de demasiada pesquisa e pouca análise.

Chegou a altura de falar das notas de rodapé. De medir a sua importância, de avaliar a nossa relação com aquelas frases ou aqueles parágrafos de caracteres mais pequenos situados na parte inferior das páginas, cuja leitura pode constituir uma experiência ocular difícil, expondo-nos à necessidade de ir ao oculista.

Há quem considere que as notas de pé de página não são o acontecimento principal das obras, mas sim o refúgio do menor e do marginal. O subúrbio dos textos, uma espécie de sub-escrita. Ou de submundo.

Para esses, as notas são obstáculos a evitar, pedras no caminho que desorganizam a paisagem dos livros e os tornam intransitáveis ou inacabáveis, servindo apenas para atrapalhar. Ou, talvez misericordiosamente, para nos pôr a dormir.

Os que costumam ler apressadamente os livros odeiam-nas. Acham, quase sempre, que são pobres de substância e falhas de interesse, e que nos deveríamos deixar de notas de rodapé.

Consideram, talvez com razão, que perderam prestígio e saíram de moda, que se tornaram tão caducas e obsoletas como os telefones rotativos ou as máquinas de *fax*.

Mas para quem gosta de digerir os livros sem pressas, letra a letra, as notas podem sugerir muitas coisas. São pequenas paragens num itinerário que pode ser longo. Permitem fazer uma pausa relativamente ao que se passa acima e adiante, durante a viagem até ao fim do livro. Ajudam à concentração, abrem um espaço íntimo de reflexão silenciosa. Levam-nos a outras sugestões ou analogias. Indicam-nos direcções imprevistas.

Quando usadas com conta, peso e medida, sem intuitos ornamentais ou de exibicionismo cabotino, as notas são um indício de sólida cultura e erudição, orientam a nossa percepção e podem originar um inesperado desenvolvimento no modo como lemos um livro.

As notas de rodapé são o adubo que fez crescer o texto. São o mapa intelectual que um autor usou para chegar às suas conclusões. Lembram-nos de que escrever exige estudo, pesquisa, comparação, investimento de tempo. Recordam-nos de que um livro é o resultado de muitas leituras organizadas sistematicamente. Que é uma estrutura de acolhimento de factos, dados, informações e problemas dispersos um pouco por todo o lado, que foram escrutinados, pesados, filtrados, recriados, justapostos.

Incluir uma nota num texto é declarar que se leu alguma coisa e se reflectiu sobre ela. É a prova do trabalho que dá fazer um livro, das horas regulares de solidão gastas a ler um manancial de documentos e obras, a desbastar, talhar, polir ideias, crenças, convicções.

Citar fontes e bibliografia revela a amplitude e as asperezas da vida académica, é um indicador do modo como o autor reuniu a sua evidência, de que se está conforme as leis e os procedimentos em vigor na investigação científica.

As notas de rodapé são o resultado cultural de uma época (como o hipertexto o é da actual). Ao contrário das publicações sem notas, que têm toda a página só para si e que se relacionam com o leitor sem compromissos nem obrigações, como se escrever fosse uma expressão estritamente individual, as obras que recorrem a estes textos minúsculos, situados no espaço intermédio entre o corpo do texto e o corpo do leitor, mostram que escrever um livro é sempre uma empresa colectiva que depende do esforço de muitas pessoas, de uma rede ou associação de investigadores que nos antecederam, aos ombros dos quais subimos para tentar ver um pouco mais além da ponta do nosso nariz.

Por isso, as notas e o corpo do texto são como o estômago que digere e o músculo que se alimenta (e devem andar a par, aparecer na margem inferior da página, e não em fim de capítulo ou no final dos livros).

As notas de rodapé podem ser uma forma elevada de arte, que expressa e simboliza o reconhecimento devido aos autores que mais nos influenciaram (favorável ou desfavoravelmente). São a coluna vertebral do sistema de conhecimento proposto num livro, dignificam os argumentos, dão-lhes mais credibilidade e gravidade, infundem seriedade (sobretudo quando se usam abreviaturas do latim, como *op. cit.* ou *ibid.*), produzem um efeito de crença, reforçam o acordo tácito em que se baseia a relação entre o autor e o leitor e confirmam a adesão do leitor a certas afirmações, como se dominar as fontes primárias tornasse possível atingir a verdade, dizer como foi realmente.

As notas de rodapé, como tudo o mais, podem ser usadas para o bem e para o mal, tanto podem ter um valor de ratificação como de irrisão, tanto podem estabelecer uma relação de semelhança como de oposição, tanto podem exprimir identificação como hostilidade.

Na realidade, as notas de rodapé são um espaço escuro, cheio de galerias e túneis, de recantos e câmaras secretas, o espaço ideal para entrar em conflito com alguém ou fazer trabalhos sujos, antagonizar oponentes com apartes retóricos, corrigir discretamente os seus erros, marcar distâncias de maneira imperceptível, dar abrigo (subtilmente) a uma maldade. Por isso, as notas, por vezes, têm vida própria, podem explicar todo um livro ou dizer mais sobre o autor do que o corpo do texto.

Um exemplo instrutivo de como as notas podem estar ao serviço da maldade encontrei-o no sábado passado, na Feira da Ladra, quando comprei (por quatro euros, ora tomem lá!) as *Cartas Particulares a Marcello Caetano* (Publicações Dom Quixote), dois volumes de correspondência dirigida ao antigo Presidente do Conselho, com prefácio e organização de José Freire Antunes.

A páginas 354 do segundo volume, o leitor que não consegue mudar de página sem ver o que as anotações contêm defronta-se com a mais maldosa de todas as notas de rodapés.

Para nos esclarecer sobre uma frase de Marcelo Rebelo de Sousa numa carta datada de 17 de Agosto de 1973, onde o actual Presidente da República refere o quanto o «entristeceu saber do estado de espírito de Vossa Excelência em relação a mim» (na sequência, creio, de um qualquer comentário de Marcelo Rebelo de Sousa no semanário *Expresso*), o prefaciador e os herdeiros de Marcello Caetano incluíram a seguinte nota, sem mais comentários:

«Em arquivo, há a seguinte carta da mãe de Sousa [Maria das Neves] a Caetano: "Excelentíssimo Senhor Presidente do Conselho: Estava há momentos na Maternidade, a acompanhar minha nora, quando o Marcelo [Rebelo de Sousa] apareceu num vale de lágrimas, dizendo que recebera um telefonema do Carvalho Neto (a quem tinha pedido novamente para marcar uma audiência com Vossa Excelência) dizendo que não o faria, até porque o Senhor Presidente teria dito 'não querer mais ouvir falar deste nome'." A mulher, sensível como está depois de uma operação, ficou desolada e eu nem fiz qualquer comentário. Corri a minha casa, peguei na caneta e aqui estou pela terceira e última vez a dirigir-me a Vossa Excelência. Sei bem que o Marcelo, mercê de muitas e variadas circunstâncias, não tem agido de uma forma coerente com o seu pensamento, mas a verdade é que tem sido quase um fracasso toda a sua vida na faculdade.»

Vejam só o que pode fazer uma humilde e pacata nota de rodapé!

Março de 2019

A conspiração do chulé

Saudade é a própria nação condensada numa única palavra. Durante muito tempo, acreditei firmemente nisto. Ontem, porém, depois de atirar os sapatos e as peúgas para o chão, compreendi que há outro termo que não só capta mais de perto a nossa alma como alarga e aprofunda o nosso autoconhecimento como país com a fronteira mais antiga da Europa.

Embalado pela alegria de ter descoberto o segredo que permite a interpretação de nós próprios, faço uma pausa, para me dirigir aos leitores.

Muitos cavalheiros ficarão escandalizados, ou mesmo enojados, com a brusca revelação de que a palavra que constitui o ponto essencial da nossa identidade, aquela onde Portugal aparece mais nítido, não é uma palavra intangível, mística, profética ou filosofal como a «saudade».

Pelo contrário, é uma palavra banal, grosseira e pouco lírica, não raro abafada, depreciada, proscrita.

Mas vejamos! O chulé (sulfato de peúga, segundo os especialistas) não apenas se mete pelo nariz dentro como não tem realmente tradução em mais nenhuma língua: os franceses chamam-lhe *odeur des pieds*, os ingleses *foot odor*, os italianos *l'odore del piede*, os espanhóis *olor de los pies* (é significativo, neste contexto, que o próprio latim tenha de recorrer a uma expressão como *pede odor*).

Ao invés do que ocorre no resto do mundo, as relações entre Portugal e esse potente jacto olfactivo que deflagra quando nos descalçamos, qual onda que nos atinge impiedosamente como se estivéssemos no centro de uma explosão nuclear, manifesta-se sob a forma de uma palavra com um timbre português, tremendamente português, que parece ressoar como na acústica da Sé de Braga: CHULÉ!

Trata-se, com efeito, de um vocábulo que não se dá bem em nenhum outro clima ou nação, e que, por isso, é característico do mais autêntico que existe na longa e compacta história lusa.

Ao mesmo tempo, mostra a nossa habilidade para inventar palavras com dicções peculiares, que produzem não sei que estranheza, como se fossem entidades mágicas provenientes de civilizações desaparecidas e em cuja presença ninguém pode evitar certa perturbação. Mas que, simultaneamente, possuem um notável poder de comunicação para expressar a cultura de um povo.

Quando é que o chulé apareceu? Qual a sua origem? Deriva de quê? Da nossa capacidade ou conformação genética? De uma necessidade de sobrevivência e de reprodução no tempo? De uma exigência do espírito luso, para se adaptar de forma darwiniana, quando grande parte de Portugal era constituída por florestas impenetráveis e estava infestada de animais viscosos e coleantes, que era preciso afugentar dos nossos membros locomotores? Para nos defendermos das agressões externas e assegurar a coesão do conjunto?

O que é que propiciou o seu surgimento? Que função social desempenhava? Foram as danças religiosas dos primeiros portugueses, aqueles que fizeram Portugal? Qual a extensão histórica desta palavra, com uma sugestão fónica arcaica que permanece nos tímpanos? Terá sido uma criação espontânea, popular, ou denota uma origem cabalística, erudita? Será contemporânea da invenção das peúgas e das sapatilhas?

Ninguém sabe. Apenas que se trata da mais portuguesa das palavras portuguesas e que é preciso ser português para a compreender em toda a sua extensão e profundidade; que é uma palavra puramente nacional, que aqui surgiu, criou raízes e foi criada, alimentada e transformada numa coisa só nossa.

Isto é tanto mais verdade — todos os especialistas estão de acordo neste ponto — quanto é impossível ser português sem entender o chulé, não havendo ninguém que fale de chulé sem imediatamente o associar a Portugal.

Talvez porque a evidência do cheiro dos nossos pés possui, nesta nesga da Europa, uma energia própria que se tornou, em dado momento, uma necessidade fonética e de escrita. Talvez porque o cheiro intenso dos nossos pés era um cheiro que reclamava um reconhecimento específico, que queria ser lido, escrito, ouvido. E que, por conseguinte, se desprendeu, se autonomizou dos nossos pés e se distribuiu em todas as direcções, redundando numa palavra única, que deveria ser reconhecida pela UNESCO como Património Imaterial da Humanidade.

Depois, em resultado de várias influências, o chulé passou de pé em pé. Disseminou-se. Percorreu o país de ponta a ponta, atravessou vales e montanhas, transitou para as páginas de História, infiltrou-se na nossa essência, até se transformar num lugar-comum, num símbolo do torpor português, que mistura origens berberes, moçárabes, ciganas e semitas.

É verdade que a saudade provoca entusiasmos mais vivos, porém, trata-se de uma palavra que não possui uma feição particular, pois existe em todos os países e em várias línguas.

Já o chulé é uma palavra única no planeta, apresenta estranhas particularidades que se não encontram em mais nenhum país. É uma transposição figurativa do drama português, do nosso nariz quando fareja as nossas qualidades essenciais, os nossos aspectos fundamentais. Ou quando observa o nosso comportamento e percebe que ele não é definido nem pela lógica nem pela razão, e que é isso que garante a unidade da pátria (enquanto continuarmos a inventar palavras como esta, Portugal continuará de pé).

O chulé não é um termo de exportação nem de importação. É o nosso bilhete de identidade, o nosso cartão de cidadão. É uma das palavras que representa em Portugal, com mais brilho, as virtudes próprias da raça portuguesa, constituindo hoje uma epistemologia inevitável.

O chulé diz aos portugueses que eles são um grupo de pessoas diversas, um punhado de gente formando uma comunidade com o mesmo cheiro nas patas, que partilham entre si as mesmas ideias e a mesma mentalidade. Que são um povo e uma nação.

O chulé, como qualquer experiência religiosa, é a nossa percepção colectiva do mundo. Revela-nos a chave que permite a interpretação da crença sobre nós próprios, resume e sintetiza a ideia que fazemos da nossa riqueza íntima. É o momento em que o excesso verbal do português atinge um ponto de perfeição pouco conhecido.

Porque o chulé, quando é, é. Não é só uma palavra entre muitas outras. De todas as que existem nos dicionários, é com certeza a que melhor representa o sentido e a essência do *homo sapiens* lusitano, pois não há um único de nós que se ache absolutamente desprovido dele.

O chulé particulariza-nos, é um atributo exclusivo de Portugal. É algo que acontece frequentemente entre nós, que nos acompanha pela vida fora, em novos e em velhos, que contribui para uma espécie de consenso espiritual, e que pode surgir a qualquer altura e em qualquer local, em qualquer grau e sob qualquer forma, qualquer que seja a classe ou o grupo social.

Sempre que um português tira os sapatos para refrescar os pés, o chulé engole tudo à volta, tende a narcotizar todas as conversas. Impede-nos de sair do chulé, porque — enfim — todos fazemos parte do chulé.

E, nesse sentido, o chulé é também uma certa maneira de ser intelectual, que designa o recheio que muitas pessoas transportam dentro da cabeça, que denuncia uma determinada orientação metafísica, o ambiente mental em que muitos indivíduos exercem a sua escrita.

Não tenhamos dúvidas. O chulé não é só um incidente odorífero, aquela sujidade malcheirosa que se acumula entre os dedos dos pés. Há uma modalidade de chulé muito mais complexa, que assume uma dimensão psíquica mais profunda, que se infiltra nos mais escusos meandros do cérebro.

Na verdade, em torno do chulé evoluiu um sistema inteiro, toda uma estrutura reconhecida internacionalmente. É o chulé intelectual (ou mental). Um chulé dentro do próprio chulé.

Um fenómeno que se manifesta em escolas filosóficas, literárias ou artísticas. Em crenças religiosas, juízos morais ou ordenamentos jurídicos. Em doutrinas ou correntes económicas, ideológicas e políticas. Em usos e costumes estupidamente inalterados e acatados, monotonamente iguais, que visam o conformismo e o acomodamento.

O chulé não se restringe, pois, aos calcantes. Não é um sintoma puramente de superfície, nem pertence apenas ao sentido do olfacto. Nada disso! O chulé, digam o que disserem, também sobe aos miolos, também sugere ideias, também exprime o que pensamos e o que sentimos, também possui mentalidade, traduz-se em normas de conduta, convicções, valores e estereótipos que estruturam o que percebemos e como nos movemos no mundo, a maneira como nos relacionamos com os outros.

O chulé intelectual, note-se bem, tanto pode ser verbal como escrito, tanto pode apresentar-se à esquerda como à direita, tanto é apanágio do governo como da oposição, dos partidos políticos como da sociedade civil.

Tanto pode encontrar-se numa maioria como numa minoria, tanto pode ser individual como colectivo, tanto se reúne nos conselhos de administração das empresas e dos organismos do Estado como está instalado no topo do campo mediático, desportivo, artístico e académico.

Em bom rigor, o chulé intelectual constitui uma força inevitável e imponderável na sociedade portuguesa, é um elemento inseparável da nossa cultura (há quem considere que o bom de se viver em Portugal reside justamente nisso).

O raciocínio que cheira a chulé dedica-se a atordoar-nos. Visa adormecer-nos. Cloroformizar-nos. Não gosta do espírito de livre exame nem estimula as opiniões independentes.

Tem grande dificuldade em aceitar qualquer ideia que questione aquilo de que se está à espera, estrebucha quando criticam os ídolos e os deuses intangíveis que povoam o seu pensamento e a sua acção.

Detesta a possibilidade de se discutir tudo, o esforço de pensamento crítico, o debate com a teia da História, a investigação assente na descoberta e no cotejo de novos documentos e provas empíricas.

Continua a acreditar no mito dos brandos costumes portugueses, ainda está convencido de que o nosso racismo foi menos violento do que o dos outros impérios coloniais e eleva à categoria de dogma a grandeza e a suposta exemplaridade do legado histórico e cultural dos portugueses. Porque, no fim de contas, «o chulé respeita-se, não se discute».

O chulé intelectual lê livros para não pensar e escreve para confirmar as suas próprias ideias, para continuar a ser quem é. Não ouve argumentos nem razões, prefere interpelar a responder e carece de flexibilidade mental, usa os mesmos chavões de sempre e reproduz as mesmas referências, os mesmos horizontes, as mesmas expectativas, os mesmos interesses, os mesmos gostos.

Considera, no mais fundo de si próprio, que quanto menos se souber sobre um assunto, mais fácil é opinar sobre ele, por isso fala de qualquer coisa com grande jactância e autoridade, e é impassível às evidências que contrariam as suas convicções.

O chulé intelectual alimenta-se da lisonja e da bajulação, exige obediência inerte, só tolera a proximidade das pessoas servis, dos cordeiros mansos e dos lacaios. Tem uma concepção da polémica como vingança ou retaliação pessoal, de modo que contestar o chulé intelectual significa, não raro, fazer inimigos ferozes, persistentes e implacáveis: daí os telefonemas obscuros para mover influências e despedir quem arrisca uma opinião livre; daí as silenciosas jogadas de bastidores para lapidar os que exercitam a dissensão e a discordância; daí as estratégias retóricas para descredibilizar e desacreditar os oponentes, transformando-os em radicais, maniqueístas, rancorosos, frustrados, invejosos, amargos.

A realidade pura e dura é que o chulé intelectual carece de sentido de humor (ao contrário do outro chulé, que tem o mundo a seus pés), tem uma aflitiva falta de imaginação, aceita todos os compromissos com o poder, revê-se nas hierarquias, nos privilégios e no prestígio dos apelidos ilustres. Coloca-se ao lado dos instalados na vida e sem tomates, prefere o sobejamente conhecido, faz a apologia prolongada da tradição, das convenções, das regras inamovíveis — «a natureza é a natureza», «as coisas são como são» — e situa-se contra a igualdade de género, os direitos civis e o casamento entre homossexuais.

Tal como a manteiga rançosa, o chulé intelectual insurge-se contra a dissolução da família tradicional, mas, simultaneamente, defende princípios que a negam, como o individualismo agressivo, a ausência de protecção laboral, a insegurança no emprego, dias de trabalho mais longos, menos tempo livre.

Discorda de quase todas as características dos novos tempos, não quer mudanças. Tal como os bois, recusa o estranho e o estrangeiro, não tolera a diferença nem o extravagante.

Preocupa-se com a moral sexual, a pornografia e a «devassidão» das novas gerações, o tamanho dos decotes e dos vestidos, a mobilização do vernáculo («cona») na manifestação do 1.º de Maio, mas não se ergue, com a mesma energia, contra a violência doméstica, as injustiças flagrantes na distribuição da riqueza ou a desfaçatez daqueles que ganham em apenas um mês o correspondente a 167 anos de trabalho de um trabalhador médio.

O chulé intelectual diz que se perdeu o sentido da exigência e da autoridade, do respeito e da disciplina, mas é tolerantíssimo com a corrupção, com a fuga aos impostos, com aqueles que forjam diplomas universitários e inventam falsas habilitações para acederem aos cargos políticos e burocráticos e se encherem de guita.

Para o chulé intelectual, a melhor maneira de melhorar o mundo é não o tentar melhorar, é deixar rolar o chulé dentro das nossas cabeças. Na sua visão da vida, o novo é inútil e perigoso, e as suas armas são o desemprego, os despedimentos, os salários baixos e o medo: «Ou o chulé ou o caos!»

Seria demasiado longo mencionar aqui todas as qualidades de chulé intelectual, sobretudo as que subsistem neste retalho do mundo.

De uma coisa, porém, podemos estar certos: em Portugal, há muita gente que escreve e fala como quem descalça os sapatos, tira as peúgas em público e vive no entusiasmo do seu próprio chulé.

Maio de 2018

O peido-mestre

Morrer é um facto impossível de contornar. Acontece a todos, em todos os lugares e em todos os tempos. Todos os dias e de todas as formas.

Não é preciso uma bola de cristal para prever que todos, mais cedo ou mais tarde, seremos expulsos da vida: a morte é inerente a tudo o que se move e a tudo o que respira.

Contra a morte não há resistência possível. Esfalfamo-nos ao máximo para lhe escaparmos, debatemo-nos diariamente para a evitar, mas não adianta protestar. O relógio não pára, todos temos os minutos contados. Todos aguardamos (que remédio!) a hora de morrer, o momento em que seremos lançados à fogueira da cremação ou em que o nosso nome (com sorte) será gravado numa lápide do cemitério.

Morrer é uma lei de constatação empírica, um princípio absoluto, a única verdade inalteravelmente constante. Essa é — em síntese — a tragédia da morte: ser aborrecida. Não ter piada nenhuma.

Para compensar os incómodos e os tédios de ser previsível e inevitável, a morte é abundantemente escarnecida e ridicularizada pela língua portuguesa.

Ao contrário do que acontece na maioria dos idiomas, em que a morte é uma coisa incomodativa, no calão de Camões, «patinar», «quinar», «pifar» ou mesmo «lerpar» têm aspectos positivos: do indivíduo que «finou» ou que «expirou» diz-se que «foi desta para melhor» (o que significa que morrer é livrar-se das consequências negativas de estar vivo) ou que «foi à vida» (expressão que obedece a uma lógica estranhamente paradoxal). Que se lhe «acabaram os trabalhos» (o que constitui uma expressão de encorajamento para quem arrasta por este mundo a sua preguiça). Ou que foi «para a terra da verdade» (o que será um excesso de optimismo, uma confiança épica no além-túmulo).

Não há dúvida de que a língua portuguesa tem um talento especial para troçar com a ideia de falecer. De ter as horas contadas. De dizer adeus ao mundo.

Expressões como «abotoar o sobretudo de madeira» ou «vestir o pijama de madeira» são a demonstração viva de que os portugueses nada vêem no mundo mais digno de ser gozado do que a morte.

Talvez porque os portugueses perceberam que a condição de mortal é muito mais cómica e divertida do que a de imortal. Que, sem morte, não poderíamos saborear o prazer de ir «para o andar de cima» ou «para o beleléu», que deve ser um sítio animado ou engraçado.

Tal-qualmente, «tirar o passaporte para o outro mundo» metaforiza a morte como uma viagem ao estrangeiro ou um passeio emocionante de Verão, afastando-nos da ideia de morte a sério, de morte indubitável.

Existem muitas vias para acabar mal, mas só aqui, em Portugal (e no Brasil), é que se pode «morrer de morte matada» ou de «morte macaca».

Morrer de «morte macaca» — expressão que junta a circunstância de se morrer de forma desastrada, desgraçada ou inglória com a ideia de óbito inesperado, repentino ou fulminante — é diferente de «não ter safa», de «estar com os pés para a cova» ou de «só ter uma sapatilha de fora», que significam que ainda não se «bateu a bota», mas que não vale a pena fazer planos, pois o «Fernando não tarda» (leia-se: está prestes a perder o prazer de não estar morto).

De igual modo, quando um indivíduo diz «daqui não passo», é porque está a «bater a canastra» ou «a caçoleta», está quase a «desviver» (que é como quem diz «a viver outra vida»).

É interessante verificar que «abandonar esta vida» pode ter uma influência pedagógica, pois do indivíduo que foi «para o jardim das tabuletas» se diz que «foi estudar botânica por baixo». Na mesma ordem de curiosidades (isto é: a forma como a terra interage connosco depois de morrermos), encontramos imagens que têm o mérito de provocar um movimento de piedade pelo recém-falecido, como «morder o pó», «dar de comer às minhocas» ou «pôr as tripas ao sol».

Outra maneira de conceber a morte é pressupor que ela produz efeitos fertilizantes, como na expressão «ir adubar a horta». Porém, quando se trata de descrever a condição de estar morto, nada há que se assemelhe a «ir comer alfaces pela raiz», a «ir para a quinta dos pés juntos» ou a «ir ver a relva nascer por baixo».

Variantes como «esticar o pernil», «transformar-se em presunto», «parecer um fiambre», «bater a alcatra na terra ingrata» ou «amassar barro com as costas» mostram que os portugueses sabem extrair da morte o que ela tem de singular.

Por outro lado, dizer que o Abílio «já lá está» ou que o Vasco «foi-se» faz parecer simples a morte, como um estalar dos dedos, e vem confirmar que nenhuma outra língua atingiu tamanho poder de síntese na definição exacta do que representa morrer neste «quintal do tio Lopes», como José Agostinho Macedo ou Camilo Castelo Branco vulgarmente chamavam a Portugal.

Enquanto as outras línguas têm dificuldade em imaginar que futuro nos aguarda depois de se «dar o berro», o português tem como certo que morrer significa «tomar o chá da meia-noite» ou «ir conversar com Deus».

Sabendo-se, como se sabe, que Portugal é um país de pequenos comércios (pastelarias, restaurantes, mercearias, talhos), não há nada mais português do que converter a morte num exercício de contabilidade geral: estar em vias de deixar de existir é o mesmo que «estar em últimas contas com a existência». E defunto é aquele que «já tem a conta feita».

Ou, então, num desses processos de cedência ou transferência da propriedade de uma loja, como «trepasse» ou «hora do trespasse».

Há frases que hoje são pouco utilizadas — «estar nas vascas extremas da resistência» —, mas que denotam um manejo impecável da língua portuguesa e provam que nada consegue ser mais típico de Portugal do que a língua portuguesa.

Da serena argumentação aqui usada, podemos concluir, sem o mínimo lugar para dúvidas, que morrer constitui uma manifestação essencial da especificidade e da criatividade da nossa língua. E que uma das grandes fontes do humorismo português é a burlesca sensação de «bater a asa» ou de completar «a viagem de que não se regressa».

Não seria maravilhoso, por exemplo, recuperar expressões como «o fulano de tal deu o bafo» ou «o figurão de tal deu o peido-mestre»?

Março de 2019

Ai! Que preguiça!...

A preguiça é o grande detonador da capacidade inventiva dos seres humanos. Não acreditam? Façamos um pequeno levantamento daquilo em que a preguiça foi condição indispensável para o progresso tecnológico.

Os fósforos surgiram para nos poupar à trabalheira que dá friccionar duas pedras sobre palha seca. Tal como, depois, o isqueiro nos dispensou da laboriosa tarefa de riscar numa «lixa» a cabeça vermelha inflamável de um palito de madeira ou de cartão.

O traço mais característico da personalidade do indivíduo que primeiramente sonhou com umas escadas rolantes era, sem dúvida, a preguiça: as suas parcas energias foram gastas a idealizar uma maneira de não ter de subir degraus, um mecanismo em que tivessem de ser os degraus, e não as pernas, a levá-lo de baixo para cima.

Sem a ancestral aversão dos preguiçosos a moverem os presuntos, o bicho humano jamais teria conseguido inventar as escadas rolantes (que no início se denominavam «escadas viajantes» ou «escadas mágicas»).

Terão sido também os preguiçosos que, cansadíssimos de mergulhar no tinteiro as suas plumas de ganso, cisne ou peru, imaginaram a esferográfica.

E a roda, que nos permite transportar grandes pesos e vencer grandes distâncias sem nos esfalfarmos, só pode ter saído da cabeça de um preguiçoso ofegante e com a língua de fora.

No mesmo saco estão o picotado e a tampa giratória dos pacotes de leite, cuja abertura fácil nos resguardam do esforço e da paciência de andar sempre à procura de uma tesoura (esquecida no recôndito de alguma gaveta), ou o *contactless* dos cartões de multibanco, que nos permite fazer pagamentos sem a canseira de introduzir o PIN.

Mas os aparelhos que simbolizam todas as preguiças, aqueles que mais impressionam os preguiçosos, são os comandos remotos.

Aqui não há o mínimo lugar para interpretações: o maior serviço que a preguiça prestou à humanidade consiste no controlo à distância.

O da televisão, em particular, está no primeiro lugar do *ranking* mundial dos preguiçosos. É o mais acabado produto do seu engenho (haverá regalo maior do que mudar os canais de televisão enquanto coçamos um calcanhar com o dedo grande do outro pé?).

Sejamos sinceros: a preguiça é uma fase essencial do processo de inovação científica (todos os especialistas estão de acordo neste ponto: a preguiça e o pensamento científico activam a mesma zona cerebral).

É ela, paradoxalmente, que impele o ser humano ao trabalho e o induz a fazer tantas coisas.

Ouso mesmo dizer: o mais alto desígnio do progresso é servir os preguiçosos, pois quase todos os avanços técnicos foram feitos a pensar neles.

Se avaliarmos desapaixonadamente a questão, temos de concordar que a preguiça é a força que mais depressa torna as coisas obsoletas, já que foi com ela em mente que todas as invenções, das mais simples às mais complexas, mudaram as anteriores.

A tese não é minha, é de um preguiçoso que já publicou mais de 50 livros, o escritor e humorista Luís Fernando Veríssimo: «Sou preguiçoso, sim. Minha vocação é a preguiça. Não gosto dessa coisa de ficar correndo atrás feito um maluco. Meu negócio é ficar de bobeira.»

E antes dele era Oswald de Andrade, o autor do *Manifesto da Poesia Pau-Brasil* (1924) e do *Manifesto Antropófago* (1928), que elegeu a preguiça como «mãe da fantasia, da invenção e do amor».

Irmãos: é preciso reconhecer publicamente as virtudes da preguiça. Porque, no fim de contas, a preguiça é um excitante da energia criadora. É um estado de ânimo que facilita o improviso e a inventiva.

Ao contrário do que muitos afirmam, o maior inimigo do talento não é a preguiça. Porque a preguiça, digam o que disserem, conduziu a notáveis invenções, serviu de inspiração para muitas obras-primas da literatura, como *Oblomov*, o romance de Ivan Goncharov cujo protagonista (que deu nome ao título do livro) mostra uma enorme relutância em levantar-se do sofá.

A preguiça de Oblomov é tão forte que cunhou a palavra russa *oblomovshchina*, a qual significa justamente «preguiça», «apatia», «sonolência», «falta de energia», «inércia», mas também «renúncia ao trabalho alienado».

Oblomov teve ampla influência em Machado de Assis (só assim se explica que um dos maiores escritores brasileiros considerasse o sofá o mais belo símbolo da preguiça) e em Samuel Beckett, dado que uma das personagens de *À Espera de Godot* — Vladimir — é uma homenagem àquele preguiçoso das letras eslavas.

Também Mário de Andrade identificou na preguiça a semente que propicia a criação artística. Em 1918, escreveu «A Divina Preguiça», artigo de jornal onde se insurgia contra a tendência da antropologia biológica e da psiquiatria para considerarem a preguiça como anomalia ou doença, e da Igreja Católica, que qualifica a *acedia* (preguiça em latim) como um dos sete pecados capitais.

Dois lustros depois, em 1928, Mário de Andrade publicou *Macunaíma*, a obra que tenta sintetizar o carácter brasileiro.

Macunaíma, o «herói sem nenhum carácter» — cuja indolência exprime, a um tempo, o estado de felicidade anterior à expulsão do paraíso e o sentido amazónico do renascimento da humanidade através da preguiça —, passou seis anos sem falar, e, quando incitado a abrir a boca, exclamava invariavelmente «Ai! Que preguiça!...», para, em seguida, ficar «no canto da maloca, trepado no jirau de paxiúba, espiando o trabalho dos outros».

Este fascínio que o trabalho exerce sobre todos os preguiçosos também é evidente na obra de Jerome K. Jerome, autor das *Ociosas Reflexões de um Ocioso* (1886), onde o escritor diz que adora o trabalho, tanto assim que consegue ficar sentado durante horas a olhar para ele.

Se formos ao fundo das coisas, teremos de admitir que somos assim mesmo — mandriões — e que é para a preguiça, de certo modo, que a humanidade caminha.

Em boa verdade, o preguiçoso está mais perto de uma consciência da espécie, da ideia de condição humana comum, do que das pessoas que andam de um lado para o outro, em férvida e trepidante actividade.

Razão tinha Pascal (e teve-a muitas vezes) para dizer que «toda a infelicidade dos seres humanos provém de um único facto: não sabermos ficar quietos no nosso quarto».

Portanto, o preguiçoso não é um mero espectador indiferente, que não se compromete com os acontecimentos, tão-pouco um indivíduo que manifesta relutância em existir.

Não é alguém que não se abstém de pensar e de imaginar, nem o seu objectivo é adiar infinitamente as tarefas. É, tão-só, torná-las menos árduas, daí a preguiça conter o germe de uma energia útil e de elevada qualidade.

Por isso, faço a mim próprio, e a quem me lê, esta pergunta: haverá ocupação mais digna de ser estudada do que a sornice e a vadiagem? Distorcendo um dito de Giacomo Leopardi, não será a preguiça a mais heróica das virtudes, justamente por não ter aparência alguma de heroísmo?

Abril de 2021

O problema do olfacto

A questão social não é apenas uma questão de política, de economia ou de ética. É também uma questão de cheiro.

Nas relações entre as pessoas, o cheiro desempenha um papel bem mais importante do que alguns pensam.

As moléculas de odor que pairam no ar à nossa volta — cada ser humano transporta consigo um cheiro característico — são factores de aproximação, mas também de distanciamento social. Tanto podem ser motivo de atracção como de repulsa.

Os cheiros podem ligar o que está separado e separar o que está ligado. Podem unificar ou desagregar, reunir ou dissociar, estabelecer uma ponte ou erguer um muro que delimita as sociabilidades mundanas.

Em grande medida, os nossos vínculos e as nossas distâncias são determinados pelo apêndice nasal, vulgarmente chamado «penca».

Apesar de se tratar de uma das principais questões da existência social, um dos grandes factos da vida, o nosso cheiro quase nunca constituiu uma preocupação das ciências sociais.

Porque é que alguns laços criados nas relações humanas, nos grupos ou nas organizações são mais fortes do que outros? A que se deve essa variação na intensidade dos laços que unem as pessoas?

Esta pergunta, que nenhum sociólogo pode evitar, impôs-se à curiosidade de autores como Émile Durkheim, Max Weber ou Karl Marx.

Todavia, nas análises de todos eles, por certo respeitáveis, constata-se a ausência do cheiro como uma das explicações plausíveis ora para a solidez ora para o carácter flutuante ou temporário das interacções sociais.

Durkheim, no seu estudo sobre as causas do suicídio, omitiu os conflitos interiores a que o nariz pode dar origem. Mesmo Weber, nas suas profundas reflexões sobre a racionalidade — os problemas que se colocam à compreensão do sentido subjectivo da acção, a ideia de «gaiola de ferro» ou o próprio desencantamento do mundo —, nunca se referiu ao significado sociológico das narinas.

Quando Marx e Engels afirmam, no *Manifesto do Partido Comunista*, que «a história de toda a sociedade é a história das lutas de classes», esqueceram-se de analisar o antagonismo entre opressores e oprimidos segundo o problema dos maus cheiros.

Na sua circunspecção e gravidade, os fundadores do pensamento social interessaram-se essencialmente em estudar problemas de grande escala — capitalismo, alienação, democracia, religião, racionalização, industrialização, urbanização — e desprezaram o valor conceptual e o papel preponderante do nariz na evolução histórica.

O cheiro dos outros, convenhamos, nunca é um mero pormenor. Sobretudo os cheiros asquerosos, os que tresandam e nos deixam à beira da náusea.

Esse fedor atinge-nos como um soco na cara, sem qualquer possibilidade de defesa. É uma verdade sem contemplações, uma força poderosa, como a criptonite para o Super-Homem.

É uma presença objectiva que não necessita de demonstração, que evolui no interior de uma lógica impenetrável, que nunca se consegue explicar satisfatoriamente, muito menos apagar da memória.

Que as relações com as pessoas que cheiram mal nunca chegam a ser grande coisa é uma verdade que podemos dar por certa. Por isso, é ainda mais estranho e lamentável que os grandes intelectuais que marcaram os últimos dois séculos tenham subestimado a função sociológica do nariz na comunicação humana e no conhecimento que adquirimos imediatamente dos outros através do seu cheiro.

No século XIX, os barões da indústria percebiam a miséria proletária pelo nariz: os trabalhadores e os zés-ninguém cheiravam a suor, tinham mau hálito e não tratavam os dentes, eram dados ao odor corporal nauseabundo.

Sabendo-se isto, não é estranho que Marx não tenha tratado a luta de classes a partir do contacto olfactivo entre capitalistas e operários?

Num dos textos de *The Road to Wigan Pier* (ou *O Caminho para Wigan Pier*, na tradução do meu grande amigo e vizinho José Lima), George

Orwell discorre sobre o «verdadeiro segredo das distinções de classe no Ocidente».

Segundo ele, «a verdadeira razão por que um europeu com uma educação burguesa, mesmo quando se declara comunista, não consegue, sem um grande esforço da sua parte, ver um operário como seu igual» podia ser sintetizada em quatro palavras, que o autor de *A Quinta dos Animais* costumava ouvir em criança: os pobres cheiram mal.

«Era isso que nos ensinavam — os pobres cheiram mal. E aqui, obviamente, está-se perante uma barreira intransponível. Porque nenhuma outra impressão de agrado ou desagrado é tão fundamental como a impressão física. O ódio racial, o ódio religioso, as diferenças de educação, de temperamento, de intelecto, mesmo as diferenças de código moral, podem superar-se; mas não a repulsão física. (...) Víamos passar um trabalhador das obras todo suado com a picareta ao ombro; víamos-lhe a camisa desbotada e as calças de bombazina inteiriçadas pela sujidade de uma década; pensávamos naqueles recessos e camadas de trapos por dentro, e, por baixo de tudo isso, o corpo sujo, escuro de cima a baixo (era assim que eu costumava imaginá-lo), com um forte fedor a toucinho.»

Também o inglês Somerset Maugham afirmava, em *Biombo Chinês*, que «no Ocidente vivemos separados dos nossos semelhantes pelo sentido do olfacto». Para ele, não se podia negar que o trabalhador «cheira mal». O que tornava o relacionamento social difícil entre pessoas de narizes sensíveis: «O banho matinal divide as classes de modo mais eficaz do que o nascimento, a riqueza ou a educação.»

Como descreve António Araújo, no *Diário de Notícias*, referindo-se às condições do trabalho na transição do século XIX para o XX: «Pelas ruas, onde quer que fosse, os homens improvisavam mesas, comiam ao ar livre a bucha trazida de casa. Eram poucas as latrinas, ficavam longe, em locais inacessíveis, sobretudo para os estivadores que, porque o trabalho não podia parar, se aliviavam nas entreparas do porão, em cima da carga, ou nas descargas de carvão, "janavam" na pá e deitavam para o balde. Não havia duches nem lavatórios, e, no final do dia, no regresso a casa, era frequente os estivadores verem recusada a entrada nos transportes públicos, tal o cheiro que consigo levavam, da farinha de peixe ou de cargas podres.»

Também o racismo se manifesta na repulsa pelo odor corporal. A aversão dos alemães pelos judeus e a exclusão dos negros na alta sociedade da América do Norte deveram-se, em grande parte, à impossibilidade de alguns superarem as impressões odoríferas criadas pelos seus preconceitos.

Não é por acaso, de resto, que um furioso individualista como Nietzsche tenha dito dos seus inimigos, tantas vezes e com tanta frequência, que «eles não cheiram bem».

Quando decidiu esclarecer a razão que o levou a deixar de ser amigo íntimo do compositor Richard Wagner, tornando distantes as relações entre ambos, Nietzsche confessava que não foram apenas os mal-entendidos intelectuais, mas também «o cheiro que ele exalava».

Nem sempre os maus odores provocaram aversão e ira nos seres humanos. Na Roma Antiga, a mistura de suor, sujidade e gordura libertada pelos atletas e gladiadores era vendida aos seus admiradores em frascos, e algumas mulheres romanas usavam-na como creme facial.

Os primeiros cristãos detestavam a limpeza dos romanos, provavelmente porque associavam os banhos ao hedonismo. Vários santos e eremitas, na sua busca por uma vida autêntica (a limpeza interior é que contava, não a exterior), aderiram fervorosamente ao mau cheiro: nunca se lavavam nem cortavam a barba.

Santa Inês, uma mártir católica, também nunca se lavou durante a sua curtíssima existência italiana (nasceu em 291 e morreu em 304), e São Goderico foi a pé de Inglaterra até Jerusalém sem tomar banho e sem mudar de roupa uma única vez.

No século XX, nos tempos da Guerra Fria, quando ainda havia um muro a separar Berlim, a Stasi — polícia secreta da ex-Alemanha Oriental — guardava, num dos seus prédios, centenas de frascos de vidro contendo pequenos pedaços de tecidos com o cheiro de vários alemães.

O bedum fora obtido após algumas esfregadelas, com um pano, nas axilas ou nas entrepernas dos cidadãos suspeitos, enquanto eram submetidos a interrogatório (na cabeça dos funcionários da Stasi, acreditava-se que, assim, facilitariam o trabalho dos cães quando fosse necessário localizar e identificar os desobedientes e os dissidentes em fuga).

Enfim, contrariando o princípio de que o ser humano é o único animal que não gosta de cheirar como um animal, Napoleão Bonaparte, sempre que regressava das campanhas de guerra, escrevia a Josephine, informando-a de que «Amanhã à noite regresso a Paris. Não tomes banho.»

Abril de 2021

Café acabado de moer

Os cheiros são a percepção mais secreta que podemos ter das coisas. São o espaço da interioridade e da intimidade, do afecto e do desejo amoroso, da infância e das recordações involuntárias.

A nossa memória olfactiva é mais forte do que a memória visual ou auditiva. Há odores que entram no nosso cérebro e não nos abandonam durante meses, anos, décadas, a vida inteira.

Cheiros em que nos reconhecemos no passado, que distinguimos desde os primeiros alvores da memória e que, por isso, têm qualquer coisa de reconfortante, que deflagra em nós aqueles processos regressivos que inspiraram Marcel Proust nos sete volumes de *Em Busca do Tempo Perdido.*

Que cheiros me chegam da meninice e da juventude, em que às vezes, num repente, tenho a ilusão de tropeçar?

O cheiro a loção de barba do meu padrasto. O cheiro adocicado de sacristia e santidade, quando me levavam à missa. O cheiro a laca do cabelo da minha avó Judite (que me sufocava logo de manhã cedo). O cheiro da Praia dos Pescadores, em Cascais, que vinha com o vento e subia pela Rua dos Navegantes. O cheiro do cortinado cheio de pó e humidade da casa da Rua Rosa Araújo, quando cheguei de África, em 1975. O cheiro sadio dos pinheiros da Beira Alta, que sorvia à janela no escuro da noite, na aldeia do meu avô António Marques, padeiro e campeão nacional de boxe. O cheiro a roupa acabada de engomar pela senhora Maria (que se enforcaria no quarto, depois da morte da minha tia-avó Maria do Rosário, com quem vivera quase toda a vida).

Aquele cheiro específico a coisas velhas, sem uso e sem vida, de uma casa na Avenida Álvares Cabral, onde os meus pais jantavam todas as quintas-feiras. O cheiro à cebola do refogado do frango de caril, que flutuava no ar, nos almoços de domingo, na casa de Paço d'Arcos, onde todos éramos retornados.

O cheiro a velório de certas flores da Igreja São João de Deus, na Praça de Londres, quando o meu irmão morreu (como é que se recupera da morte de um irmão? Nunca nos recuperamos, vivemos com ela, amanhece connosco quando acordamos. Não há um dia, uma hora ou um minuto em que a sua imagem não desponte na minha memória, com os traços distintivos da sua personalidade).

O cheiro a farmácia, a remédios e a certas pomadas no quarto da minha avó Glória, pouco antes de morrer de cancro. O cheiro do amoníaco e dos líquidos de limpeza dos corredores do Liceu D. Filipa de Lencastre, que me aturdia e quase me fazia cambalear.

O cheiro a Função Pública que provinha de alguns móveis da antiga biblioteca do Palácio Foz, onde passei horas ininterruptas a ler bandas desenhadas e os romances de John Steinbeck, Somerset Maugham, Conan Doyle, Georges Simenon, Giovanni Guareschi, Virginia Woolf, Axel Munthe, Frederick Forsyth, Patricia Highsmith. O cheiro a café acabado de moer da pastelaria Califa, misturado com o cheiro do alcatrão molhado ao sol.

O cheiro a urina acumulada em algumas esquinas nocturnas do Bairro Alto ou o cheio a atmosfera abafada e tépida das tascas (Primas, Estádio, Gingão) e dos bares (Clandestino, Catacumbas), nomes hoje extintos.

O cheiro do meu próprio suor (o nosso cheiro nunca nos cheira mal, dizia Cícero), quando treinava Karaté Shotokan no Lisboa Ginásio, em frente ao café «O Preto dos Anjos». O cheiro a comida de várias nacionalidades consumida com talheres de plástico, quando fui fazer o mestrado no Goldsmith's College, em Londres.

Todos estes cheiros são expressões essenciais da minha identidade, são aquilo que a todo o instante me aparece, através da sucessão dos tempos, como paradoxalmente inalterável e subsistente.

O olfacto é o único sentido que conhece o segredo das nossas vidas múltiplas, é o lugar da memória onde percebemos a similitude das coisas diferentes ou dissemelhantes, onde as incertezas e as bifurcações da identidade ganham coerência e se mantêm fiéis às nossas origens.

Os cheiros recobrem a nossa personalidade como uma rede em forma de teia de aranha, cujos fios delicados e subtis estão constantemente a nascer, a desaparecer e a renascer.

Na verdade, o nariz determina um grande número das nossas interacções quotidianas. Apesar de permanecerem no estado fluido e de, na sua efemeridade, fugirem à codificação, os cheiros são sumamente importantes para a existência social dos indivíduos.

Podem ter mais consequências na sociabilidade do que a visão ou a audição, pois estão na origem de muitas das nossas antipatias e simpatias instintivas (as reacções subjectivas às impressões olfactivas são mais vigorosas do que as dos outros sentidos).

Muitos contactos sociais surgem da troca de olhares e do conhecimento que adquirimos imediatamente dos outros através do seu aspecto, da sua fisionomia ou do som das vozes que entram no nosso pacato par de ouvidos.

Porém, há mais pessoas que estão presas umas às outras pelos laços indissolúveis dos odores mútuos do que por aquilo que se mete pelos olhos ou pelas orelhas.

Há certos cheiros que possuem uma rara densidade, muito maior do que as palavras (que voam quando saem da boca e correm o sério risco de ser esquecidas). Ao contrário destas — «palavras, leva-as o vento» —, os cheiros não se volatilizam facilmente, conseguem pairar durante muito tempo numa penumbra discreta do nosso cérebro e acender-se de repente, envolvendo-nos como espirais e tentáculos (ou iluminar-nos por um segundo, como o clarão rápido dos trovões num quarto às escuras).

O cheiro fornece-nos uma base sensível para a selecção das nossas relações e para a determinação das nossas distâncias. Exerce um vínculo que une estreitamente algumas pessoas ou cria conflitos insanáveis que anunciam rupturas (não é possível alegar nada em defesa de um mau cheiro, excepto talvez o suor do trabalho; viver com uma pessoa que tresanda é porventura uma das mais pesadas e heróicas formas de compromisso).

Na desarrumação da vida urbana, as pessoas com narizes particularmente delicados ou sensíveis aos odores (os olfactos grandes de perdigueiro) tiram desse refinamento mais desgostos do que alegrias ou prazeres.

Não é exagero dizer-se que o capitalismo é um sistema que nos cerca e nos asfixia com os cheiros que produz (a McDonald's será o epítome dos seus liames tentaculares). Cheiros que nos indicam, como dizia Pierre Bourdieu, que estamos no mundo social e que o mundo social está igualmente em nós.

Os cheiros recordam-nos de que somos reais precisamente na medida em que somos feitos de fluidos, salivas, suores, secreções, ejaculações, humores.

Os humanos não são apenas as suas ideias, crenças e convicções. São também os cheiros que arrastam consigo, como histórias que se repetem e que detêm a chave do enigma que levamos dentro. São a prova, superiormente filosófica, de que existe algo que comanda as nossas vidas.

Deturpando intencionalmente uma frase de Karl Marx, os cheiros não são a paixão do cérebro, mas o cérebro da paixão.

Abril de 2021

Senhor do seu nariz

É extremamente provável que o leitor transporte diante de si um apêndice nasal. Que tenha sempre à mão, todos os dias, essa cápsula oblonga, concreta e tangível a que chamamos «nariz».

Como sabem, ou como não sabem, o nariz é uma imagem forte. Não é um detalhe sem importância, uma condição passageira. Se for enorme como uma abóbora, ou como a chaminé de uma fábrica, sobrepõe-se a quase tudo e leva às maiores tiranias.

Um nariz irrevogável e com excesso de protagonismo, sobre o qual não resta a menor dúvida, torna-se o fulcro do nosso ser, o cerne da nossa existência. Quando nos tentam descrever, somos sempre «aquele tipo com uma penca descomunal, do tamanho de um rochedo ou de uma montanha».

Podemos esquecer-nos de vestir as calças e sair para a rua com um sapato diferente em cada pé, dar os parabéns à viúva no velório do marido, fazer todos os esforços para sermos inteligentes, ricos e felizes, andar bem penteados e bem vestidos, tudo ao mesmo tempo.

Nada feito! Nicles batatóides. A criatura disforme e gigantesca que levamos entre a testa e a boca, que não é regida pelos princípios da proporção, do equilíbrio e da harmonia, continuará a ser o nosso principal atributo, a prova definitiva do nosso carácter, aquela que verdadeiramente nos define e nos situa no mundo.

Por mais apresentável que se esteja, um nariz monstruoso perturba sempre o estilo (ainda mais o meu, já de si tão precário), embaraça os amigos e a família, assusta os indivíduos, sufoca de gozo os nossos ferozes, persistentes e maliciosos inimigos.

Um narigão, essa lamentável herança genética que nos pesa no rosto e que só traz aborrecimentos, impede uma participação aberta na vida social e mundana. Escraviza-nos. Converte-nos numa categoria, identifica-se com a nossa própria essência.

A boca é a zona mais móvel do rosto e, por isso, é a grande responsável pelas modificações e modulações da nossa expressão, evidenciando as mil *nuances* do humor. Desde o sorriso largo e amável, que nos cativa e reconforta, ao beicinho da tristeza (cheio de frustração e desgosto) e do amuo (que projecta orgulho ou decepção), passando pelos lábios apertados, que expressam uma vontade de ferro e uma sensação de segurança em si mesmo.

Tal como os olhos, a cavidade bucal participa nas variações de intensidade da cara e no jogo dos músculos e das rugas faciais. Trai — sabe Deus quantas vezes! — aquilo em que estamos a pensar, as múltiplas e contraditórias facetas da nossa personalidade. Denuncia a nossa boa ou má vontade, os nossos motivos, intenções e estados de ânimo, os nossos defeitos e a nossa mesquinhez individual.

Já o nariz, em contrapartida, permanece fixo, como uma assinatura inconfundível, que não pode ser negada.

É possível tornar mais atraentes os olhos (desenhando-lhes os contornos) e os lábios (fazendo-os sobressair com batom), mas o nariz (mesmo recorrendo à cirurgia estética), nunca. Daí que ele tenha tantas e tão profundas ressonâncias no sentimento de identidade.

Da boca tanto podem sair pólvora e chumbo, se estamos rabugentos e zangados, como belos pensamentos, frases que despertam entusiasmo e proporcionam emoções fortes, quando a inspiração e a eloquência nos arrastam pelo cabelo.

Do nariz — uma cloaca cheia de macacos, se me permitem o plebeísmo, e ácaros do pó — brota ranho (nas grandes carraspanas), e dele emergem, a mor das vezes, três ou quatro pêlos eriçados, difíceis de erradicar.

Na metafórica sabedoria popular, que é pródiga a este respeito, o nariz não goza de boa nomeada, raramente é um factor de concórdia e conciliação.

Dos bípedes arrogantes, altivos e orgulhosos, que pensam que têm o rei na barriga — ou que não admitem que ninguém venha meter-se na sua vida —, diz-se que são «muito senhores do seu nariz».

Quando um tipo perde a paciência, se irrita e começa a dizer cobras e lagartos, é porque lhe «chegou a mostarda ao nariz». Os irascíveis, que explodem de cólera e berram como harpia no espeto, «não são bons de assoar». Para mostrar desagrado ou fazer má cara, «torcem o nariz».

Uma barafunda incontrolável, gerada por vários mal-entendidos simultâneos, é uma «confusão de narizes». A pessoa que chega demasiado tarde a um sítio que, entretanto, fechou «dá com o nariz na porta», e os curiosos da seara alheia, que gostam de bedelhar (opinar sobre a vida dos outros, nas suas costas), «metem o nariz onde não são chamados».

Aqueles que abrem e fecham gavetas, sem encontrar o que olimpicamente procuram (apesar de estar mesmo debaixo do seu nariz), «não vêem um palmo diante do nariz».

Porém, é preciso respeitar o nariz! Porque cada nariz é um pequeno mundo, diz muito sobre a nossa circunstância e qualidade, exprime e expõe a nossa índole.

De um modo ou doutro, é mais importante possuir um bom nariz do que ter bom olho, pois a vista pode enganar-nos, mas o nariz raramente.

Um nariz que se preze é capaz de farejar as injustiças, as manigâncias, as aldrabices, a banha da cobra, o gato por lebre.

É o órgão do corpo que nos reconcilia com as necessidades mais antigas, mais elementares e mais subtis dos seres humanos, que nos devolve às vivências mais recuadas e às faculdades mais instintivas.

Logo nas primeiras horas que se seguem ao nascimento de um bebé, a pituitária é despertada e o recém-nascido (cuja visão, durante algumas semanas, permanece desfocada) reconhece de imediato a mãe pelo cheiro.

As narinas não revelam apenas a dinâmica da necessidade de reviver o contacto com o corpo da mãe. Nem são apenas os orifícios pelos quais os pivetes metem os dedos (à procura de petróleo, como se diz em Espanha) e uma infinita variedade de objectos corriqueiros (bolinhas de papel amarrotado, pequenas pedras, sementes, missangas, pilhas-botão, ervilhas, cotonetes, feijões).

Pelo nariz entra a pneuma, a respiração que anima e vivifica. No Génesis, Adão recebe o sopro de Deus pelo nariz: «O Senhor Deus modelou o ser humano com barro da terra. Soprou-lhe nas narinas e deu-lhe respiração e vida.»

Na Bíblia, em geral, as boas pessoas são designadas como «aquelas por cujos narizes é insuflado o espírito de Deus».

Por trás do nariz, desde que a humanidade é humanidade, está a alma, o alento da máquina orgânica (não é por acaso que os peixes morrem pela boca, mas as pessoas morrem pelo nariz).

O nariz é o receptáculo e o garante da potência vital, manifesta o processo de animação psíquica, estabelece a ponte entre dois mundos, o interior e o exterior. É o indicador da nossa tendência para a harmonização entre a alma e o corpo, o espírito e os instintos. Aponta, simultaneamente, para o passado e para o futuro, é uma mistura de tradição e de vanguarda.

O nariz remete-nos, por um lado, para o odor inicial (o do seio materno), por outro, é o primeiro a chegar, precede-nos «um quarto de hora em cada lugar», como dizia Cyrano de Bergerac, o paladino das causas perdidas e primo direito de Dom Quixote.

Maio de 2021

Boçal & alarve

Os estudiosos da fisionomia humana acreditam que pelo nariz se pode conhecer o carácter de uma pessoa.

O nariz encurvado indica feitio imperioso ou personalidade constante. Já o pequeno (e de orifícios estreitos) sugere timidez, insegurança e dificuldade em comunicar.

Mas de um nariz grande entende-se que é «bom, polido, afável, liberal, espirituoso e intrépido, tal qual eu sou», como defendia o antes citado Cyrano de Bergerac.

Um nariz torto e bicudo, por seu turno, é o que se mete demasiado onde não é chamado, além de ser arrogante, irascível e conflituoso.

O indivíduo que leva a mão à penca enquanto fala está a mentir ou a enganar o interlocutor, e as mulheres fatais costumam ter um sinal no nariz.

Desde as civilizações mais antigas que se atribui aos narizes a capacidade de detectar aspectos negativos e positivos nos seres humanos.

Um nariz pode orientar-nos em relação às boas ou más intenções dos outros, ver com mais profundidade e lucidez, abrir caminho à intuição ou predispor à descontracção intelectual.

Em muitos povos de África, o nariz continua a simbolizar a clarividência e a capacidade de penetrar na medula das coisas. Daí a prática de se triturar o nariz seco dos cães, para depois, reduzido a pó, ser aspirado pelas cavidades nasais, entrando-se assim em contacto com os mortos e as potências invisíveis.

Vários grupos de caçadores, em regiões do mundo afastadas umas das outras, observam ritos similares associados à conservação do focinho dos animais capturados: sendo o orifício por onde se recebe o oxigénio que dá vida ao espírito, desenvolveu-se a crença de que o nariz contém a alma das presas.

Na Sibéria, os Iacutos e os povos tungúsicos acreditam que o nariz dos animais astutos transfere a astúcia a quem o levar consigo. Por esse motivo, utilizam o focinho das raposas nas suas práticas mágicas.

Na Lapónia, onde vive um dos maiores grupos indígenas da Europa, havia o hábito, ainda no final do século XIX, de se arrancar a pele do nariz do urso para ser colocado no rosto e se poder dizer: «Tenho o nariz do meu urso para possuir o seu olfacto.» O mesmo faziam os Lapões da Finlândia, mas com o nariz da lebre.

Há certas culturas em que se cheira levemente a maçã do rosto ou a mão com o intuito de conhecer os outros «por dentro».

Para os Nivkh (povos de pescadores, caçadores e criadores de cães que habitam a parte Norte da Sacalina, a maior ilha da Rússia), o respeito pelo nariz das focas é o principal de todos os respeitos, razão pela qual lhe conferem poderes especiais e capacidades específicas.

As mutilações infligidas às esculturas do Antigo Egipto, pelos Coptas e pelos Árabes, mostram que o nariz era o alvo preferencial dos iconoclastas: arrancando-os, «desactivavam» a força dessas imagens (sem nariz, as estátuas deixavam de respirar e o seu espírito morria).

Um dos mais famosos (tirando o admirável nariz de Cleópatra, que inspirou batalhas e seduziu imperadores) é o da Grande Esfinge de Gizé, cuja ausência deu origem a vários mitos e a vários contos populares.

Almacrizi, um historiador árabe do século XV, considerava que a perda do nariz da Esfinge tinha sido obra de Maomé Sair Aldar, um muçulmano sufi do século XIV que, tendo observado os camponeses locais a fazerem oferendas à Esfinge (na esperança de aumentarem as colheitas), decidiu desfigurá-la, para assim os condenar à miséria. Mais recentemente, houve quem dissesse que tinham sido as balas de canhão disparadas pelos exércitos de Napoleão Bonaparte. O que, sendo plausível, é falso.

Hoje, os palhaços e os bêbedos são reconhecidos pelo nariz grosso e vermelhusco. E os esquimós cumprimentam-se tocando com as respectivas pontas dos narizes, mas por uma razão prosaica: porque é uma das únicas partes do corpo que não estão cobertas pelas roupas que os protegem das temperaturas excessivamente frias.

Alguns psicanalistas asseguram que o tamanho e a forma do nariz revelam o calibre da genitália masculina: o nariz, neste sentido, seria um substituto do pénis (tal como as narinas o seriam da cavidade vaginal).

Na literatura, são conhecidos os narizes de Pinóquio, de Cyrano de Bergerac e de Kovalev, o protagonista de *O Nariz*, um conto fantástico de Nikolai Gogol, publicado em 1836.

Certa manhã, um barbeiro descobre, dentro do pão que se preparava para comer ao pequeno-almoço, um nariz familiar, de um dos seus clientes — Kovalev —, funcionário de um colégio de São Petersburgo. Compelido pela mulher, que teme problemas com a Polícia, o barbeiro pega no pedaço de carne e atira-o às águas do Rio Neva.

Pouco depois, o nariz de Kovalev, que adquiriu vida própria, reaparece passeando-se pelas ruas da cidade, sorridente e elegantemente trajado, viajando de carruagem e pavoneando-se com um «uniforme bordado a ouro, com um grande colarinho hirto, calças de camurça e espada à cinta. O bicórneo emplumado dava a entender que tinha a categoria de conselheiro de Estado.»

Kovalev, de rosto incompleto, deparando-se com o seu nariz errático e de título honorífico, tenta convencê-lo a regressar ao seu lugar natural. O apêndice vadio, porém, responde-lhe com sobranceria: «Está muito enganado, senhor: só pertenço a mim próprio. Não pode, aliás, haver relações estreitas de qualquer natureza entre nós. A ajuizar pelos botões do seu uniforme, pertencemos a administrações diferentes.» Acto contínuo, desaparece, para grande desalento de Kovalev.

Na literatura há muitas histórias com partes do corpo humano subitamente dotadas de vida independente (como *A Mão Misteriosa*, de Guy de Maupassant), ou que, substituindo-se à própria pessoa, se apoderam do seu ponto de vista, como o olho de *William e Mary*, um conto de Roald Dahl, ou *O Seio*, de Philip Roth, que relata a história de um homem que se vai progressivamente transformando no peito de uma mulher (inspirado numa cena de *As Viagens de Gulliver*, Roth leva ao extremo a metáfora da mama gigante de Swift e converte-a em narradora).

A supressão do verosímil, através de uma metamorfose orgânica, em que uma parte é tomada pelo todo — aquilo a que em gramática se chama «metonímia» ou «sinédoque» —, serve muitas vezes como dispositivo narrativo para exteriorizar e materializar a consciência humana.

Em Gogol, o nariz simboliza a obsessão boçal e alarve que domina Kovalev. Uma obsessão que os habitantes da cidade consideram divertida e que é relatada nos acontecimentos mundanos, para diversão de todos.

Ninguém considera surpreendente ou bizarro que um nariz ganhe vida própria, e o próprio Gogol convida o leitor a encarar a situação como um episódio normal nos redutos machos.

Quando, no final, a Polícia lhe devolve o nariz, em perfeito estado de conservação, Kovalev regressa à sua masculinidade primária e volta a dar livre curso à sua obsessão: perseguir e seduzir as mulheres.

Maio de 2021

Com a barba na mão

Não, não se riam. A barba é um tema profundo e sério. Eu uso uma há mais de 20 anos e sei do que falo. O meu avô paterno (administrador colonial e tradutor de romances policiais), tal como o filho dele (meu pai), também usava. É uma tradição que ficou na família, não me perguntem porquê.

A barba envolve muito mais do que simplesmente questões biológicas. Não é apenas matéria orgânica produzida por processos fisiológicos, ou apenas pilosidade que nasce de maneira natural na cara dos bípedes.

É sempre moldada, preparada, processada, lavada, hidratada, aparada, penteada, trabalhada por mãos humanas. Práticas que modificam a sua forma, aparência e volume, e que socializam a barba, fazem dela um tema riquíssimo de sugestões, um veículo de mensagens significativas acerca do eu e dos outros, da sociedade e dos seus códigos ou valores culturais.

Tão verdade é dizer que não há nada sem sentido — mesmo a ausência de sentido concentra, em si mesma, um sentido (o sentido que existe em não o ter) —, quanto é certo que as barbas falam, pensam, emocionam-se, discutem, protestam, etc.

Mais pasmado ficará o leitor quando lhe disser que, tal como há uma semântica do texto literário, também existe uma semântica da barba, que não pode ser minimizada e que exige uma atenção aos significados que se desprendem dela.

Depois de muito meditar sobre o vasto mundo das barbas, a primeira conclusão a que cheguei é que ter barba é não estar barbeado banalmente. E a segunda, que desafiará o esforço dos teóricos, é que as barbas são todas diferentes e nos colocam face à desarmante complexidade da existência social.

Da mesma maneira que ainda não se conseguiu determinar se o Universo é finito ou infinito, se houve um começo e se haverá um final, também não é possível resumir e sintetizar todas as implicações simbólicas — sexuais, étnicas, religiosas, políticas — que regulam a vida da nossa pilosidade.

Para que percebam a riqueza da linguagem associada aos pêlos do queixo, das faces e da parte da frente do pescoço, basta lembrar que há barbas monótonas e barbas melancólicas, barbas de desgosto (sinal de que as perdas afectivas passam sobretudo pelo rosto) e barbas de aborrecimento, de quem arrasta por esse mundo a sua preguiça; barbas de pistoleiro, emparelhadas a um bigode ferradura, e barbas para acariciar, como a do avô da Heidi; barbas de quem se lamenta da sua solidão e barbas pretensiosas, de intelectual que fuma cachimbo e que tem mais em que pensar do que em se barbear (a barba, neste sentido, é uma maneira de ser intelectual, como quem diz: «Cresceu-me uma barba! Estava tão concentrado no mundo interior dos meus pensamentos que nem me apercebi que me cresceu esta barba enorme»); barbas violentas, como as de certas divindades mitológicas, ou venerabundas, as que melhor definem o Deus cristão; barbas que dão ar de oficial de cavalaria e barbas de acender fósforos; barbas obcecadas com o outro mundo, de alguns fanáticos religiosos, barbas de lenhador (apreciadas por alguns *gays*) e barbas *hipster*, como as de George Clooney, Bradley Cooper, Ben Affleck ou Zac Efron.

As barbas, como constataram por este pequeno mosaico, permitem-nos ver através da ilusão da simplicidade do género masculino e traçar um quadro da sua inesperada complexidade.

Cada barba tem a sua própria história. Quadradas, redondas, ovais ou rectangulares, rentes, cheias ou compridas, traçadas a tira-linhas ou em arbusto até às orelhas, cobrindo ou não o queixo, são sempre um indício das aspirações e pretensões do seu proprietário, da sua maneira de ver o mundo, do seu nível de realidade, do ímpeto ou do recalcamento dos seus instintos, do seu interesse ou do seu desinteresse estético. Uma coisa é certa: ninguém deixa a barba crescer sem uma razão para isso.

De uma cultura e de um contexto a outro, de uma sociedade e de uma época a outra, uma mesma barba pode assumir significados opostos.

A barba tanto pode remeter para o imaginário do homem viril e destemido, com uma sexualidade potente e desabrida, como sugerir tudo menos erotismo, como nos intelectuais que estão sempre com a barba na mão, meditabundos, e nos eremitas, que deixam crescer a barba como sinal de renúncia sexual; ou inspirar uma atenção quase maternal (pelo menos era isso que Jane Birkin dizia a Serge Gainsbourg: «anda sempre com a barba de três dias, porque os homens mal barbeados dão sempre vontade que nós nos ocupemos deles»).

Ideologicamente, as barbas podem ser de direita, como as reais ou aristocratas (uma tira no queixo e bigode bem aparado acima do lábio superior), e insinuar conformismo, ou de esquerda, como as dos barbudos da Sierra Maestra (Cuba), cujas barbas lembram o terreno da guerrilha (florestas densas ou espessas) e traduzem fidelidade revolucionária, protesto e revolta contra a ordem estabelecida.

E em Portugal, o que querem dizer as barbas? Que tem a dizer, sobre isso, a pogonologia (a ciência que estuda a barba)? Com excepção de Leite de Vasconcellos, que escreveu *A Barba em Portugal: Estudo de Etnografia Comparativa* (1925), poucos trabalhos académicos teorizaram sobre o simbolismo da barba ao longo dos séculos.

Na política portuguesa, em particular, a ignorância e o esquecimento das condições em que vivem as barbas é apenas comparável à nossa ignorância sobre a vida emocional dos gafanhotos.

Em primeiro, em segundo e em terceiro lugar, as barbas em Portugal nunca chegam à ribalta da política. Parece uma lei geral: a política não é compatível com a barba.

Para ascender politicamente, não se pode ter barba (inversamente, poder-se-ia dizer que um político dotado de barba está a sacrificar a sua carreira, nunca irá muito longe no xadrez político-partidário).

Se repararem, em democracia, nunca tivemos um Presidente da República barbaçudo, nem durante a presidência militar — António Spínola e Francisco da Costa Gomes — nem durante a presidência constitucional — Ramalho Eanes, Mário Soares, Jorge Sampaio, Aníbal Cavaco Silva e Marcelo Rebelo de Sousa (este último, que durante anos usou barba, para ascender a Presidente, teve de se tosquiar).

Tão-pouco um primeiro-ministro barbaças. Adelino da Palma Carlos, Vasco Gonçalves, Pinheiro de Azevedo, Vasco de Almeida e Costa (Governos Provisórios), Mário Soares, Alfredo Nobre da Costa, Carlos da Mota Pinto, Francisco Sá-Carneiro, Diogo Freitas do Amaral, Francisco Pinto Balsemão, Mário Soares, Aníbal Cavaco Silva, António

Guterres, Durão Barroso, Santana Lopes, Sócrates, Passos Coelho e António Costa (Governos Constitucionais), todos eles se desembaraçam da pilosidade facial, marcando assim uma separação rigorosa entre a barba e a liderança política.

O mesmo se aplica às eleições internas nos partidos: Durão Barroso ganhou ao barbudo Fernando Nogueira na candidatura à liderança do PSD, em 1995, e Sócrates foi eleito secretário-geral do PS em 2005, depois de derrotar as barbas grisalhas de Manuel Alegre. Em Portugal, ser líder político deve ser isto, não usar barba.

A esta altura do capítulo, ocorre-me perguntar: o que seria hoje de mim se nunca tivesse deixado crescer a barba? É muito simples, estaria onde devo estar. Com o rabo sentado na cadeira (escrever, dizia Sinclair Lewis, é a arte de sentar o rabo numa cadeira).

Julho de 2021

Aquele buço

Há certos temas que solicitam a nossa atenção de forma recorrente. A pilosidade humana é um deles.

Conforme opinam os entendidos, as pessoas são «macacos nus» ou «bípedes implumes». No entanto, o nosso corpo parece ter no interior um manancial subterrâneo de onde não param de brotar pêlos.

Pêlos eriçados como os das escovas de dentes, que assomam aos orifícios do nariz e das orelhas. Pêlos emaranhados que sobressaem do peito dos homens quando andam com o colarinho da camisa aberto. Pêlos encaracolados que vicejam abaixo do umbigo e desaparecem no interior das calças. Pêlos que crescem nas axilas, em proporções assustadoras, tipo floresta da Amazónia.

E as sobrancelhas peludas? E os tapetes de lanugem ao longo dos braços e das pernas? E aquele buço? Ou aquelas pestanas longas, que rangem contra as lentes dos óculos?

Todo este matagal desempenha, basicamente, duas funções: proteger-nos e chamar a atenção de possíveis parceiros sexuais.

As sobrancelhas servem para reter o suor que corre da testa, impedindo que ele entre nos olhos. As pestanas e os pêlos nasais evitam que as poeiras se introduzam, por via dos olhos e do nariz, dentro do nosso organismo.

Nos outros mamíferos, a pilosidade continua a desempenhar uma função de termorregulação, mas nos humanos desapareceu quase completamente, durante a evolução, com a regressão dos pêlos, iniciada há 1,9 milhões de anos bem contados.

Entre nós, a protecção contra os rigores do clima passou a ser assegurada pela construção de casas e pelas peças de vestuário.

Fisiologicamente, porém, a nossa pelagem já não serve para grande coisa, trata-se de vestígios inúteis vindos do fundo dos tempos. Tanto isto é assim que poderíamos rapar as sobrancelhas e depilar o maciço de pêlos do peito e da genitália sem quaisquer prejuízos para a saúde.

Os pêlos são a parte mais facilmente moldável do corpo humano. Os cabelos, por exemplo, que são simultaneamente flexíveis, elásticos e fortíssimos (um único cabelo consegue suportar um peso de até cem gramas e uma cabeleira inteira é capaz de aguentar com uma carga de 12 toneladas), podem ser modificados, encurtados, alongados, suavizados, tonificados, ondulados com permanentes, abrilhantados, fixados com laca ou gel, coloridos ou descoloridos, frisados ou desfrisados.

O que fazemos aos pêlos merece toda a nossa atenção, e os seus significados deveriam ser objecto de estudo laborioso (embora em França tenham o adequado protagonismo, graças a *Les Sens du poil: Une anthropologie de la pilosité* [Os Sentidos do Cabelo: Uma Antropologia da Pilosidade], de Christian Bromberger, ou a *Histoire du poil* [História do Cabelo], de Marie-France Auzépy e Joël Cornette, esta é uma área em que ainda temos muito a fazer em Portugal).

Compreender as sociedades através das suas pilosidades é tudo menos um exercício fútil ou insólito que passa ao lado das questões essenciais.

Contra o que geralmente se supõe, os pêlos concentram muitos dos estados e das facetas da vida social.

Em torno deles geram-se paixões, conflitos, polémicas, interditos, violências. Desde as cristas dos *punks*, adoptadas pelo seu carácter deliberadamente provocatório, às barbas dos Talibã, demonstrativas do papel dos poderes autoritários na regulamentação da aparência pilosa, as sociedades fazem dos pêlos causas significantes e estruturas de sentido.

Na verdade, os pêlos podem ser entendidos em diversos níveis de linguagem e em diversos graus de comunicação. Além de significados estéticos ou artísticos, são portadores de ideias, imagens e juízos acerca das representações e classificações sociais, estabelecem distinções sexuais, étnicas, religiosas ou políticas.

Se suscitam tantas emoções e despertam tantos sentimentos, se provocam tantas discussões e originam tantos dramas, ou mesmo tragédias, é porque neles se cristalizam muitos dos dilemas, das dualidades e das dicotomias com que as sociedades se debatem: a distinção entre homem e mulher, entre o indivíduo e o grupo, entre o Nós e o Outro, o civilizado e o selvagem, a natureza e a cultura, o humano e o animal, o autêntico e o artificial, o simétrico e o assimétrico, o liso e o frisado, o longo e o curto, o brilhante e o áspero, o claro e o escuro, o calvo e o cabeludo.

Porém, não nos deixemos levar pelas equações simples e as interpretações unívocas. A codificação das culturas nunca é tão simples e nem sempre é fácil distinguir aquilo que, num determinado estilo de pilosidade, releva de escolhas étnicas, tendências estéticas, caprichos da moda, opções religiosas, políticas e sexuais ou meras inovações técnicas.

Há cabelos que simbolizam mudança de estatuto (um casamento, uma promoção profissional, uma viuvez), reivindicação social (como as feministas que deixam crescer os pêlos das pernas, em luta pela igualdade de género), fidelidade revolucionária (como os barbudos da Sierra Maestra) ou que celebram um acontecimento (a peruca adornada com a miniatura de uma fragata de guerra, usada por Maria Antonieta, em 1778, para celebrar a vitória naval contra os ingleses na Guerra da Independência Americana).

A abundância de significados atribuídos aos pêlos deveria impedir-nos de cair em simplismos toscos. Se de um continente a outro ou de uma época a outra encontramos similitudes ao nível da pilosidade, a análise comparativa destrói qualquer tentação de encontrar padrões universais aplicáveis a todas as sociedades e culturas.

No Império Romano, a barba era um símbolo de juventude, mas em inúmeros contextos é um sinal de sabedoria e de velhice.

Os cabelos muitos curtos de algumas raparigas, exibidos para anular as diferenças entre masculino e feminino, e os longos cabelos vermelho-alaranjados de Lilith, a mulher que tentou Adão, a primeira mulher livre e independente, são ambos símbolos de emancipação feminina, mas através de pubescências opostas.

Além do aspecto formal, haverá alguma semelhança entre os monges budistas e os *skinheads* das cidades europeias? Uns e outros usam a cabeça rapada, mas para transmitirem mensagens que estão nos antípodas: os primeiros procuram diferenciar-se das pessoas comuns, que sofrem porque se agarram aos seus desejos obsessivos, os segundos querem demarcar-se das cabeleiras dos *hippies* (a cabeça rapada dos *skinheads* não significa qualquer tipo de renúncia sexual, mas vontade de imitar a disciplina militar e de se diferenciarem da perversão e da permissividade dos costumes dos *hippies*).

Aparências pilosas semelhantes podem ter significados bem diferentes, e um mesmo sentido pode exprimir-se de formas opostas.

Se há culturas que valorizam os pêlos, como atributos naturais e distintivos da beleza e pujança física, outras têm-lhes horror, por os considerarem impuros, daí que depilem o corpo, as sobrancelhas e até as pestanas (como certas tribos de índios).

No Irão, o buço é valorizado em ambos os sexos, mas, noutras partes do mundo muçulmano, as mulheres travam uma luta sem quartel contra os pêlos abundantes, volumosos, incómodos e embaraçosos.

Em determinadas épocas, era atribuído grande valor estético e social aos cabelos louros, como nas figuras dos frescos de Paolo Veronese, do século XVI, que decoram a Sala do Olimpo, da Villa Barbaro (Província de Treviso). Noutras, o louro remete para cabeças vazias de inteligência.

Julho de 2021

Sociologia do cabelo

Os nossos pêlos não cumprem apenas funções estéticas, utilitárias, funcionais ou ornamentais. Possuem também um valor de comunicação, irradiam diferentes modelos de representação do mundo.

Estudar uma sociedade e uma cultura através da pilosidade humana não é um trabalho impossível, mas tem as suas complexidades, exige uma atenção aos seus códigos simbólicos, muitos deles altamente contraditórios, e aos seus significantes, quase sempre historicamente determinados.

A economia semiótica da nossa penugem é talvez mais evidente no cabelo. Para os cristãos ou para os budistas, o cabelo rapado significa desapego material, e deixá-lo crescer, para os Sikhs, é um sinal de força espiritual interior. Nas mulheres muçulmanas, a prática de ocultação do cabelo é um traço de modéstia.

Os cabelos compridos e soltos denunciam convite erótico, correspondem a uma sexualidade sem freios, já os cabelos curtos ou atados remetem para uma sexualidade controlada ou mesmo privação carnal (tal como um barbeado rente, que sugere abstinência).

A cabeleira como símbolo de virilidade e a associação entre rapar o cabelo e castração simbólica foram metaforizadas na Bíblia hebraica através da narrativa de Sansão, o israelita que perdeu a sua força depois de lhe terem cortado a pilosidade capilar. Ainda na tradição judaica, as mulheres rapam o cabelo depois do casamento para exprimir não renúncia mas acesso à vida sexual.

As relações sociais de poder estruturadas pela pertença étnica manifestam-se de forma sublimada nos cabelos.

Tão visíveis como a cor da pele, os cabelos são um sinal tangível de diferença étnica e assumem uma forte dimensão simbólica. Porém, a sua maleabilidade torna-os mais facilmente moldados pelas práticas culturais do que os traços do rosto, logo, permitem mobilizar um conjunto mais variado de recursos estéticos expressivos.

O estilo *dreadlocks* dos rastas jamaicanos anunciou uma ruptura epistemológica relativamente aos preconceitos dominantes dos brancos.

No contexto histórico do racismo, afirmaram-se em contraposição à desvalorização étnica e racial do cabelo dos negros, redefinindo a negritude como um atributo desejável.

A emergência dos *dreadlocks* como parte do discurso radical dos rastafári da Jamaica imprimiu uma nova direcção na consciência dos negros das Caraíbas e, juntamente com o Black Power nos EUA, contribuiu para divulgar as lutas dos negros e as profundas mudanças nas suas aspirações sociais e políticas.

Deixar o cabelo crescer de forma natural e livre, rejeitando o estilo esticado ou liso e curto, era uma forma de desafiar a ordem capilar imposta pelos brancos (o determinismo biológico da ideologia racista clássica desvalorizava o cabelo dos negros, excluía-os dos principais regimes de beleza).

Realçar e valorizar a materialidade da textura do cabelo dos negros era uma declaração política de dignidade, uma forma de exibir a etnicidade, uma resposta ideológica contra a discriminação racial, significava converter o estigma da vergonha e da inferioridade em emblema de orgulho e de empoderamento.

Em simultâneo, como parte deste processo contra-hegemónico, expressavam o desejo de os negros da diáspora regressarem (simbolicamente) às suas «raízes africanas» e redefinirem a sua identidade como afro-americanos (mais do que como negros, pois os *dreadlocks* não são um estilo africano, mas tipicamente da sua diáspora).

O aspecto das tranças rasta invocava a natureza como traço constitutivo de África, denotava uma estética natural que se opunha aos ideais artificiais de beleza dos brancos eurocêntricos, que tudo corrompiam e tudo degradavam.

Claro que a Natureza não tem nada que ver com os *dreadlocks*, pois são estilisticamente cultivados e foram politicamente construídos num dado momento histórico, como parte de uma contestação estratégica contra a dominação branca e a sua hegemonia cultural.

Além disso, a ligação umbilical entre África e Natureza estava na base da própria concepção dos europeus, segundo a qual os africanos não tinham cultura ou civilização dignas desses nomes, antes se mantinham num estado de natureza selvagem e rude.

Filósofos como Hume ou Hegel validaram tal filosofia, legitimando a visão de que África estava fora da História. Rousseau, o romantismo e o realismo, nas artes e nas letras, olhavam para a natureza como a fonte de tudo o que era bom, verdadeiro e bonito, qualidades que não contemplavam os negros.

De resto, a natureza como categoria ideológica serviu para justificar a dominação do Ocidente sobre as suas colónias: a burguesia do século XIX procurou «naturalizar» o seu poder imperial do mundo através de mitologias humanistas e judaico-cristãs.

Em suma, a natureza invocada no contradiscurso dos negros não era um termo neutro, mas um conceito ideologicamente carregado, que remetia para a lógica binária e dicotómica da própria cultura europeia. A natureza como sinónimo de libertação ou de liberdade misturava fios de heranças múltiplas, a começar pela europeia, que a sedimentou através da ciência, da filosofia e das artes.

Como inversão da ordem simbólica da polaridade racial, os *dreadlocks* tinham um poder limitado. Talvez por essa razão, os *dreadlocks* (e o chamado «estilo Afro») perderam rapidamente o seu cunho político e foram incorporados nas modas comerciais da cultura ocidental dominante, de que o futebol é um claro exemplo.

Os estádios de futebol são, aliás, um laboratório privilegiado para se perceber a evolução social dos cabelos.

Na década de 1960, os jogadores tinham todos o cabelo curto, bem recortado à volta das orelhas. Seguiu-se a moda das patilhas e do cabelo longo, como os de Gerd Müller ou de Franz Beckenbauer nos campeonatos da década de 1970, e do *mullet* (cabelo curto no topo e nas laterais, e mais longo na parte de trás, chegando à base do pescoço e aos ombros), popularizado por Maradona na década de 1980.

A diversidade das guedelhas explodiu na década seguinte, quando os futebolistas conquistaram um estatuto semelhante ao das estrelas de cinema de Hollywood e se tornaram «influenciadores» de massas (e estas escravas das aparências).

O rabo-de-cavalo de Roberto Baggio, os *dreadlocks* de Ruud Gullit ou Henrik Larsson, as tranças de Edgar Davids, a juba de Carlos Valderrama (retomada por David Luiz e por Marouane Fellaini) e o cabelo descolorido com água oxigenada de Bacary Sagna, de Abel Xavier e de Hidetoshi Nakata traduziam as grandes tendências capilares da época que assistiu ao colapso da União Soviética, ao fim da Guerra Fria, à globalização do capitalismo e à popularização do computador pessoal e da Internet.

O início do século XXI assinala o triunfo do cabelo à moicano (volume no topo da cabeça e rapado nas laterais) do chileno Arturo Vidal, com a sua poupa triangular, e do brasileiro Neymar, com a sua crista loura despenteada. Mas também os traços de cabelo oxigenados de Pogba ou o cabelo clássico e domesticado de Olivier Giroud.

Através do cabelo, os futebolistas exprimem, a um tempo, a comum pertença geracional e o desejo de ostentar a sua individualidade radical, situam-se na encruzilhada do eu e da sociedade, da natureza e da cultura.

A nossa pilosidade é, ao mesmo tempo, estética e significante. Sugere e explica muitas coisas. Pessoalmente, no entanto, sempre me acompanhou esta dúvida excruciante: que tipo de cabelo me define como pessoa?

Julho de 2021

O ano que vem existe?

Mafalda é uma menina introspectiva e perscrutadora. Como a maioria das crianças, faz perguntas a toda a hora e a todo o instante, sempre que pode e sempre que não pode, a propósito de tudo e de nada. Porém, ao contrário da maioria das crianças, não está obcecada em ser como os adultos.

Os adultos, na sua opinião, fazem e dizem coisas incompreensíveis. Querem saber se ela gosta mais do pai ou da mãe, obrigam-na a comer sopa — para Mafalda, a sopa é muito mais do que uma zurrapa horrível criada por algum sádico ou torcionário, é uma metáfora da prepotência e de tudo o que se quer impor pela força —, inventaram as guerras, as bombas atómicas, o racismo, o terrorismo, o consumismo, o petróleo, a poluição, o machismo, a censura, a injustiça, as desigualdades sociais. Mas também o pacifismo, o movimento de libertação das mulheres, a ecologia, a bondade, a liberdade individual, o espírito de rebelião.

Por isso, gosta deles e não gosta, está sempre a interrompê-los com perguntas que lhes trazem problemas (e os obrigam a tomar Nervocalm): «porque é que há pobres?», «o que quer dizer eu mesma?», «a capacidade de vencer ou de fracassar na vida é hereditária?», «o que é o direito à autodeterminação dos povos», «o que faz exactamente um maníaco sexual?», «como é um país muito rico?», «mamã, levamos uma vida decente?», «achas que o mundo se vai compor?», «diz lá, papá, o ano que vem existe?», «papá, quais as diferenças entre russos e chineses, árabes e israelitas, pretos e brancos?», «mamã, às vezes não sentes como se tivesses dentro de ti um inquilino que diz coisas?», «mamã, o que gostarias de fazer se pudesses viver?» (depois de a ver a cozinhar, lavar, limpar o pó, passar a ferro), «vocês planificam a nossa educação ou vão improvisando consoante os casos?».

Mafalda quer saber os porquês e os «para quês» das coisas deste mundo, esse manicómio redondo onde as pessoas se sentem como dentro de uma sanduíche, com o comunismo de um lado e o capitalismo do outro. Daí a sua admiração pelos Beatles. Porque, ao contrário dos políticos, são alegres e renovam-se constantemente — «deviam ser presidentes do mundo» —, e detesta o Agente Secreto 007, porque, apesar de lutar contra os maus, está-se nas tintas para mudar as coisas que estão mal desde sempre.

Para Mafalda, o poder de perguntar e de argumentar constitui a maior riqueza do ser humano, é o primeiro e o mais importante passo no caminho para a sua emancipação. É um lugar de resistência e a única maneira de se evitar a fossilização, para que todos tendemos.

Quando fazemos perguntas, somos mais livres, o nosso espírito torna-se mais aberto e menos condicionado — nos seus julgamentos — pelos preconceitos e pelas convenções.

Segundo ela, devemos habituar-nos a desconfiar de tudo e de nós próprios, mesmo que ninguém consiga ser um bom Sherlock Holmes de si mesmo e mesmo que uma pessoa nunca acabe de se conhecer completamente. Tal como Alice no País das Maravilhas (os pontos de contacto entre as duas mereciam ser estudados), prefere o inconformismo à hipocrisia da vida real e leva até aos limites da verosimilhança as perguntas ingénuas com que as crianças frustram e arruínam a lógica dos adultos.

As suas reflexões são essencialmente irónicas: se para nos conduzirmos a nós próprios fosse preciso fazer um exame, ninguém seria suficientemente bom para tirar a carta; quando uma pessoa vê as outras em férias, dir-se-ia que ninguém tem culpa de nada; o dentista é um desses lugares onde uma pessoa vai, senta-se e abre a boca para não dizer nada.

Mafalda não separa o bem do mal, porque ninguém é inteiramente mau nem inteiramente bom — os seres humanos não são coerentes nem homogéneos, são muitas coisas ao mesmo tempo, são transparentes e misteriosos, intensos e sóbrios, luminosos e sombrios —, o importante é conseguir-se identificar o bem que está no mal e o mal que está no bem.

Portadora de uma sabedoria subversiva, Mafalda arranja sempre maneira de estragar a alegria e o optimismo dos outros. É de opinião que não devemos viver fora do nosso tempo, já que nele nos cabe viver, e dele nos cabe mostrar o que tem de mais opressivo, grotesco e injusto. Daí o seu dedo acusador contra a sociedade, a hipocrisia, a violência, as futilidades, os egoísmos.

Sempre preocupada com a evolução do mundo contemporâneo, Mafalda, através das suas tiras de banda desenhada, projecta um programa sistemático de crítica social. Democrata e antifascista, Mafalda é uma livre-pensadora radical, encarna as preocupações de várias gerações e o feroz criticismo de uma classe média sistematicamente prejudicada pelos Governos (a sua tartaruga chama-se, significativamente, *Burocracia*).

As suas queixas, sarcasmos, rebeldias e dúvidas atravessaram as culturas e as épocas, e continuam a ser partilhados por muitas pessoas em todo o planeta.

Descarada, insatisfeita e insolente, Mafalda, quando for grande, quer ser intérprete da ONU, para que quando um delegado ou embaixador disser aos outros «o seu país mete-me nojo», ela possa traduzir por «o seu país é encantador», contribuindo assim para o entendimento entre os povos.

A imagem de Mafalda pertence ao imaginário cultural do século XX, personifica a contestação social e política, é um espelho a partir do qual nos definimos e ocupamos um lugar no mundo.

Quino, o seu criador, o argentino mais lido do mundo (para mim, o melhor desenhador humorístico de sempre e, enquanto expressão da cultura argentina, à altura de Jorge Luís Borges e de Júlio Cortázar), morreu em 30 de Setembro de 2020, com 88 anos. Mas que importa isso? O que realmente importa é perceber que a indignação de Mafalda conserva um ar de juventude, ainda responde às frustrações da sociedade actual: os líderes sucedem-se, o seu vocabulário modifica-se, certos termos ou expressões são progressivamente substituídos por outros, mas a sua tacanhez e casmurrice perpetuam-se.

Outubro de 2020

A magia dos espargos

Já alguma vez viram a *Bluey*? Se não viram, ainda não viram nada. Desde que sou adulto, capaz de tomar de decisões pela minha cabeça, nunca me aconteceu coisa assim na vida: passar uma noite de sábado, sozinho, em frente da televisão, devorando compulsivamente desenhos animados. Episódio atrás de episódio. Dezenas deles.

Cada um tem uma duração média de sete minutos, mais ou menos o tempo de uma música como «Hey Jude» (Beatles) ou «Pictures of You» (The Cure).

Criada por um pai australiano — Joe Brumm —, *Bluey* é provavelmente a melhor série de desenhos animados de sempre. Talvez não me tenha explicado bem. É preciso dizê-lo duas vezes, para terem a certeza: *Bluey* é provavelmente a melhor série de desenhos animados de sempre.

Bluey é, digamos assim, o *Seinfeld* da animação. Dizer isto, para um fanático dos Quatro de Manhattan — George Constanza, Elaine Benes, Cosmo Kramer e Jerry Seinfeld —, já é aprofundar o bastante no funcionamento do meu cérebro.

Pais de todas as gerações, pais de todas as tendências e persuasões, sobretudo pais de crianças em idades compreendidas entre os quatro e os sete ou oito anos: sentem-se diante da televisão, com o respeitável «costelado» no sofá, e vejam um, dois, dez, vinte episódios seguidos de *Bluey*.

Bluey não é apenas o produto cultural australiano mais exportado do nosso tempo, será também, no futuro, aquele que vos virá de imediato à cabeça, juntamente com cangurus e coalas, sempre que se falar da Austrália.

Porque *Bluey* é — desculpem-me os especialistas ou peritos — um dos mais admiráveis estudos de psicologia infantil que a televisão jamais produziu.

Basta um episódio para nos mudar a vida da noite para o dia, para nos mudar muito e depressa. Para percebermos realmente, da maneira mais simples, divertida e espirituosa, a importância do jogo, do faz-de-conta e das brincadeiras não estruturadas no desenvolvimento das crianças, no estímulo e no reforço da sua criatividade e da sua imaginação.

Mas também no equilíbrio emocional e psicológico dos próprios adultos, quando os adultos brincam mesmo-mesmo; quando se deixam envolver totalmente pelo mundo idiossincrático dos filhos mais pequenos.

Ah, claro: *Bluey* é sobre quatro cães Blue Heeler, uma raça oriunda da Austrália (durante décadas utilizado apenas no pastoreio do gado bovino, os Blue Heeler tornaram-se tão populares como animais de estimação e cães de companhia que se diz por lá que uma casa australiana não é verdadeiramente uma casa australiana sem um Blue Heeler).

Bluey, para começar, tem seis anos e é um filhote de Blue Heelers que mora com a irmã de quatro anos (Bingo), a mãe (Chilli) e o pai (Bandit) numa casa grande dos subúrbios de Brisbane, a capital do estado de Queensland, banhada pelo Oceano Pacífico, e a terceira maior cidade do Leste australiano, onde desagua o Rio Brisbane.

Bluey e Bingo, como todas as crianças, adoram brincadeiras, são excelentes a inventar jogos e a definir as respectivas regras e os papéis imaginários para representarem entre elas. Mas, sobretudo, com os pais, porque a força desta série, aquilo que mais a diferencia de todas as outras, reside no protagonismo da mãe e, em particular, do pai nos jogos das filhas.

Bluey, como irmã mais velha, é um pouco mandona e gosta muito de fingir que é uma adulta fazendo sozinha as coisas que os crescidos fazem. Mas também é, segundo a minha filha Ema de sete anos, muito divertida e engraçada, gosta muito de rir e só pensa em brincar com a irmã, com os pais, com os amigos, com toda a gente, em todo o lado.

É capaz de transformar a casa num hotel, um conjunto de cadeiras num táxi que leva passageiros para o aeroporto ou um espargo do jantar numa varinha mágica que transforma os restantes elementos da família noutros animais.

Bingo, a mais nova, não sendo tão enérgica como a Bluey, é mais calma, serena e sensível. Limita-se a seguir as brincadeiras inventadas pela irmã e acaba por fazer quase tudo o que a Bluey lhe pede: nas lojas imaginárias, ela é sempre a cliente e não a dona; nos consultórios de ficção, ela é sempre a paciente e não a médica; quando brincam às mamãs e aos papás, ela é sempre a filha e não a mamã. Mais paciente do que a Bluey, diz muitas vezes «Está bem…», concorda para não haver problemas, porque (acrescenta a Ema) é «muito fofinha».

Quando não está a brincar, Bingo gostar de ficar no quintal a conversar com pequenos insectos ou absorta no seu próprio mundo de sensações maravilhosas.

Põe um ar tristonho quando as pessoas ou a irmã gozam com ela (ou quando acha que estão a gozar com ela), e, quando quer muito que lhe satisfaçam as vontades — explicou-me a Clara, de cinco anos, filha da Marta, minha companheira —, faz cara de «vá lá».

A mãe (Chilli) trabalha a meio-tempo no departamento de segurança do aeroporto da cidade e conduz um carro 4x4. É suavemente irónica, tem a seu cargo a árdua tarefa de dizer «Hora de ir dormir, já são sete horas», gerando nas filhas brados de protesto, pois nunca querem ir para a cama àquela hora (só às 22 horas), mas também é gentil e reconfortante, além de muito brincalhona, conseguindo ver, quase sempre, o lado extravagantemente divertido da imaginação das suas duas cachorrinhas.

Porém, a personagem principal é o pai, Bandit. Sabemos que tem um doutoramento em arqueologia (porque, como todos os cães, sempre gostou de desenterrar ossos), mas nunca o vimos a ir para o emprego ou sabemos sequer se trabalha. No escritório de casa, vemo-lo por vezes junto à secretária, sentado numa bola de ioga (porque, como um dia explicou à Bluey, «dei cabo das costas a trocar as tuas fraldas»).

Em alguns episódios, Bandit parece preparar-se para ir trabalhar, pois, de manhã, ao pequeno-almoço, aparece de gravata, mas depois acaba por passar todo o dia a brincar com as filhas. Numa dessas manhãs, em que está de gravata, quando atravessa o jardim para (aparentemente) se ir embora, vê-se envolvido na brincadeira das filhas, que transformaram um tapete de casa numa ilha deserta em plena relva.

Bandit converte-se então num náufrago preso na ilha, e as canetas de feltro servem de frutos tropicais, peixes, remos de uma canoa, etc.

Em jovem, Bandit passou algum tempo em Inglaterra (tal como o seu criador, Joe Brumm), e foi nessa altura, numa festa em Londres, que conheceu a mulher (segundo Chilli, quando se viram pela primeira vez, Bandit estava com um dedo no nariz).

Bandit é particularmente hábil na difícil arte de brincar com crianças. Sabe ir ao encontro da diversão infantil, compreende a ligação orgânica entre o universo fantástico (e fascinante) das crianças e a solidez do mundo real e tangível dos crescidos.

Sabe que a estruturação intelectual e afectiva das crianças se alimenta da realidade do irreal e da irrealidade do real: na brincadeira do hotel, ele é um hóspede cheio de exigências, que está sempre a reclamar do serviço; no jogo do táxi, ele é o passageiro desesperado para chegar a horas ao aeroporto; quando é atingido pelos espargos mágicos, transfigura-se numa morsa altamente credível e convincente.

Julho de 2022

O chão é lava

Bandit é o pai de Bluey, a cachorrinha de seis anos que dá o título à melhor série de desenhos animados de sempre, transmitida em Portugal pelo Disney Junior, canal infanto-juvenil da televisão por cabo.

Bandit brinca mesmo com as duas filhas — Bluey e Bingo, a irmã de quatro anos — e nunca desiste de brincar. É engraçado e criativo, um pai dedicadíssimo que leva muito a sério os papéis que as filhas lhe atribuem nos jogos infantis, parecendo gostar realmente das situações bizarras, ou mesmo ridículas, sem regras (ou com regras que se adaptam constantemente às circunstâncias mutáveis) e sem fim, em que se vê envolvido.

Bandit põe empenho nos cenários imaginados pelas filhas sem suspirar, sem (aparentemente) sentir aborrecimento e sem olhar para o relógio ou para o telemóvel.

Mesmo quando está deitado no sofá, lendo o jornal, dormindo a sono regalado ou assistindo a uma partida de críquete (o seu desporto favorito), e as filhas lhe pedem para brincar com elas, Bandit quase nunca diz que não.

E, quando se nega, pode até resmungar um pouco, mas acaba sempre por ceder, tornando-se instantaneamente num participante activo dos mundos de fantasia das filhas, sem precisar de fingir que está a divertir-se.

Quantos pais conseguem brincar, com um entusiasmo contagiante, ao «chão é lava»? Ao «xilofone mágico», que nos congela ou descongela de cada vez que se ouve um Ding (obrigando a mãe, quando está a sair para o trabalho, a dizer às filhas para não se esquecerem de descongelar o pai de vez em quando, sobretudo quando ele precisar de ir à casa-de-banho)?

Quantos pais são capazes de imitar uma fonte com uma mangueira, despejando-lhe água para a cara, ou de jogar ao «modo de dança», que dá às filhas o poder de activar nos pais coreografias ridículas em plena rua ou numa estação de correios (Bandit dança como um robô ou imita movimentos de kung-fu e de *breakdance*, deitando-se no chão para imitar a locomoção de uma minhoca)?

Mesmo cansado, consegue encontrar energias para brincar no meio do caos da criação das crianças. Por vezes, é até capaz de conciliar as penosas tarefas domésticas com a diversão mais delirante, é hábil e engenhoso a pairar entre os dois universos, fazendo de um o contexto do outro, e vice-versa.

Sempre que se irrita, o que é muito raro, ou se engana numa brincadeira, até as suas exclamações — «Ah, bolachas!» ou «Oh, arroz!» — são divertidas e parecem integrar-se plenamente no ambiente à sua volta.

Bandit é um mestre a estabelecer uma ligação orgânica com as filhas, a criar momentos de enorme e delicioso divertimento, como transformar-se num doente que engoliu um gato ou num gorila maluco que esfrega o rabo no zoológico em que as cadelinhas Bluey e Bingo transformaram o jardim de casa.

Ou a brincar com uma bola de ioga no corredor, tipo *bowling*, enquanto canta em voz alta a música de Indiana Jones no início de *Os Salteadores da Arca Perdida*, ou levando até às últimas consequências o jogo da varinha de penas, que dá a qualquer pessoa a capacidade de tornar todas as coisas muito pesadas, desde a caixa de cereais à escova de dentes, passando pelas chaves do carro.

O segredo de todas as brincadeiras é o fingimento: todas as crianças sabem o que é fingir, sabem que os adultos também o sabem e sabem que os adultos sabem que eles sabem. Mas ninguém pode falar nisso. Ninguém pode dar a entender que sabe tudo isso, caso contrário o jogo acaba.

Quando as filhas tocam à campainha de casa e depois se escondem, só para assistirem à surpresa do pai abrindo a porta e não encontrando ninguém, Bandit sabe que deve dizer «Oh! Ia jurar que alguém tinha tocado à campainha. É certamente uma ocorrência muito estranha».

Há pequenos instantes que são preciosos, como no episódio em que Bingo oferece ao pai uma caneta de feltro embrulhada numa folha do jardim.

Depois, já com Bandit de regresso ao mundo adulto, enquanto se encaminha para dentro de casa, a mulher (Chilli) pergunta-lhe: «O que é que ela te ofereceu?» Enquanto desembrulha a folha, mostra o que contém e sorri, dizendo com paternal doçura: «Tudo.»

Como pai, Bandit é competentíssimo. Enquanto brinca com as filhas, aproveita para lhes ensinar pequenas lições de vida.

Por exemplo: que às vezes dizemos «sim» quando realmente o que queremos dizer é «não»; que há pessoas especiais que depois de entrarem nas nossas vidas não ficam muito tempo, desaparecem, e isso é triste, mas a vida é mesmo assim; que seguir o caminho mais fácil nem sempre é a solução mais indicada; que o melhor parque infantil é a natureza; que pedir as coisas de modo gentil é a melhor maneira de conseguir que os outros colaborem connosco; que há uma diferença entre brincar e provocar; que são as regras que tornam os jogos divertidos; que a nossa imaginação não tem limites e podemos sempre mudar e ser aquilo que quisermos; que estar certos ou ter razão não nos torna necessariamente mais felizes; que todas as pessoas precisam de momentos em que têm de passear sozinhos «na praia da vida».

Sobretudo: que as fadas existem e nunca confiem num taxista que conduz com o braço apoiado na janela.

Há um paradoxo fundamental em *Bluey*: trata-se de um programa que exalta os valores da brincadeira, da imaginação e das actividades manuais, muitas vezes ao ar livre — as cachorrinhas quase nunca estão em frente do ecrã de televisão ou a mexer em telemóveis ou *tablets* —, mas que, simultaneamente, consegue agarrar as crianças e prendê-las diante da televisão. Esta é a sua ironia paradoxal: um programa de televisão cuja filosofia assenta na sua própria rejeição.

Em suma: Bandit é a encarnação do pai ideal, aquele que todas as crianças gostariam de ter (Chloe, uma amiga da Bluey, diz num episódio que gostava de ter um pai como o dela, porque o seu não é tão divertido) e que mais admiram.

Bandit ama as filhas. Adora a experiência de fluir nos seus mundos fantasiosos e consegue entrelaçar a brincadeira com a realidade de cada momento, abranger os dois ao mesmo tempo.

Bandit não se exime das suas responsabilidades de adulto, das quais é parte importante estar aberto aos momentos de brincadeira das filhas. E vai mais longe, pois consegue transformar a casa no melhor sítio para se estar e no melhor meio para o amplo desenvolvimento das tendências inatas das crianças.

Enfim, maldito Bandit! Porque Bandit parece ser muito melhor do que qualquer um de nós, e o ambiente familiar é mais engraçado do que o nosso.

Apesar de não ser perfeito — demora muito tempo na casa-de--banho, fica mal-humorado quando está com fome, arrota depois de comer chucrute, fez uma vez chichi dentro de uma piscina e solta ventosidades (as chamadas «expansões do corpo» ou, traduzido em vulgar, peidos), Bandit eleva a fasquia da paternidade a um nível dificílimo de ultrapassar.

Todos sabemos que ninguém consegue ser um pai perfeito ou ideal. Contudo, Bandit mostra, com eloquência maior, que os nossos dotes paternos são manifestamente melhoráveis.

Essa é a sua grande qualidade, leva-nos a perguntar a nós próprios: o que é um pai? Qual a função ou funções do pai numa época em que a imagem do *pater familias*, como ideal normativo, está em crise?

Julho de 2022

O que é um pai?

O que é um pai? Qual a sua função numa época em que o pai já não corresponde à ideologia e ao modelo social do patriarcado? Em que ele já não é o chefe de família, aquele que instala a lei e a representa? Em que já não é objecto de medo ou de admiração excessiva, tanto da parte da mãe como dos filhos?

Durante séculos, a imagem do pai confundiu-se com a imagem do dono e amo da casa. Na Roma Antiga, de onde deriva a expressão *pater familias*, o pai era o ser superior que controlava e comandava as vidas e os bens da família. Sobretudo, era quem detinha plenos poderes jurídicos para moldar as pessoas da casa (mulher, filhos e escravos) à sua vontade.

Legalmente, a vontade do pai era absoluta, no sentido rigoroso e forte da palavra. Segundo a «Lei das Doze Tábuas» (a primeira lei romana escrita, promulgada no século V antes da nossa era), o *pater familias* tinha o «poder da vida, da morte e da liberdade», não apenas sobre os escravos mas também sobre os filhos e (tirando algumas excepções) sobre a própria mulher.

Quando um bebé nascia com alguma deficiência ou deformação, o pai podia ordenar a sua morte: uma vez que não podiam tornar-se soldados ou agricultores, careciam de utilidade social e eram descartáveis.

A transição do *pater familias* (cuja influência ainda se fez sentir no século XX, e mesmo hoje, em determinadas situações e em certos grupos ou comunidades) para o pai da Bluey, a cachorrinha que dá nome à série de desenhos animados do canal de televisão Disney Junior, foi uma das evoluções mais notáveis da humanidade, talvez mesmo a mais importante.

Pessoalmente, lembro-me do meu pai, durante quase toda a sua vida adulta, como um homem severo, pouco falador, resistente a qualquer emoção, fechado no seu masculino distanciamento, metódico e exigente, mas sem palavras. Quando não estava sério e conseguia rir, rejuvenescia, parecia um rapaz. Depois, passado esse momento, o rosto tornava-se de novo mais velho e mais duro.

Muitos anos depois, quando o vi vulnerável e impotente na cama do hospital, com o semblante desmascarando ou desmentindo o homem vociferante, orgulhoso e seguro de si, dei por mim a pensar no que tinha sido a sua vida, em como, por trás da sua necessidade de controlo e de regras inamovíveis, se encontrava uma profunda debilidade dos laços afectivos. E, porque me explicou aspectos do seu comportamento que eu próprio não era capaz de explicar, lembrou-me a célebre *Carta ao Pai*, de Franz Kafka.

Aí, o autor de *O Processo* descreve o pai como a encarnação de uma lei severa e desapiedada, que não admitia a dialéctica do reconhecimento entre pai e filho; como alguém que apenas suscitava medo e angústia, um pequeno tirano que não reconhecia o filho como um verdadeiro Kafka, o herdeiro do negócio da família.

Mas também como um indivíduo que era obrigado a sofrer em silêncio, porque a sensibilidade, nos homens, era uma vergonha. Quando a mãe estava muito doente e dormia na cama do casal, o filho Kafka, encaixilhando um olho numa fresta da porta do quarto, sem denunciar a espionagem, vê o pai apoiado numa estante, chorando copiosamente, como uma criança.

Noutra ocasião, quando o próprio Kafka se sentia doente, o pai foi visitá-lo, mas deixou-se ficar em silêncio na moldura da porta do quarto, adoptando uma pose de solenidade e limitando-se a esticar o pescoço para ver o filho na cama e cumprimentá-lo com uma mão.

Durante demasiado tempo, os homens viveram a contradição (e a violência) de terem de fazer o contrário daquilo que sentiam; de terem de se esconder dos outros para não revelarem os seus medos, dores e emoções, para que ninguém visse as lágrimas subirem-lhes aos olhos, — as lágrimas que, como Fernando Pessoa dizia, nos lavam da vida — para assim evitarem que lhes descobrissem as suas supostas fraquezas (parafraseando Nelson Rodrigues, quando queremos julgar uma pessoa, devemos tratar de saber, preliminarmente, se ele chora; é vital chorar).

Bandit, o pai de Bluey, é a expressão resplandecente do ideal de pai moderno. Não é um ser ameaçador nem está ausente, e não representa uma lei autoritária. Pelo contrário, oferece às filhas o seu lado mais humano. É paciente, amável e carinhoso, tem capacidade de ouvir as filhas e de se sintonizar com as suas necessidades afectivas; sabe fixar regras com firmeza e fazê-las aceitar, sem gritos nem braços a gesticular; inspira respeito, confiança e segurança sem encher o peito, como um gorila em postura agressiva, ou deixar no ar um vago sabor a reprimenda.

É um pai que percebeu que o trabalho mais importante das crianças é brincar e inventar jogos, entregar-se a encadeamentos de associações livres. Que compreendeu que as brincadeiras, em particular as que decorrem ao ar livre, favorecem os contactos sociais e a socialização, evitam o isolamento e o sedentarismo.

Através da prefiguração das condutas dos adultos, as actividades lúdicas desempenham a função, relevante e decisiva, da aprendizagem do real e da vida social. Estimulam e desenvolvem nos guris o espírito de observação e de cooperação, ajudam-nos a revelar, a exprimir e a ultrapassar, discursivamente, os seus conflitos: nos jogos, as crianças falam de si próprias e dos seus problemas, e isso permite-lhes compreender e decifrar a origem de muitos dos seus medos.

Por tudo isso, Bandit é completamente diferente dos pais das outras séries de desenhos animados.

O pré-histórico Fred Flintstone falava alto, chegava a ser agressivo e perdia as estribeiras facilmente. Homer Simpson, por seu lado, contém realmente uma respeitável soma de defeitos: é bruto, incompetente, desastrado, preguiçoso, ignorante, irresponsável e imaturo. Além disso, é balofo (está sempre a comer *donuts*), bebe cerveja compulsivamente, dorme onde é possível e impossível, é capaz de ficar a ver televisão um dia inteiro. O Papá Pig (pai da Porquinha Peppa) é preguiçoso e desajeitado, tem uma barriga enorme e esférica, é teimoso e muitas vezes infantil.

É certo que os três têm boa índole, corações generosos e sem malícia, e são extremamente dedicados à família. Mas, no fundo, encarnam diversos estereótipos masculinos e reproduzem várias dinâmicas patriarcais, de que os seus criadores se serviram apenas para provocar o riso. São pais retratados como inúteis e grosseiros, infantilizados e caricaturais, que acabam por distorcer o papel de tantos e tantos pais que estão genuinamente empenhados em brincar com os filhos e em envolver-se, com eles, em actividades comuns.

Mas *Bluey* mostra também uma coisa ainda mais notável: que o pai é tão importante como a mãe, que os dois formam uma equipa e que ambos devem estar em pé de igualdade.

Mostra, em suma, que a infância dos nossos filhos é um tempo único e maravilhoso, e que é um erro perder esse momento dedicando-nos demasiado ao trabalho, mais do que a eles. E relembra-nos — não vá alguém esquecê-lo — de que a qualidade da presença do pai e da mãe são tão ou mais importantes do que a sua própria presença.

Julho de 2022

Um hipópotamo no Ritz

Todos têm o seu 25 de Abril, o seu 11 de Setembro, o seu 31 de Agosto (morte da Princesa Diana), o seu 1 de Maio (morte de Ayrton Senna). O meu é o 13 de Dezembro de 2021.

Nesse dia — mordam-se de inveja —, entrei pela primeira vez no Hotel Ritz. Vejam bem: moro em Lisboa, já vivi em Londres e Madrid; viajei pelos EUA, pelo Brasil, por Moçambique e outros países.

Trabalhei na apanha da fruta numa quinta em Inglaterra; fiz o *Inter-Rail*; tive sarampo, varicela, hepatite e 1001 ofícios de circunstância; já fui empregado comercial, motorista, ajudante de pintor na construção naval, sempre com contratos a prazo ou como eventual; montei os palcos de vários concertos do Estádio de Alvalade (Rolling Stones, David Bowie, Bryan Adams, Guns N'Roses, Tina Turner, etc.); entrei em esquemas, tive a Polícia à perna, inscrevi-me num curso intensivo de fotografia e acabei com uma namorada para poder ver televisão.

Resumindo, vi muitas coisas e muitas formas de vida, mas nunca tinha entrado no Ritz. Antes da semana passada, tinha um sonho na vida. Não era um sonho de paz, saúde e prosperidade. Era o de um dia caminhar pelos corredores do Ritz e ser confundido com uma celebridade.

Só por isto, já vocês podem imaginar o sentimento de grandeza, com vivência existencial eufórica, com que recebi o convite do editor Rui Couceiro para participar no 5.º aniversário da Contraponto.

A mensagem dizia mais ou menos isto: «Vai realizar-se em 13 de Dezembro, no Ritz (para os meus autores, nunca menos), e vai contar com todos os cerca de 80 autores. *Cocktail* às 19h, com presença da comunicação social, seguido de jantar, às 20h30. Todos os participantes serão testados à covid-19. Os testes começarão a ser feitos a partir das 18h, numa sala do próprio Ritz. O *dress code* é *casual chic.*»

Há hotéis e hotéis. Mas o Ritz representa tudo o que se quer dizer quando se pensa em luxo e elegância, em riqueza e poder. Em todos nós persiste a ideia do Ritz como padrão do hotel onde se gostaria de dormir (mesmo que dormir num dos seus quartos nos obrigue, no dia seguinte, a mendigar nas ruas de Lisboa, para nos refazermos da despesa).

O Ritz diluiu-se noutros hotéis de luxo que nasceram em Lisboa, com nomes como Epic Sana, VIP Executive Picoas, Verride ou Olissippo Lapa Palace. Mas o Ritz será sempre o Ritz.

Ir ao Ritz é uma declaração de vida: quem ali vai é rico ou famoso (esta não é a questão mais premente do momento, mas sempre me perguntei se os ricos e os famosos vão ao Ritz porque o Ritz é melhor do que os outros hotéis ou se o Ritz é melhor do que os outros hotéis porque os ricos e os famosos vão lá?).

Seja como for, não sou nem uma coisa nem outra. Sou apenas um «crítico *bulldozer*» ou, mais recentemente, um «pistoleiro» da cultura portuguesa. Ou era, pelos menos antes de ter aceitado o convite do Rui, traindo assim os meus irrelevantes princípios de ácido crítico (peço-vos um minuto de silêncio em homenagem ao meu modo de vida anterior ao Ritz).

Antes de continuar, duas coisas é preciso advertir aqui aos leitores. Primeira: o catálogo da Contraponto inclui nomes como Teresa Guilherme, Tony Carreira, Pinto da Costa, Bruno de Carvalho, Eduardo Madeira, Luísa Castel-Branco, Nilton Bala ou Cristina Ferreira (quem de vós nunca sonhou estar perto de Teresa Guilherme, Tony Carreira ou Cristina Ferreira?).

Segunda: um cronista como eu, que cultiva hábitos primitivos (e passa a vida a roer tíbias humanas), não resiste muito tempo entre pessoas civilizadas e de sensibilidade moderna. Entenda-se: ficar sentado a escrever das 9 às 18 horas é um modo de vida que não confere uma posição sólida na sociedade.

A partir do momento em que aceitei o convite, incluí o dia 13 de Dezembro nas preocupações que não me largam.

Naturalmente, havia que preparar o terreno com antecedência. Treinar o que dizer. Planear as perguntas e as respostas adequadas. Fazer listas de palavras, expressões e elogios para os momentos de aperto.

Queria mostrar-me eloquente, profundo e emocionante. Ter sempre pronta uma opinião inteligente e divertida. Parecer uma personagem de Oscar Wilde, um daqueles aristocratas que dizem verdades definitivas, frases de salão inúteis, mas que causam uma impressão duradoura.

O segundo problema com que me deparei foi o da roupa. O segredo era dar a impressão de ter dedicado apenas dois minutos a vestir-me (afinal, sou um intelectual demasiado ocupado com o meu mundo interior para perder tempo a escolher roupa).

Depois de muito meditar, após complicadas e morosas reflexões a respeito do vestuário e de como através dele podemos vislumbrar vários traços da nossa personalidade, de como uma peça de roupa pode ser uma declaração de intenções, abri o roupeiro. Pareceu-me boa ideia levar uma camisola de gola alta com gravata.

Seria uma forma de comunicar uma elegante e inconfundível originalidade, uma distinção cosmopolita que venceria o tempo e me projectaria no futuro. Mas, para grande surpresa, a Marta, minha assessora de imagem, repeliu com desdém o meu ponto de vista.

Além de fazer lembrar um peru de gravata, causaria nos outros um profundo embaraço, mais ainda do que se fosse de pijama e descalço, segurando nas mãos uma toalha, um copo, uma escova de dentes e um tubo de pasta de dentes. Podia fazer vista, mas rapidamente me cobriria de ridículo.

Argumentei que a gravata e a gola alta se adaptavam perfeitamente à imagem do crítico que fala demasiado e se enforca na própria língua. Em vão. A hipótese foi descartada. Sobriedade é a palavra de ordem, disse-me. Tinha absolutamente de levar um *blazer,* o casaco preferível entre todos os casacos.

Como nos contos infantis, o dia chegou finalmente. Antes de enfrentar o duche frio (para revitalizar a circulação sanguínea), aparei as sobrancelhas peludas e a lanugem do nariz e das orelhas.

Eis um conselho digno de ser seguido: dentro dos vossos pavilhões auriculares não pode brotar um único pêlo hirsuto (os pêlos nos orifícios do nariz e das orelhas são o verdadeiro inimigo número um do homem). As mulheres toleram tudo, menos um matagal no interior da nossa penca e dos nossos ouvidos. Não há conversa possível quando das nossas orelhas emerge uma fronde de pêlos eriçados, como os das escovas de dentes com muito uso (que autoridade pode ter, numa conversa, um indivíduo de cujas orelhas sobressai uma Amazónia de pêlos emaranhados?).

Depois do hidratante, dos cremes e de tudo ter feito para dominar a existência do meu cabelo impenteável, vesti o *blazer*. Quando cruzei as mãos atrás das costas, o casaco protestou e começou a gritar — gritava tanto que ainda agora o ouço —, tentando libertar-se do meu corpo. Encontrei-me num daqueles momentos crepusculares, em que a minha barriga de sedentário desatou a exibir a sua filosofia vital, quase fazendo saltar os botões do *blazer* quando o tentava fechar. Pensei levar outra roupa, mas era tarde. Demasiado tarde para uma nova mudança de indumentária. Acto contínuo, saí para a rua, à procura de um táxi.

Todo catita, aperaltado para o 5.º aniversário da editora Contraponto, levantei o braço e mandei parar um táxi que ia a passar. Entrei e pedi que me levasse à entrada principal do Hotel Ritz, na Rua Rodrigo da Fonseca, n.º 88.

Fortemente impressionado pelo destino daquela corrida (mas também pelas bossas do meu cabelo, penteadas com laca, para se manterem fixas), o motorista engrenou a primeira e arrancou.

Abri um pouco a janela, para sorver a brisa daquele histórico 13 de Dezembro de 2021. Como quem vai a olhar para o exterior, mas que na verdade olha apenas para o seu interior, sentia-me possuído por uma felicidade desconhecida: o facto de saber que ia a caminho de um encontro directo com Ágata Roquette, Luísa Castel-Branco, Tony Carreira ou Teresa Guilherme provocava-me uma excitação, um arrepio que me percorria da espinha dorsal até à planta dos pés. Antes daquele dia, estar entre as mesmas quatro paredes que Cristina Ferreira era para mim uma utopia, uma ambição inatendível.

Com o táxi a trepidar e a gemer, em plena confrontação urbana, olhando através da janela o movimento dos carros e dos indivíduos, tudo me parecia uma fonte inesgotável de beleza: as intermináveis filas de automóveis, os solavancos e arranques, a mania de buzinar, os gestos obscenos, os condutores que saltam impunemente os semáforos e as passadeiras para peões ou que conduzem enquanto consultam o telemóvel.

Tinha tudo isto em mente quando o táxi parou à porta do Ritz. Paguei e, mal pus um pé fora do carro, notei que a sola do sapato deslizava de um modo suspeito. Tinha pisado merda de cão.

Vagamente irritado, amaldiçoei os cães que fazem as suas necessidades fisiológicas nos passeios sem que os seus donos recolham os excrementos. E, sobretudo, sem que a Polícia os obrigue a comer o cocó da sua amorosa mascote.

Depois de me limpar o melhor possível (todos os leitores conhecem as complexidades da tarefa), dirigi-me para o átrio do hotel mais luxuoso que já vira nos dias da minha vida e, todo inchado de importância, fui barrado por um porteiro magnífico, com um uniforme espampanante, que se interpôs entre mim e a porta.

Mantendo imóveis todos os músculos da cara, perguntou-me o que ia fazer ali. Pressenti, por momentos, que a minha carreira auspiciosa na selecta sociedade lisboeta estava prestes a terminar.

«Boa noite. Venho ao jantar da Editora Contraponto. Sou um dos autores», articulei, como quem pronuncia um código secreto. De imediato, convidou-me a passar. Avancei desajeitado. À minha passagem, abriu-se uma grande porta, que me engoliu e me conduziu ao vestíbulo.

Como se tivesse atravessado um espelho e ido parar a outro mundo, girei os olhos em volta. Nunca tinha visto tantos mármores, nem tantos candeeiros de cristal, nem tantos lustres de bronze, nem tantos veludos, tapetes, frondosos arranjos florais, cortinados, espelhos, mesinhas, lâmpadas.

Reparava nos dois elevadores que levam aos quartos — e que, se pudesse, se houvesse justiça na Terra, passaria a vida a subir e a descer —, quando me convocaram para uma sala. Daí a pouco, tinha diante do nariz uma zaragatoa, que me penetrou as duas narinas como uma seta, para as inspeccionar minuciosamente.

Enquanto esperava o resultado do teste à covid-19, e sentindo a aflição melancólica de não conhecer ninguém, passei revista aos corredores laterais ao vestíbulo. Espiei as vitrinas das lojas, do cabeleireiro e do barbeiro, onde o actor Harrison Ford já cortou o cabelo.

No bar, um desses bares iguais aos dos filmes (para isso, só lhe faltava a Michelle Pfeiffer, com um vestido vermelho, sentada em cima de um piano discreto, a cantar *Makin' Whooppe*), passei por mesas com homens e mulheres que pareciam saídos de um anúncio publicitário a um *whisky* de luxo.

Com ar perdido, mas atento, deslocava-me pelo pavimento como se procurasse nele o rasto dos antigos pés que o pisaram, desde príncipes orientais a marqueses e viscondes, desde tubarões da alta finança ao Rei Hassan II de Marrocos e a sua numerosa comitiva, passando por Mick Jagger, Gisele Bündchen ou Miguel Esteves Cardoso (que ali passou a lua-de-mel).

Foi assim, circulando às tontas, que o meu corpo prosaico se deparou com uma parede oblíqua de mármore negro, revestida por um desenho esculpido em folha de ouro, representando um cavalo com cavaleiro e duas mulheres, uma dormindo a sesta debaixo de uma árvore, encostada a uns molhos de trigo, a outra transportando um cântaro à cabeça.

Passando a mão pelo mármore como quem afaga um gato, lembrei-me da minha filha Ema, quando tinha três anos e encarava o branco puro das paredes de casa, não tanto pelas suas funções legítimas — dividir o espaço, suportar parte do peso da construção, etc. —, mas como papel para desenhar.

Para a minha filha, tal como para Almada Negreiros (o autor do mural), as telas ou as folhas A4 eram demasiado pequenas para a sua visão da liberdade criadora, daí que os seus desenhos se tivessem disseminado ao longo das paredes, dos móveis e das cortinas.

Estava eu patetamente a fingir que avaliava concentradamente aquela obra de arte, com o *blazer* sempre a comprimir-me as costas, quando alguém se aproximou de mim. Receando denunciar o curso dos meus pensamentos (naquele instante, questionava-me se as torneiras dos quartos também seriam de ouro), balbuciei alguma coisa sobre Mestre Almada: «Ah, o Almada, que maravilha, que cores, que geometria, que combinação harmoniosa de classicismo e de modernismo...»

Como resposta às minhas banalidades, obtive a informação de que testara negativo e que podia passar ao *Lounge* Almada Negreiros, cujas janelas abrem para o Parque Eduardo VII.

Ali, tudo é calmo e bem ordenado, tudo é cintilante de brilhos e requintes, tudo é macio e elegante. Mas uma elegância de outra geração. As tapeçarias com os centauros de Almada Negreiros forrando as paredes, os quadros de Carlos Botelho, as porcelanas, o mobiliário, os profundos cadeirões, fofos como os sofás de um sultão (que nos provocam mais vontade de nos deitarmos do que de nos sentarmos), o pavimento em mármore azul acinzentado, coberto com alcatifas verdes.

Tudo tão cuidado e tão decorado que parecia um conjunto de delicadas figuras em miniatura da Playmobil, que se poderia desmontar peça por peça, para depois guardar numa caixa. Pensei: isto é o Ritz.

Com medo de derrubar uma escultura ou deixar cair uma tapeçaria, e sem saber onde estacar, andava para lá e para cá.

Aparentando estar muito ocupado a observar um modernista (que bem que as tapeçarias do Almada podem fazer a um homem sério, sóbrio e sozinho, perdido num ambiente de luxo) ou um pormenor qualquer da arquitectura, aquele pareceu-me o momento adequado para pensar na vida. Para uma reflexão, não tanto sobre a angústia existencial diante da transitoriedade de tudo, mas sobre o meu umbigo e a sua circunstância.

Atrás de mim, arrastava o compromisso de escrever, para a Contraponto, uma biografia de Herberto Helder. A vida do maior poeta da segunda metade do século XX, um homem que nunca teve cotação naquela bela sociedade, acompanha-me sempre que vou a qualquer lado, reduz-me a um seu penoso simulacro.

Representando o papel de quem está absorvido pelas obras de arte do Ritz, como se estivesse a realizar mentalmente dificílimos cálculos matemáticos, não dei pela aproximação de um vulto suspeito, que me assaltou debaixo de um quadro de Carlos Botelho e me apertou firmemente a polpa do antebraço.

Era o Rui Couceiro, o editor da Contraponto: «O que é que estás aqui a fazer?! São 19h20. O *cocktail* já começou!»

Como aqueles que estão sempre ali ao fundo, confundidos e perdidos, deixei-me conduzir por uma escada com um desenho mural, ao longo de uma parede cinzenta.

Enquanto passávamos por uma espécie de mezanino, que acompanhava um grande salão no andar inferior, erguendo-se bem alto num duplo e imponente pé-direito, fui inquirido pela biografia de Herberto Helder.

Como um vendedor de carros em segunda mão, com o colarinho da camisa aberto, que me recortava um triângulo coberto de pêlos no bojo do peito, apresentei garantias sólidas de que a obra avançava, apesar de a situação se ter complicado consideravelmente por causa da pandemia.

Entretanto, descemos outra escada, que nos levou junto da porta do grande salão. Tínhamos chegado ao *cocktail*, essa temível instituição que nos obriga a ficar em pé durante uma hora, de costas direitas, com um copo na mão.

No meu passo ronceiro, como se transitasse para um novo estádio de uma viagem emocionante, enfiei de encontro à multidão.

Aqui e ali, raparigas estreando roupas novas, exuberantes de carnes sadias, no vigor dos anos e no esplendor da beleza, mostrando o esmalte brilhante dos seus dentes; balzaquianas seguras de si, com aquela pele fina e saudável que se consegue com boa comida e muito exercício; sexagenárias de espavento, com mil camadas de maquilhagem para esconder a própria realidade profunda; homens com bons fatos e rostos aspergidos com excelentes águas-de-colónia, que deixavam um rasto à sua passagem.

Por toda a parte, famosos amontoando-se (nada impressiona tanto como ver dezenas de famosos acumulados num pequeno vestíbulo), gente que está numa dimensão à parte, bem tratada e bem conservada pela vida (tirando um ou outro rosto embalsamado), com saúdes de ferro e ar de abundância e folgança.

Estava toda a gente lá. Era como se estivesse dentro de um programa de televisão, cara a cara com estrelas que nunca vira de perto e que antes me pareciam inacessíveis: Tony Carreira, Tânia Graça (a sexóloga que apela à masturbação, ao orgasmo e se apresenta no Instagram com a missão de «libertar mulheres, vulvas e prazer»), Ana Garcia Martins (a Pipoca Mais Doce, comentadora oficial do *Big Brother Famosos* e autora de obras como *Quem Deu Um Pum?*), Inês Franco (a maquilhadora profissional das vedetas da televisão, conhecida por ter tirado uma fotografia ao lado de Kim Kardashian), o cozinheiro açoriano Rúben Pacheco Correia (acusado de traição quando trocou a SIC pela TVI, respondeu à letra, dizendo que não andava «à procura de tacho nenhum»), Catarina Furtado (não, a Catarina Furtado acho que não estava, não sei, mas digamos que sim, para efeito dramático), Ágata Roquette (a nutricionista das bolinhas energéticas caseiras), Nilton Bala (conhecido como o *personal trainer* que salvou os glúteos de várias figuras públicas, desde Marisa Cruz a Sara Sampaio, passando por Lourenço Ortigão e José Fidalgo), Teresa Guilherme (que podia estar dentro da moldura de um retrato de corpo inteiro de Paula Rego ou de Lucian Freud), Eduardo Madeira (vestido como um lenhador de cachecol, justificando plenamente o apelido), Luísa Castel-Branco (cujo rosto me lembrou o de uma antiga professora), o superespião português Jorge Silva Carvalho (que andava por ali como se alguém lhe tivesse dado corda nas costas), Pedro Strecht (o conceituado pedopsiquiatra, com uma expressão de quem ainda brinca com ursinhos de peluche).

Quantas celebridades! Quantas câmaras de televisão, quantos microfones, quantas entrevistas, quantos *flashes* de máquinas fotográficas, quantos empregados de bandeja na mão, com vinhos e acepipes! Que deliciosa confusão de lábios pintados, de cabelos recém-penteados, de unhas que passaram por manicuras especialistas!

Uma salgalhada de famosos perfeitamente vestidos, sorrindo em uníssono, bebericando vinho e mordiscando palitos com sabor a queijo. Camadas de homens e mulheres elegantes acotovelando-se à mistura comigo, um tipo absolutamente normal, dotado de uma aparência absolutamente normal, um lorpa de sobrancelhas grossas unindo-se no centro, como os figurantes das peças de Shakespeare (aqueles para quem não se olha duas vezes).

Os meus olhos saltavam de um famoso para o outro, excitados pelo apetite do explorador, pelo vasto movimento de descoberta de quem se precipita noutra galáxia.

De repente, ouvi alguém fungando como se tentasse reter um pingo teimoso. Era Bruno de Carvalho, que tirava um lenço do bolso, para limpar o nariz.

Nesse momento, lembrei-me que o ex-presidente do Sporting iniciara uma carreira como DJ da noite lisboeta (desde que Bruno de Carvalho se tornou DJ que o mundo das vedetas se tornou mais interessante) e, sem dinheiro, se preparava para entrar no *Big Brother Famosos*, ao lado de Jardel, Nuno Homem de Sá e Jaciara Dias (ex-mulher do futebolista Deco).

Entregue a mim próprio (e tentando chamar à razão o meu *blazer*, que não conseguia abotoar), continuei a percorrer o vestíbulo do grande salão, como um etnógrafo numa tribo estranha, sentindo o chão a arder debaixo dos pés.

O ambiente estava tão saturado de electricidade que, se me prendessem uma antena à cabeça, poderia transmitir o *Fama Show* ou o *Passeira Vermelha*, os *magazines* da SIC e da TVI que nos trazem «as melhores e mais escaldantes novidades do mundo dos famosos e do entretenimento».

Por entre o vaivém de colarinhos brancos e vestidos esvoaçantes, e enquanto a Pipoca Mais Doce expunha a sua concepção do mundo à entrevistadora da *Nova Gente* ou da revista *Vidas* (*Correio da Manhã*), procurei alguém que pertencesse à minha órbita de pessoas conhecidas.

Proferindo um Ah! de satisfação e alívio, reparei em duas raparigas altas e esbeltas, de semblantes compenetrados. Eram as escritoras Joana Bértholo e Filipa Melo, arrimadas a uma parede, dando dois dedos de conversa. Estabeleci rapidamente laços com elas. Como três conspiradores, começámos a fazer um jogo que consistia em trocar nomes de famosos, contabilizando as caras que cada um conhecia.

A noite prosseguia da melhor forma. Onde quer que os nossos olhos pousassem, não encontravam senão figuras públicas. O que, considerando bem, autorizava uma certa lógica: estar no meio de tantos famosos é ser um famoso esporádico (este pensamento, como o leitor decerto terá reparado, concilia a doutrina de Aristóteles com a crítica de Nietzsche aos ídolos que nos povoam o pensamento e a acção).

Caído no fundo deste precipício filosófico, não me apercebi de que tanto a Filipa como a Joana, esgueirando-se silenciosamente, tinham, entretanto, procurado outras companhias.

Ali, de pé, abandonado à condição de sentinela do meu copo de sumo de laranja, tentei adoptar uma aparência descontraída e simpática. Porém, o meu *blazer*, coçado e justo, continuava a espremer-me as clavículas e as ancas, o que me obrigava a proceder a imitações de Tarzan, pondo o peito para fora e o estômago para dentro.

Observando em redor, verifiquei que Luís Aguilar, o comentador desportivo da TVI e colunista da *Sábado*, levantava os dedos no ar — como quando Camões, com um braço fora de água, segurava o rolo de papéis de *Os Lusíadas* — para pedir discretamente um copo de vinho; que Pedro Andersson, o jornalista do *Contas e Poupanças*, um programa dedicado às finanças da pequena classe média, acamava o cabelo dos lados com as mãos; que Carlos Neto, especialista na área da brincadeira e do jogo (e da sua importância para as crianças), tinha as pernas no lugar das pernas e a cabeça no lugar da cabeça; que Hernâni Carvalho, o comentador da SIC sobre temas de segurança e criminalidade, despejava banalidades pela boca como um chafariz (ao mesmo tempo que disparava perdigotos em todas as direcções); que José Carlos Almeida Nunes, o *Médico da Casa* (programa da SIC Mulher), discorria sobre colesterol e explicava a necessidade de comermos frutas, verduras e azeite todos os dias.

Parecendo desatento, apurei ainda mais os ouvidos em busca do género de coisas que as nossas celebridades dizem. Além das chamadas frases-corda (expressões de chacha que servem para dar corda ao interlocutor) — «Como vai?», «Muito trabalho?», «Sem dúvida», «Exactamente», «Como é óbvio», «Incrível», «Ah, sim, claro», «Muito bem» —, a única coisa digna de registo foi a queixa de uma jovem famosa, que proferiu estas palavras que a História conservará: «Eu só quero alguém com quem possa conversar de várias coisas, sem ter um gajo a olhar-me sempre para as mamas.»

Como um pacóvio saboreando bebidas e comida grátis, tentei falar à jornalista Helena Garrido, que passou diante de mim, mas uma bola de aperitivos que andava às voltas entre os meus dentes impediu-me de a cumprimentar.

Mesmo ao meu lado, Teresa Guilherme mantinha-se afastada, como que para mostrar que nada tinha que ver comigo.

De repente, dei com Tony Carreira a medir-me de alto a baixo e a analisar os meus sapatos. Fui invadido por várias dúvidas sobre a minha aparência.

Estaria a reparar no modo como os meus pés se distanciam um do outro? Na forma incerta como ambos encontram o chão? No *blazer* tentando libertar-se da minha região umbilical? Seriam os meus sapatos, que não combinavam com as peúgas, nem com as calças, nem com a camisa? Ou a roupa que tinha no corpo assemelhava-me a um empregado de escritório de contabilidade ou de repartição pública? A um vendedor de comida para gatos? Ao porteiro da discoteca Elefante Branco?

No meu jeito sem eira nem beira, com o aspecto das pessoas a quem ninguém conta o que se passa nem se pede opinião, fiquei por momentos a olhar para o copo vazio e a pensar que, nestas ocasiões, estar sozinho é uma doença e o solitário um doente. Pior: um suspeito.

Daí que, quando um famoso me fixava — como se perguntasse mentalmente «O que é que este madraço, esta espécie de beduíno, veio fazer aqui?» —, sentia-me como um intruso ou um aldrabão de segunda classe, um espertalhão que está a enganar toda a gente e que devia ser denunciado à Polícia.

Naturalmente tímido, tão embaraçado como alguém que, num ciclo de cinema experimental, não sabe distinguir os filmes de Deborah Stratman e de Peter Tscherkassky, senti o sangue a subir-me às maçãs do rosto e a dar um colorido róseo à minha cara.

Inseguro e com pena de mim, procurei refúgio na casa-de-banho, para examinar a minha imagem ao espelho. O espectáculo que oferecia, como dizia o meu bisavô George, era *disgusting*.

Sem simetria nem elegância, o meu corte de cabelo de oito euros estava cheio de bossas, como se estivesse a decorrer uma escavação no centro geográfico da minha cabeça. A alcatifa de pêlos que cobre o meu peito emergia por baixo da camisa de colarinho aberto, como as selvas impenetráveis por onde se moviam as Forças Armadas Revolucionárias da Colômbia. Os botões do *blazer* precisavam de linha e agulha, sinal de que já o tinha há muito tempo. O cinto em pele sintética, uma imitação da Gucci que segurava a proeminência do abdómen, nem sequer era meu, tinha-o pedido emprestado há anos a um amigo (e que, convenientemente, me fui esquecendo de devolver).

Enfim, uma anedota ambulante, uma figura distorcida e inchada, semelhante às que Francis Bacon retratou há 30 ou 40 anos.

Limpando algumas gotas de sumo da barba, disse, de mim para comigo: «A vida é curta, não dês a ti mesmo demasiada importância. Ninguém quer saber como é que vieste aqui parar. *Carpe diem.*»

Encorajado pelos meus conhecimentos de latim, regressei ao *cocktail* e, num assomo de energia, virei dois copos de sumo com grande rapidez. O que me fez sentir confiante: o Ritz era meu.

Tão confiante que, numa tentativa de me desviar de uma bandeja de comes-e-bebes, desequilibrei-me e deixei tombar o meu copo no chão.

Logo de seguida, com um gesto nervoso, quando me erguia depois de ter apanhado alguns cacos de vidro molhados, derrapei e fui estatelar-me contra a mesa de apoio, onde repousavam dezenas de garrafas de vinho abertas, as quais desabaram sujando tudo, desde as minhas calças bege às paredes do vestíbulo, passando pelos tapetes persa no soalho.

Eriçado de vergonha, só queria que vissem a minha figura. Era caso para querer enterrar-me vivo, para me esconder atrás de uma porta ou mesmo para me enrolar numa das cortinas das janelas que davam para o Parque Eduardo VII.

Nessa altura, como uma semideusa movendo-se ao som de George Gershwin ou Cole Porter, a apresentadora Cristina Ferreira tomou forma diante de todos (os mais famosos entre os famosos chegam sempre mais tarde), dando lugar a um alvoroço ainda maior e preenchendo por completo — felizmente — as atenções.

De imediato, os jornalistas, com as suas máquinas fotográficas, formaram uma gaiola à sua volta. Os convidados, acorrendo dos recantos mais longínquos, rodearam-na com especial solicitude, como os turistas japoneses, no Louvre, em torno da Mona Lisa.

Iluminada pela luz furiosa dos *flashes*, sempre sorridente, com o cabelo estritamente dividido ao meio e um vestido mais escuro do que a noite que caíra sobre a cidade, Cristina Ferreira estava magnífica. Durante algum tempo, segui-a com o olhar. Queria compreender aquela mulher-locomotiva.

Recapitulemos a situação (devemos insistir nas experiências particularmente traumatizantes para as podermos evitar no futuro): antes de a apresentadora da TVI ter descido exactamente os mesmos degraus do Ritz que eu, minutos antes, também descera, para fazer irrupção no *cocktail* da editora Contraponto, este vosso criado desequilibrou-se, deu um trambolhão, foi cair em cima de uma mesa de apoio, deitou abaixo (com estrondo) uma série de garrafas de vinho abertas, vários copos meio cheios, bandejas de canapés (coisinhas espetadas em palitos) e taças de frutos secos e batatas fritas.

Nesse instante, fez-se um zunzum, dando depois lugar a um alvoroço espantoso, como se o aquecimento global se tivesse produzido de um momento para o outro e nos apanhasse num hotel de luxo (os famosos conseguem sempre estar no lugar certo).

Corado até à raiz dos cabelos e de joelhos trémulos, desejando que o chão se abrisse debaixo dos pés, senti-me como uma personagem de um romance do século XIX, em que a alegria da festa precede o desastre.

Mesmo admitindo que a contemplação da minha figura grotesca e desconexa constituía uma cena imperdível, toda aquela agitação pareceu-me um tanto exagerada.

No entanto, a razão de ser da tumultuosa deslocação das atenções não era «eu e a minha desastrada circunstância». Era a altissonante directora de Entretenimento e Ficção e accionista da estação de Queluz de Baixo, que acabara de entrar na sala.

Cristina Ferreira lembrava uma super locomotiva, um TGV alemão que reboca os jornalistas a toda a velocidade, com risco de sofrerem alguns acidentes.

Cercada de *flashes* e sorrindo de forma luminosa, parecia pegar fogo. Colado ao corpo, como uma segunda pele, conforme a última tendência da moda (antigamente, dizia-se «o último grito da moda»), um vestido preto Dolce & Gabbana, rendilhado nos braços e no tórax, realçava os seus ombros pequenos e redondos.

Imune aos raios atordoantes das máquinas fotográficas, como exposta num museu, digna da admiração de todos nós, pobres mortais, Cristina Ferreira causou-me como que uma espécie de desvairamento.

Parecendo-me que a sala começava a rodopiar, questionei-me se não estaria a ser vítima da síndrome de Stendhal, o escritor francês que dizia que os indivíduos, quando expostos a certas obras de arte, ficam com o ritmo cardíaco acelerado e sentem vertigens e confusão, podendo mesmo desmaiar.

Mas não, eu não estava a sonhar. Ali estava ela, integral, diante deste paspalhão, coincidindo comigo em tempo real e no mesmo espaço físico (é um alívio saber que ela existe em carne e osso, que não é uma realidade virtual).

Sem demonstrar o mais ligeiro sinal de surpresa pelo nosso espanto, pelo mar de caras expectantes rodeando-a com especial solicitude,

Cristina Ferreira, na maior das calmas, deu alguns passos, o que impressionou fortemente todos os convidados (por muito menos vi homens arranhando-se, enlouquecidos, atirando-se ao chão e rasgando a camisa em pedaços, mostrando despudoradamente o peito e os bíceps).

Enquanto observava o milagre, entrou no meu espírito uma conjectura, uma antecipação prodigiosa do porvir: daqui a alguns anos, como vestígio da sua passagem pelo Ritz, colocarão ali uma placa comemorativa, dizendo «Cristina Ferreira jantou neste hotel» (tal como num bar de Madrid, chamado «Hemingway Nunca Comeu Aqui», no futuro, os sítios onde ela nunca esteve é que se tornarão conhecidos).

Suponho que este género de pensamentos — Cristina Ferreira como um fetiche que ganhará valor mítico, uma marca arqueológica do nosso tempo — não tem sentido.

Não sei. O que sei é que o seu andar musical, visto com a luz de Manet, me transportou a alguma região nostálgica, mais concretamente à Viena imperial e elegante, a Viena das valsas e dos filmes de Erich von Stroheim.

Imaginei-me a encetar uma conversa com ela, procurei no meu dicionário de frases de engate, próprias dos salões de finais do século XIX, algo que lhe despertasse o prazer de uma nova sensação.

Algo como «A poesia serve-se de si para se manifestar aos nossos olhos», «O seu rosto assemelha-se a uma flor acabada de desabrochar», «O seu cabelo é um raio de sol». Ou, como Duke Ellington (para os leitores mais distraídos, trata-se do pianista e compositor de *jazz* norte-americano, não do Duke of Wellington, o marechal e político britânico que foi duas vezes primeiro-ministro do Reino Unido), perguntar-lhe-ia:

«Cristina Ferreira, já ouviu falar das normas internas do Ritz?»

«As normas do Ritz?», repetiria ela, olhando-me com surpresa.

«Sim, Cristina, há uma norma segundo a qual nenhuma senhora está autorizada a superar um certo nível de beleza, e a Cristina está a ultrapassar esse limite. Ainda a vão multar!»

Criei, seguidamente, um mundo de fantasia em que eu, o empregado da livraria do filme *Nothing Hill* (e ela a Julia Roberts cansada de esperar pelo príncipe que deveria aparecer num corcel branco, para a arrebatar nos seus braços), expunha teses especializadas sobre a marcha do capitalismo e da globalização, ao mesmo tempo que lhe explicava os desgostos causados pela solidão das materialidades e da fama (os grandes sábios do passado sabiam que a solidão se encontrava, muitas vezes, debaixo dos holofotes ou das luzes do êxito).

Inútil será mencionar que não fiz nada disto. Mas fez-me sentir confiante e até me atrevi a dizer-lhe, inclinando-me com cortesia: «Ainda não tivemos o prazer de sermos formalmente apresentados. É um prazer conhecê-la finalmente.» (Falar com Cristina Ferreira: todos querem, mas muito poucos conseguem. Eu consegui!)

Olhando-me por um brevíssimo instante, como se eu fosse um insecto e me pudesse esmagar a qualquer momento, disse-me apenas:

«Como vai?»

«Vou bem», respondi.

Mas a ela não lhe interessava porque é que eu ia bem, já que nem sequer chegou a ouvir a resposta, muito menos a frase que me limitei a esboçar — «É uma pena que a sua magnífica inteligência seja aproveitada em programas como...» —, pois desviou os olhos e passou de imediato à convidada seguinte (Inês Franco, a única mortal que pode permitir-se a liberdade de pentear minuciosamente os cabelos de Cristina Ferreira).

Enquanto fazia tentativas para me conservar direito em cima dos sapatos e tentava abotoar o *blazer*, procurei perceber, comigo próprio, as causas daquela frieza: «A sua existência tem um ritmo mais apressado do que o nosso, e a minha presença era uma barragem contra a velocidade da vida dela? Seria tímida? Seria destes tempos tão cínicos, pouco propícios aos impulsos espontâneos de homens sensíveis e delicados como eu? Ou ter-me-ia agitado demasiado?»

Martelava eu nestas psicologias quando fui interrompido, bruscamente, pelo som disparatado das entranhas do meu telemóvel. Era um SMS do Rui Couceiro, o editor da Contraponto, chamando a atenção para o meu aspecto de galã de filmes mexicanos e informando-me de que as minhas calças precisavam de um ferro de engomar e que o casaco largara um botão.

Acto contínuo, um empregado arrastou-me, um pouco assarapantado, para o salão nobre, onde ia começar o jantar.

Humildes escravos do estômago, famosos e não famosos, passámos todos para a sala de jantar.

Com os pés solidamente plantados num chão de madeira envolvido por uma moldura de mármore, caminhei de passo rápido e resoluto. Quando emergi no Salão Nobre Pedro Leitão (o nome que o Ritz dera àquela divisão, dez vezes o tamanho da minha casa), os meus olhos contemplaram uma enorme tapeçaria ao fundo, ocupando o centro da sala e acenando aos convidados.

Tratava-se, segundo o cartão descritivo da obra, de uma tapeçaria gigante da ilustre fábrica de Portalegre, feita à mão e desenhada por Pedro Leitão (daí a designação, Dah!, daquela sala), um importante artista português.

Além das portas de mogno e das vistas para os jardins do hotel e para o Parque Eduardo VII, com as suas árvores recortando o céu, impressionaram-me fortemente os três esplendorosos lustres de cristal suspensos no tecto alto, jorrando luz sobre a minha cabeça encalvecida pelo estudo.

Atravessando agilmente o enxame de famosos, fui procurando o meu lugar na sóbria e organizada mesa em forma de parêntesis recto. A Joana Bértholo, autora de *Diálogos para o Fim do Mundo* e futura biógrafa de Almada Negreiros, que chegara antes de mim, indicou-me o lugar onde me devia sentar: à sua direita (a minha outra vizinha era a jornalista Rita Silva Freire, que na Contraponto editou *Trazer ao Mundo*, um livro sobre «os mistérios do parto»).

Encarcerado no meu *blazer* justo e amarrotado como papel de embrulho, pendurei-o nas costas da cadeira (o que em alguns clubes ingleses é considerado um crime hediondo) e deixei-me cair com estrondo na cadeira.

Esfomeado, capaz de comer as próprias orelhas — se as pudesse alcançar com os dentes, como dizia Camilo —, estiquei-me ao longo dos pratos e talheres para verificar (estamos no Ritz!) a qualidade da ementa.

O menu exprimia-se nestes termos: garoupa, beldroegas, espargos, *yuzu* (sem lactose). Filete de novilho grelhado, pleurotos, batata Anna e molho de pimenta longa. Tapioca de côco e ananás. Café e *mignardises*. Vinhos: Duas Quintas, Douro, branco e tinto.

O meu paladar — tão rústico que, confundindo-os com esparguete, seria capaz de comer os atacadores dos sapatos — ficou espantado e ligeiramente confuso com o sentido de algumas palavras, profundamente reveladoras da minha enciclopédica ignorância.

Enquanto perguntava a um empregado o significado cabalístico de *yuzu* (fruta cítrica originária do Leste da China), pleurotos (cogumelos da grande e bela família das *Pleurotaceae*, o que me deixou quase na mesma) e *mignardises* (variedade de pequenas sobremesas servidas com o café), Inês de Meneses sentou-se mesmo à minha frente, do outro lado da mesa.

O Rui Couceiro colocara-a, coitada, na desagradável e embaraçosa situação de, durante todo o jantar, ter de contemplar as minhas barbas e as minhas fartas sobrancelhas em forma de guiador de trotinete.

Conhecia a Inês das fotografias, da televisão e, sobretudo, da rádio, dos programas *O Amor É* (com Júlio Machado Vaz) e *Fala com Ela*, ambos da Antena 1.

A ideia de jantar diante de uma entrevistadora profissional, que consegue obter dos entrevistados as confissões mais desconcertantes, deixou-me inseguro. Depois, quando a comensal do lado dela lhe segredou algo, imaginei-a dando-lhe os pêsames pela sorte que lhe calhara.

Enquanto a radialista permanecia perplexa (face ao azar que lhe calhara), tentei elogiar o *Fala com Ela*, que era literalmente o que eu estava a fazer naquele momento.

Procurando impressioná-la, comparei o cérebro humano a um programa de rádio permanentemente ligado no nosso interior, dando voltas às coisas, dia após dia.

Serenos e calmos, mostrando que não temem críticos *bulldozer* nem pistoleiros, os lábios cor de framboesa da Inês responderam-me, no seu português irrepreensivelmente claro, que a sua cabeça, a ser um programa de rádio, seria estranhamente semelhante aos filmes de Isabelle Huppert, uma daquelas criaturas capazes de pensar uma coisa, sentir outra, desejar algo diferente, dizer outra coisa e fazer tudo diferente.

Rapidamente se estabeleceram boas relações entre nós. Foi, aliás, uma grande surpresa quão extremamente amigável e agradável se mostrou a Inês.

Diante daquela mulher, intelectualmente superior a mim, percebi que quanto mais absurdas forem as nossas ideias, maior será o divertimento. Ainda mal provara a sopa e já saltávamos de assunto em assunto, falando muito e de tudo, em plano transversal e disperso, sem conseguirmos estabelecer a mais simples relação entre eles e sem nos preocuparmos com o princípio da não contradição.

Conversávamos como se estivéssemos sentados sobre a relva dos jardins da Fundação Calouste Gulbenkian. Particularmente brilhante, a Inês falou da simplicidade dos dias desperdiçados, discorreu sobre o passado que ainda ontem era presente e que continuamente muda de forma.

Hábil a criar a ilusão de que todos os seus entrevistados são mais inteligentes e interessantes do que na verdade são, perguntou-me depois pelas páginas em branco da biografia do Herberto Helder, que ainda não terminei.

Eu, fixando-a sem pestanejar (e encolhendo os dedos dos pés dentro dos sapatos), expliquei, com arrebatadora originalidade, que Herberto estava para a poesia da segunda metade do século XX como Fernando Pessoa para a da primeira: ambos foram como centopeias que deixaram a sua baba na poesia portuguesa, impedindo os poetas de continuar a escrever como antes deles.

Embora os estilos de um e de outro sejam os mais opostos — o de Pessoa é o de alguém que escreve poemas em papel quadriculado, como se as palavras fossem algarismos e os poemas fórmulas de cálculo integral, o de Herberto é o do encantador de serpentes, para quem um poema pode ser um acto tão primário como o acto sexual —, os dois têm referências comuns à alquimia, à magia, aos ritos e aos mistérios iniciáticos.

Era tanto o entusiasmo, o excesso de descontracção (só me faltava pôr os pés em cima da mesa), que nem me apercebi da mancha solitária de molho de pimenta que se expandia ao longo do tecido da minha camisa. O que fez acudir ao meu pensamento uma imagem poética ao estilo de Pessoa: derramara gordura em cima da roupa como derramara instantes da minha vida à Inês de Meneses.

À sobremesa, o ananás com uma cobertura magnânima de tapioca de côco foi fonte de fascinação especial. Quando chegaram as pirâmides de bombons, imaginei um mundo de devassidão, evoluindo num crescendo de loucura e de danças do ventre.

Não queria que o jantar acabasse nunca. Por mim, passava o resto da minha vida no Ritz.

Na verdade, ir ao Ritz, o lugar onde começamos a conhecer-nos a fundo, devia fazer parte das condições de trabalho de qualquer escritor. É que ali, no umbigo do mundo dos famosos, o cronista, sentindo-se mais digno, mais sábio e mais reconciliado com a vida, encontra matéria para várias crónicas. *Quod erat demonstrandum.*

Novembro/Dezembro de 2021 e Janeiro de 2022

Gordofobia

Os negros, as mulheres, os imigrantes, os pobres, os muçulmanos, os judeus, as lésbicas, os *gays*, os bissexuais, os transsexuais. Tudo bem. E os gordos? Sim, os gordos?

Sempre que se fala de discriminação institucionalizada, de preconceitos, de estigmatização, de violência psicológica, de processos de desumanização, de falta de representatividade no espaço público, os gordos ficam esquecidos a um canto (ocupam uma posição excêntrica em relação ao magro, tal como o baixo em relação ao alto ou o careca em relação ao cabeludo).

Os gordos, simplesmente por serem gordos, também estão sub-representados na publicidade, na política e no cinema. Também são inferiorizados. Também são alvo de exclusão.

Desenvolver uma barriga arredondada e proeminente, que não encaixa nos moldes admitidos, paga-se caro. Pode arruinar-nos, dar cabo de nós.

Os gordos são gozados e ridicularizados na escola e no emprego (baleia, bola, badocha, balofo, monte de banhas, inchado, gorducho, gordalhão, gordalhufo, banhudo, trambolho, gordo como um nabo, gordo como um texugo), namoram menos, têm mais dificuldades em encontrar trabalho, recebem salários mais baixos, fracassam nas relações amorosas, a sua sexualidade não é promissora, têm menos probabilidades de se casar, são mais solitários, desenvolvem problemas emocionais e de consciência, enfim, sentem-se culpados, esquecidos do mundo.

Os problemas dos gordos não são problemas triviais. Também eles sofrem com o império dos magros, também eles foram colonizados pela cultura das aparências, do bom aspecto e do bem-parecer, também eles sentem perfeitamente na pele o ódio, a crueldade e a marginalização.

Inversamente, ser magro é uma vantagem: os magros ficam com os melhores empregos, têm carreiras mais auspiciosas, são mais ouvidos quando querem ter a atenção dos outros e os filhos não têm vergonha deles.

Por causa da gordofobia estrutural, do horror ao excesso de peso e à obsessão em emagrecer e parecer mais jovem, as pessoas gastam mais em dietas, anti-rugas e hidratantes do que em escolarização; gastam mais em produtos adelgaçantes e em cirurgias plásticas do que em instrução; gastam mais em sedução e na aparência do que em educação.

No mundo de ficção em que vivemos, narcisista e obcecado com a promoção individual, ocupamos grande parte do nosso tempo e energias a falar dos quilos a mais e da falta de exercício; dos hidratos de carbono, das comidas hipercalóricas e da acumulação de gordura nas ancas, nas nádegas e no abdómen; da necessidade de emagrecer e das receitas de baixo valor energético; dos alimentos que ajudam a regular o trânsito intestinal ou que favorecem o sistema imunitário e cardiovascular; dos níveis de colesterol ou dos triglicéridos no sangue; dos benefícios do misterioso ómega-3, dos produtos ricos em fibra, ferro, iodo, cálcio, selénio, potássio, magnésio, zinco; das vitaminas antioxidantes, do chá verde e do seu elevado potencial desintoxicante e anti-inflamatório; das bebidas feitas à base de bactérias vivas e de leveduras, da *kombucha* e dos iogurtes probióticos, com *bifidus* activo ou lactobacilos; do *ginseng*, do gengibre, da romã, dos mirtilos, das sementes de chia (mais ricas em ácidos gordos ómega-3 do que o salmão, com mais fibras do que os flocos integrais e mais cálcio do que o leite gordo).

Os estilos de vida e os padrões estéticos vigentes transformaram os corpos magros, lisos, firmes, tonificados e trabalhados em símbolos de beleza, de saúde, de felicidade e de êxito pessoal; estabeleceram uma série de normas e de maneiras de vestir que sugerem que os corpos rechonchudos ou volumosos são intoleráveis e devem ser escondidos ou dissimulados.

Não vale a pena dourar a pílula. A ideologia da nossa época é a ideologia dos magros. Da publicidade à indústria do entretenimento e aos meios de informação, a mensagem é a mesma: este mundo não é para gordos.

Os gordos estão condenados, já não cabem na maioria das coisas (nos tamanhos das roupas das lojas, nas toalhas de banho que não dão a volta à circunferência do corpo, nos lugares dos aviões, nas cadeiras do cinema, nos assentos do metro e do autocarro, nas macas dos hospitais, nas máquinas de raio-X, etc.).

Um balofo é um tipo fraco, ignorante ou pouco informado, sem força de vontade, a quem falta constância e disciplina para resistir às urgências ou aos requerimentos do estômago, à tentação e à cobiça da comida rápida, das pizas e dos alimentos pré-cozinhados; é menos inteligente ou mais estúpido porque, segundo alguns estudos, se recusa a emagrecer.

Como dizia o sociólogo francês Pierre Bourdieu, o corpo está no mundo social, mas o mundo social (e a sua moralização) também está no corpo.

Os ginásios ou *health clubs* constituem, a este respeito, uma curiosa fonte de informação existencial sobre a moderna espécie humana.

São um laboratório privilegiado para estudar os cânones da representação do corpo humano, para desconstruir as aspirações e pretensões das sociedades capitalistas, para avaliar a condição e a situação dos bípedes do século XXI.

O que é que o ginásio diz sobre nós, sobre as nossas particularidades e necessidades psicológicas, sobre a nossa maneira de ver o mundo e o nosso nível de realidade?

Os clientes dos ginásios são, em geral, pessoas que não estão satisfeitas com o seu corpo, que perseguem sem descanso a imagem que o espelho lhes devolve, que procuram ocultar aquilo que são e o que foram, que tentam ser o contrário daquilo que parecem.

Como instituição, o ginásio (ou *health club*) oferece-nos uma imagem da complexidade da experiência individual e da sua relação com as convenções e regulamentações sociais.

O ginásio é uma espécie de teste de algodão, onde as nossas estruturas psicológicas profundas afloram à superfície: de algum modo, a relação entre o ginásio e as pessoas que o frequentam é algo da mesma ordem de relação do psicanalista com o inconsciente.

Pois bem. Nos últimos meses, com o intuito de vigiar e punir as humilhantes misérias da carne, fui arrastado para o fundo de um ginásio.

Durante esse tempo, passei pelo martírio das máquinas de musculação, das bicicletas elípticas, das passadeiras de corrida e dos *personal trainers*, fiz *crossfit* e *airfit*, assisti a aulas de *spinning*, *spartans* e *circuit training*.

Pratiquei agachamentos e alongamentos, coloquei-me de costas para baixo (como um cão para que lhe cocem a barriga), contorci-me, rebolei toda a massa corporal em tapetes de ioga, simulei subidas de escadas, exercitei a zona abdominal, os quadríceps e os glúteos, saltei e gritei ao som de música zumba, possuído de incontrolável agitação, com o cabelo alagado de transpiração e o cerebelo a ponto de sair disparado da caixa craniana.

É escusado dizer que o resultado de toda esta actividade prodigiosa (por favor, sem detalhes) não foi brilhante. Mas, em contrapartida, disponho hoje de observações e dados competentes que me permitem falar do ginásio com autoridade e conhecimento de causa.

À maneira do coleccionador que fura com alfinetes as borboletas, ou do botânico que classifica plantas secas num herbário, procedi a uma classificação dos utentes dos ginásios.

Classifiquei casos e manias, analisei hábitos e examinei atitudes, vislumbrei obsessões e traços de personalidade (como dizia Eça de Queirós, «o melhor espectáculo para o ser humano será sempre o próprio ser humano»).

O ginásio moderno, ao contrário da versão antiga ou clássica (mais reles, uma mistura de ferrugem de metal, suor acumulado e grunhidos de *bodybuilders*), é um espaço comercial e consumista, luxuoso e resplandecente, glamoroso e libidinal ou sensualista.

Funciona normalmente de manhã à noite — das 7h às 22h (excepto aos domingos) —, e as horas de ponta, com o maior número de clientes, são ao almoço (entre as 12h e as 14h) e ao final da tarde, depois do horário laboral (entre as 17h e as 20h).

Tanto integra estúdios (aulas de ginástica em grupo, com muitas pessoas a saltar ao mesmo tempo, fazendo movimentos frenéticos de braços e pernas), piscina e zonas de água para hidroterapia, salas de musculação, pontos específicos com máquinas cardiovasculares (passadeiras, bicicletas, remos), saunas, banhos turcos, jacúzi e balneários, como ainda uma série de serviços adicionais que podem incluir bar/restaurante (quase sempre com «*design* de *jazz*-café»), centro de estética, solário, lojas com suplementos alimentares (ah, a beleza cromática das embalagens de suplementos alimentares!), revistas e livros sobre *fitness*, ou mesmo cabeleireiro e creche.

Tudo é desportivo: as roupas, o calçado, a mochila, as peúgas, o champô, as toalhas. As mulheres usam *leggings* com cores de néon e *t-shirts*, os homens calções justos de licra (para revelar as formas das pernas) e camisolas de alças (ou, como dizem em Angola, «camisolas parte os cornos»), para poderem exibir os músculos dos braços e do tronco.

Os que vão ao ginásio há menos tempo e que ainda não estão em boas relações com o corpo, usam roupas mais largas, como camisolas de manga curta alguns tamanhos acima e calções como os de futebol ou de basquetebol, que ajudam a esconder as carnes amolecidas.

Conhecendo por dentro o mundo dos ginásios, percebe-se que a grande obsessão, mais do que a saúde ou o bem-estar, é o corpo. Não um corpo qualquer, mas um corpo magro, liso, tonificado e firme, esculpido pelo exercício, que obedece aos padrões de beleza vigentes, transmitido e perpetuado pela publicidade e pelos meios de lazer e entretenimento.

Num ambiente destes, o corpo é um projecto pessoal que exige investimento de tempo, disciplina de quartel, resistência a muitas tentações, vigilância permanente.

É um instrumento que precisa de ser trabalhado (o corpo, neste sentido, é um trabalho), que deve ser administrado com determinação, força de vontade e instinto de superação.

Os piores inimigos do cliente do ginásio são as gorduras, que precisam de ser eliminadas a qualquer custo. Seja na barriga, nas ancas ou nas nádegas.

O atlético e o barrigudo correspondem ao dualismo do bem e do mal, de Deus e do demónio.

Para os magros, os representantes da beleza, do dinamismo e do sucesso, os gordos são uma espécie de contraponto dialéctico radical, são o símbolo do fracasso, do desânimo e da depressão.

Mas a paisagem humana dos ginásios é bastante mais complexa. Nela encontramos várias espécies de bichos humanos.

Os que mais atraem as atenções são aqueles seres adoráveis, de calções, rabicho e *stringers* (*t-shirts* de manga cava, com alças compridas e finas e um decote enorme, bastante pronunciado, que não cobre quase nada, apenas a barriga e o fundo das costas), que contraem, distendem e agitam obsessivamente os bíceps e o arcaboiço. Uns latagões suados e possantes — o halterofilismo e o *bodybuilding* é praticado predominantemente por homens — que grunhem enquanto lutam com as máquinas de musculação, os halteres, os pesos e as barras de ferro.

Altamente concentrados nas máquinas de isolamento muscular, de olhar agressivo e trocando poucas palavras, com as veias e as artérias do corpo inchadas, como prestes a rebentar, estes titãs rendem uma autêntica idolatria à musculatura e adoram narcisar-se em frente do espelho, de olhos fitos nos imponentes peitorais, nos abdominais definidos e nos braços pujantes, estudando o desenvolvimento dos seus músculos, a cada movimento rolando sob peles brilhantes e oleosas.

Nas máquinas de musculação concentra-se a maçonaria do ginásio, composta maioritariamente por porteiros de discotecas, agentes da PSP, seguranças privados, neonazis e outros brutamontes com antecedentes por posse de arma, ameaças à integridade física, coacções e roubo com violência.

Na verdade, aprende-se muito nos ginásios. Na paisagem dos *health clubs* (como agora se diz), encontramos terreno e vegetação para o estudo da sociedade. Para pintar um quadro da nossa época neobarroca, caracterizada por um excesso de imagens e de egocentrismos. Em geral, os ginásios estão adornados de potentes e corpulentos exemplares da espécie humana, seres esculturalmente perfeitos, verdadeiras obras-primas da natureza. Porém, a realidade dos ginásios é uma realidade mutável.

De manhã, são frequentados maioritariamente por homens e mulheres de idade, velhos dengosos e folgados, com ademanes de galã, dizendo garotices às jovens instrutoras de *fitness*; marmanjolas endinheirados de 60 anos, homens de mil vidas, divorciados e mulherengos, que eram magros em novos e começaram depois a desenvolver barriga; balzaquianas solitárias, senhoras de espavento, com idade suficiente para saber o que lhes convém, grupos de *madames* falando dos netos e dos genros, exalando por vezes a cânfora dos armários das avós. Dá gosto ouvi-las falar em voz alta das suas coisas e dos seus corpos carregados de anos e de vida (as que já foram gordas, falam das adiposidades como dolorosas recordações de guerra).

Ao meio-dia e ao final da tarde, as coisas mudam. Aparecem os homens e as mulheres de 30 anos que preferem substituir a hora de almoço por alongamentos, agachamentos, extensões de perna, treino cardiorrespiratório intervalado, exercícios de estabilidade dos abdominais e da região lombar, estimulação dos grupos musculares, especialmente na zona dos glúteos e dos membros inferiores.

O cenário nutre-se agora de tatuagens, peitos depilados, ombros perfeitos, músculos de aço, tipos alardeando a sua impressionante compleição, como se corpulência fosse afim à virilidade.

Nas máquinas de musculação está um garanhão de arcaboiço largo e firme, como um David moldado a partir de um único bloco de pedra, esfalfando-se para insuflar os bíceps (os bíceps, por amor de Deus!).

Uns saltam à corda, outros combinam remo com exercícios de fôrça (a expressão dos rostos é a de quem está a fazer um enorme esforço para conter uma emoção poderosa), aqueloutros erguem halteres pequenos como se estivessem a levantar os sacos das compras.

Nas passadeiras de corrida estão uns jeitosos a fazer treino cardiovascular ao som de música. Um parece acreditar que, se estiver no ginásio todos os dias, nunca morrerá (embora seja calvo, tenha o pénis pequeno e se sinta complexado). Outro julga-se adulto, quando, na realidade, é apenas um maduro excitado, um corpulento galã de ginásio que não é capaz de olhar para uma mulher sem pensar nas suas mamas debaixo do vestido ou da camisa. Outro tem aspecto de gestor (como o António Mexia), ganha milhares de euros por mês e tem um ar dinâmico e agressivo, de quem se convenceu de que é o padrão daquilo que todos têm de pensar e de admirar.

Alguns rapazolas atrevidos, ansiosos por impressionar favoravelmente o sexo feminino, esvoaçam à volta das mulheres, enquanto passam um pano pela cara e pelo pescoço, lançando-lhes olhares diagonais, quentes e lúbricos.

Se os homens se juntam nas salas de musculação, entreolhando-se em silêncio ou cumprimentando-se varonilmente com acenos de mão, as mulheres preferem participar em aulas de grupo coreografadas (em particular as que são conduzidas ao ritmo de música) ou praticar nas bicicletas estáticas e nos tapetes ou passadeiras de correr.

Do meu lado esquerdo está uma sensualista que habita com desenvoltura o seu corpo, de *t-shirt* (onde se pode ler a frase «fale-me devagar, sou loura»), *leggings* até aos tornozelos, *headphones* colocados na cabeça e costas em forma de ampulheta ou de violoncelo.

Está a queimar calorias, a tonificar as coxas, as nádegas e os músculos da barriga das pernas, fazendo um exercício que consiste em simular que está a subir ou a descer (de costas) umas escadarias. Nos altos e baixos intervém todo o seu corpo, mobilizando-se de maneira harmónica, começando nos pés e terminando no tronco.

Mesmo em frente, um *personal trainer* abraça por trás a cintura de uma mulher, como o passageiro de uma moto ao condutor (faz-lhe, ouvi-o dizer, «reeducação postural»).

À direita, uma rapariga alta e magra, de constituição atlética, muitíssimo bem proporcionada, ancas finas e ondulantes. As suas linhas perfeitas poderiam ter sido esculpidas em mármore por Bernini. É a atracção da empresa onde trabalha, uma profissional que sabe fazer-se apreciar.

Na sala de aeróbica, combinando coreografias de dança e exercícios de *fitness*, uma dúzia de mulheres entre os 25 e os 35 anos, nos seus trajes e cosméticos coloridos, espadaúdas e exuberantes de carnes sadias, no vigor dos anos (a juventude grita-lhes em cada curva do corpo) e no esplendor da beleza, movimentam-se com indisputável segurança e desembaraço (e os cabelos empastados de suor na testa).

Na piscina, excelentes senhoras que nunca ouviram falar do conceito de fim-de-semana, porque, para elas, todos os dias são sábado, frequentam as «zonas de água» (piscinas, jacúzi, sauna e banho turco). Passam como balas pelas ruas da piscina, as tocas como balões movendo-se para cima e para baixo.

Da porta do balneário das mulheres sai uma adolescente ressumbrando saúde, com uma barra de granola e aveia nas mãos e uns ténis de sola perigosamente alta e grossa, para acrescentar uns quantos centímetros à sua altura, seguida por uma mulher ainda a pingar, embrulhada em duas toalhas de banho brancas, uma para o torso, outra à volta do cabelo (as pernas nuas e morenas, bem desenhadas e firmes, emergem dos chinelos). Lá dentro, as miúdas correm com os seus champôs nas mãos, arrastando as enormes toalhas pelo chão molhado.

No vestuário dos homens, os fatos completos e os *blazers* clássicos (*slim fit*), das melhores alfaiatarias de Lisboa, jazem dependurados nos armários, como peças de carne nos açougues, juntos a estupendos sacos de desporto.

O que leva toda esta gente ao ginásio? Principalmente, o que é que os motiva? Segundo o vasto limbo da Internet, procuram a reparação da saúde e o melhoramento físico. Será mesmo isso? Ou será apenas isso?

A esse respeito, o ginásio é muitíssimo revelador. Sobretudo das tensões sociais entre gordos e magros, sedentários e atléticos, feios e bonitos.

Na sua teoria da luta de classes, Karl Marx (filósofo mais para o gordo do que para o magro) ignorou estas divisões.

Escrever sobre o ginásio sem mencionar a inter-relação entre o desenvolvimento da sociedade e os comportamentos individuais, ou sem referir a conjugação entre valores sociais e preconceitos estéticos, entre padrões de beleza e processos de distinção pessoal, é pior do que escrever hoje sobre a Ucrânia sem fazer referência à invasão militar da Rússia.

O ginásio não é apenas o local onde as pessoas procuram aquilo que é bom para a sua saúde, é também o local onde os efeitos da moralização sobre o corpo mais se fazem sentir, onde se percebe que o sentido da orientação estética é socialmente adquirido. É onde o ódio e a guerra contra os gordos se manifestam em toda a sua nudez.

No ginásio, os gordos são desprezados e desprezam-se a si próprios (na gordura, como alguém disse, há muita solidão...).

O gordo é alguém que age sem controlo e que escarnece da moral civilizada dos magros. Uma vida com peso a mais revela desânimo e indica fracasso em relação à manutenção do próprio corpo, é uma vida menos digna. Em contrapartida, ser magro e atlético é uma prova de superioridade, de felicidade e de sucesso.

A aversão à gordura é altamente tranquilizadora porque é sentida como uma prova moral. E os sentimentos morais ancorados numa aversão são os mais difíceis de renegar, porque abdicar deles faria estremecer a nossa noção do certo e do errado, racharia a trave que sustenta toda a nossa estrutura psicológica.

Uma das características inconfundíveis dos ginásios é o fetichismo dos corpos tonificados, ágeis e harmoniosos.

Tal como o interior das igrejas cristãs é decorado com esculturas ou pinturas de santos e profetas, quadros ou murais que ilustram episódios da vida de Jesus e outras narrativas bíblicas, as paredes dos ginásios estão cheias de cartazes com fotografias de modelos de *fitness* (com corpos atraentes, magros, jovens e trabalhados, dentro do paradigma de elegância vigente nas sociedades ocidentais) e imagens de homens (daqueles a quem se telefona se algum dia tivermos problemas) gritando as excelências do *bodybuilding*.

Na recepção e nas salas de treino passam vídeos de motivação, vomitando música para as pessoas se mexerem mais depressa, para criar nas fibras do corpo uma vontade que quer vir à superfície, uma energia que deseja ser reconhecida.

A obsessão pelo corpo humano é uma nova religiosidade laica, substitui a função estética do culto cristão das relíquias, e o impulso do desportista de ginásio corresponde ao fervor do crente que se dedica a Deus.

Entre o universo da religião e o da cultura *fitness*, as semelhanças são bem maiores do que as diferenças. Os dois possuem propriedades comuns.

O ginásio é como uma igreja paroquial, com as suas liturgias (sessões de treino), celebradas por capelões ou padres que irradiam uma aura de falsa castidade (*personal trainers*), os seus ratos de sacristia (os que frequentam o ginásio quase todos os dias) e as suas ovelhas tresmalhadas (os que voltaram a engordar, deixaram de ir ao ginásio e caíram em desgraça).

Na mente dos frequentadores dos ginásios estabelecem-se negociações entre culpa, sofrimento, autopunição e disciplina.

O seu mundo interior de pensamentos expressa devoção ou consagração a uma tarefa ou missão (controlar o número de calorias consumidas — desenvolvendo uma relação instrumental com a alimentação — e manter a forma física), e abstinência e resistência a muitas tentações (ao prazer de se lambuzarem com chocolates, gelados ou batatas fritas).

A culpa, tal como na Igreja Católica, é o ganha-pão dos ginásios. Quando uma pessoa começa a faltar aos dias de treino ou quando, por qualquer motivo, não se aguenta mais e se devora um pacote inteiro de bolachas, uma vasta fatia de pão barrada com manteiga de amendoim ou uma lasanha congelada, instalam-se sentimentos de culpa.

Depois de se entregar de corpo e alma a alimentos que proporcionam uma satisfação imediata, necessita-se de algum tipo de consolo e de conforto, é preciso atenuar a ansiedade, aliviar o peso na consciência por se ter praticado um vício inconfessável.

No dia seguinte, vai-se ao ginásio como se vai à confissão ou à comunhão, e os movimentos do corpo são como exercícios morais e místicos.

Se no confessionário, como penitência, se conta o número de pais-nossos e ave-marias necessários para redimir os pecados praticados, no ginásio conta-se o número de calorias que o corpo ganhou e a quantidade de exercício necessário para as queimar.

Nesta recomposição laica dos modelos religiosos, o ginásio surge como refúgio ou evasão.

Tal como na Antiguidade os profetas se retiravam para o deserto durante 40 dias (e se alimentavam de raízes e de gafanhotos), tal como na Idade Média os monges se recolhiam nos mosteiros, todos eles levados por um chamamento interior, uma renúncia à vida mundana, também o eremita de ginásio se alheia do prazer que as goelas experimentam ao passar um bocado de ovo estrelado com presunto e, depois, um gole de *coca-cola*.

Ninguém duvide: partir à conquista de novos corpos e de abdominais novos exige disciplina e sacrifício.

O valor de uma causa ou de uma obra é função da grandeza do sacrifício e da paciência no sofrimento (traço essencial dos mártires) que o indivíduo está disposto a suportar por causa dela. Por isso, submeter-se ao martírio das máquinas de musculação e ao cilício das bicicletas elípticas e das aulas de zumba ou de 3B (Bum Bum Brasil) funciona como sinal de eleição e de elevação espiritual.

Culpa (excesso de peso), sacrifício (em nome de um ideal superior, como a beleza) e redenção (um corpo magro e longilíneo, esculpido pelo exercício, substitui o Céu cristão) é a história da Transfiguração do Evangelho.

A relação com o *personal trainer* e com os esquemas de treino corresponde à parábola bíblica da obediência à vontade de Deus.

A renúncia ascética aos petiscos e aos alimentos gordurosos e com alto teor de açúcares equivale ao jejum e à abstinência em todas as sextas-feiras do ano (mas em particular na Sexta-feira Santa) e na Quarta-feira de Cinzas.

Esta incansável dedicação ao corpo, como em algumas seitas religiosas, leva alguns a investirem em cirurgias plásticas, anabolizantes, injecções de testosterona ou dietas perigosas.

Da experiência que adquiri nos ginásios, uma coisa posso dizer: a obsessão com a própria imagem é incompreensível se não tivermos em conta a relação e os pontos em comum entre o devoto do ginásio e o crente. E se não percebermos que é aparência física esbelta (e a suprema felicidade que dela emana), mais do que a saúde, que motiva os novos Cristos do ginásio.

Agosto e Setembro de 2022

Tudo é velho onde fomos novos

Onde começa e onde acaba a nossa infância? No primeiro dia em que abrimos os olhos para o mundo? Quando sentimos vergonha (a primeira emoção da Bíblia, no momento em que Adão e Eva, desobedecendo à proibição divina, provam o fruto da árvore do conhecimento e se apercebem da sua nudez) pela primeira vez?

É a infância, como em Nelson Rodrigues, «a época dos valores precisos», em que o «Céu era Céu. Deus era Deus. O Diabo era o Diabo»?

Ou será aquele ápice em que, brincando em criança, sentindo-nos brincando, ficamos um instante suspensos, acocorados no chão, e pensamos «eu sou vários» (como Fernando Pessoa): um a brincar, outro a ver-me a brincar, outro a ver-me a ver?

Quando tomamos consciência de que existimos — aquele «desdobramento da consciência pelo qual sabemos que sabemos» — e somos diferentes dos outros, mas não necessariamente melhores ou piores do que eles?

Será que acaba no momento em que nos apercebemos da distância que vai do coração à consciência? Ou quando pensamos em como será estar apaixonado (sem conseguir imaginar) e, guiados pela curiosidade, nos perguntamos que segredos esconderá o amor?

Será que acaba quando nos apaixonamos realmente por alguém que não nos corresponde? Ou quando sentimos satisfação em admitir finalmente que estamos apaixonados?

A natureza (continuando com Pessoa) é a nossa primeira paixão na infância. Antes de nos deixarmos levar pelo voo amoroso (e as suas blandícias), antes de a expressão «amo-te» roçar fugidiamente os nossos lábios, já em criança nos tínhamos rendido à paixão pelas árvores, pelos animais, pelo céu, pelo mar.

Não. A infância não é o que aconteceu realmente nesse passado muito remoto, nos alvores da memória, não se define pelos mais antigos estados de ânimo, hábitos, gestos, cheiros, sabores, pessoas e sensações que formavam o nosso universo, os lugares em que nos encontrávamos, a atmosfera que nos criou, tudo o que nos cercava e tudo o que deu sentido aos nossos esforços, o que pensámos, dissemos, defendemos, sonhámos.

A infância é o modo como, em adultos, nos recordamos de tudo isso, a maneira como, muito mais tarde, outorgamos relevância a este ou àquele momento da meninice.

É aquilo que recriamos, reinventamos e reelaboramos com a nossa mentalidade de adultos e com as nossas memórias, muitas delas alimentadas de memórias alheias. É uma invenção particular de cada indivíduo que depende da memória e da percepção, dois mecanismos delicados e instáveis que funcionam por reconstrução selectiva e arbitrária (excluindo umas coisas e acrescentando outras) e que alteram e deformam o mundo exterior.

Segundo Álvaro de Campos, «ser adulto é esquecer-se de que se foi criança. Por isso os pais castigam os filhos por aquilo mesmo que fizeram na mesma idade. Quando um pai se lembra do que foi, e não castiga o filho, é porque procede racionalmente: acha que, se se lembrasse do que foi, não deveria castigar o filho. Na realidade, não se lembra. Teria ficado criança se se lembrasse».

Assim, porque os movimentos e a acção das crianças precedem sempre a consciência, a infância é a idade da distracção — «Quando era criança / Vivi, sem saber, / Só para hoje ter / Aquela lembrança.» É o oposto da «consciência da consciência».

Segundo Pessoa, a criança não está sempre a analisar o que vai dentro dela. Está sobretudo virada para o exterior e considera-se o centro do mundo (o Sol e a Lua foram criados exclusivamente para ela, para a aquecerem, a iluminarem e a guiarem).

É isso que torna a sua vida mais leve e menos introvertida. A maturidade chega, inequivocamente, quando perdemos essa simplicidade e nos resta apenas «um vácuo imenso», que «o pensamento friamente ocupa».

Em *Infância*, a escritora francesa Nathalie Sarraute adopta uma técnica invulgar quando mistura as diversas inflexões temporais: em vez de contar a sua vida apenas na primeira pessoa, utiliza duas vozes narrativas que respondem uma à outra, uma exprimindo-se no Presente do Indicativo, a outra no Particípio Passado.

Sempre tentada a apresentar o passado como uma «idade de ouro», a primeira voz enche os olhos e o cérebro com imagens da sua infância e tenta mitigar, com elas, o desejo e os momentos de saudade que a guardam longe da criança que foi.

Porém, à mais ínfima complacência, quando uma recordação é arrancada da sua insignificância, suscitando durante alguns minutos uma pequena nostalgia — essa tristeza funda que nos invade a carne e nos inunda daquela luz que apaga as más recordações e magnifica as boas, em que os momentos desagradáveis se desvanecem e os felizes se ampliam —, a segunda voz intervém para chamar à ordem a primeira, exigindo dela mais precisão e menos exagero, lembrando-lhe que «tudo é velho onde ela foi nova», que a vila da sua infância «é afinal uma cidade estrangeira» (Pessoa).

Parafraseando o escritor inglês Edward St. Aubyn, o criador dos romances semiautobiográficos *Patrick Melrose*, «a infância é apenas a história das coisas a que prestámos atenção».

A infância é uma história, ou narrativa, à qual atribuímos um significado quase absoluto. Pelo menos desde Freud, que deu a maior importância às nossas primeiras impressões, a infância é o caminho para percebermos a personalidade dos seres humanos, pois o modo como somos tratados na infância tem uma influência decisiva no que seremos, quando adultos.

Por essa razão, a infância é também um dos grandes temas da literatura. Não raro, os escritores servem-se das evocações jubilatórias da infância e do desabrochar da adolescência (a idade de todos os apetites) para reconfigurar, construir e exibir a sua identidade no discurso.

É a ocasião em que desenvolvem a sua mitologia pessoal e trabalham para a posteridade. Em que, partindo de causas insignificantes, retiram efeitos estrondosos, como aqueles biógrafos (por exemplo, Plutarco) que conseguiam ver no Júlio César bebé (tal como criticava Pierre Bourdieu) o Júlio César adulto que atravessaria o Rio Rubicão, depois de dizer a famosa frase *Alea jacta est* («os dados estão lançados»).

Na verdade, os escritores, quando escrevem sobre a infância, olham para a sua própria imagem reflectida num vidro, à maneira dos impressionistas: mais do que factos, a memória revela-nos o significado das experiências e procura transmiti-lo da forma mais eficaz, recorrendo à arte ou à criação literária.

Por isso, Sainte-Beuve tinha razão quando dizia que os seres humanos nascem sinceros e morrem mentirosos. Tal como, de resto, Jean Cocteau: «Sou um mentiroso que diz sempre a verdade.»

Fevereiro de 2022

A criança que morou em mim

Quando em Maio de 1975, com três anos, desembarquei em Portugal, vindo de Angola, trazia debaixo do braço um álbum das aventuras de Tintim (*O Templo do Sol*).

Semanas antes, os meus pais tinham decidido enviar-nos, a mim e ao meu saudoso irmão António Manuel (como Fernando Pessoa, nascido no dia 13 de Junho), para um sítio com o impronunciável e duvidoso nome de Metrópole.

A principal razão consistia num facto que me dizia directamente respeito: numa daquelas tardes de Luanda, estando a minha mãe comigo ao colo, enquadrados por uma janela de nossa casa (no bairro dos trabalhadores da Companhia Congo Agrícola, de que era funcionário o meu avô materno, ex-campeão nacional de boxe), soaram alguns disparos de arma ligeira.

Nada de invulgar ou estranho, dadas as circunstâncias então vividas, com os diferentes movimentos — MPLA, UNITA e FNLA — digladiando-se pelo controlo da capital. Em toda a cidade era frequente ouvirem-se disparos à distância, detonações, gritaria, mistura confusa de vozes altas e excitadas, idas e vindas de correrias, batuques nocturnos parecendo cada vez mais próximos.

A verdade, porém, é que, tirando esse acidente, nunca ninguém da minha família esteve verdadeiramente em perigo de vida, nunca ouvi histórias envolvendo emboscadas e explosões, de amigos mortos ou feridos por disparos ou lançamentos de morteiros.

O episódio mais dramático cinge-se àqueles dois tiros em que a morte me olhou de perto, através de uma das balas que se alojou na moldura de madeira da janela — a madeira vibrou (disse-me a minha mãe) por causa do projéctil —, a escassos centímetros da minha grácil cabecinha de bebé.

Refiro este acontecimento de quando ainda trajava calções e bibe, não para me retratar como um sobrevivente nato (ou dar um laivo de realismo mágico a este pequeníssimo, se bem que significativo, trecho da minha infância), mas tão-só para explicar porque é que os meus pais decidiram não perder mais tempo e nos despacharam de avião para Portugal, ao cuidado de uma hospedeira de bordo.

Levaram-nos para o aeroporto de autocarro, deitados no chão, com soldados armados no tejadilho e o meu pai de cigarro implantado na boca.

De narizes ranhosos (não sei, presumo), fomos depois conduzidos, com os cintos das fardas dos militares portugueses chicoteando nos ares, tentando afastar a imensa multidão ansiosa, empurrando, com os seus braços fortes como barrotes de madeira, os vultos cinzentos dos colonos acotovelando-se de desespero, com os olhares presos nos aviões que partiam.

Fecho agora as pálpebras e vejo a criança que morou em mim, um vulto cinzento a reboque do irmão mais velho, com as lágrimas confundindo-se com o ranho — ali chorei quase todas as lágrimas da minha vida —, entrando desamparado na aeronave, logo após a pancada da separação dos pais (que ficariam mais cinco meses em Angola, na absurda esperança de que as coisas acalmassem e nós pudéssemos regressar, daí a algum tempo). Eis as minhas primeiras memórias, concretas e bem definidas, desde que abri os olhos para o mundo.

Pequenino e dócil, com os olhos assustados e tensos, mas sempre com aquele livro do Tintim debaixo do braço: apertava-o como se fosse um objecto precioso, o único existente à minha volta, a única prova tangível de que não seria recusado e abandonado (o meu irmão estava ali ao lado, para mo garantir).

Continuando a abusar da bondosa curiosidade do leitor, estico ainda mais o fio das memórias de infância, desço às profundidades da minha autobiografia, ao subsolo da minha consciência, quando ouvia com o corpo inteiro, com o coração estoirando em mil pedaços, e sentia a força avassaladora das mudanças bruscas de destino.

Nas escadas de acesso ao avião, o sol jorrava calor e luz, e a sua reverberação feria-me os olhos, ofuscava-me.

Sem que o pudesse entender ainda, estava a participar no êxodo dos portugueses, no chamado «regresso das caravelas». O processo de descolonização empurrava-me para um voo da TAP, para longe de Moçambique (onde nascera), de Angola (onde vivi o meu terceiro ano de vida) e dos meus pais. Em breve, a minha terra natal pertenceria a um outro João Pedro, um João Pedro anterior.

Dentro do «pássaro de ferro», com a mesma ansiedade alojada no peito, outra recordação avulsa, que me deixou uma obstinada ressonância, mostra-me a figura de uma hospedeira de bordo oferecendo-me gentileza e uma escova com um tubo de pasta de dentes em miniatura. Seguidamente, recheou-me os bolsos de rebuçados e toalhetes.

Concentrado na meditação daqueles presentes, que me pareceram uma oferta exclusiva, em especial deferência pela minha tristeza, engoli o choro e o ranho. Naqueles objectos banais encontrei, durante a viagem para Portugal, um alívio desesperado. Adormeci com as bolsas dos olhos inchadas do choro, observando o tapete de nuvens por baixo das asas do avião...

Não é preciso ter lido *Em Busca do Tempo Perdido*, de Marcel Proust (em particular a cena em que o sabor morno de uma madalena molhada no chá faz emergir do passado, ao narrador, toda a espécie de memórias inesperadas da infância e da família), para perceber que ainda hoje, à mera menção do Tintim, ao seu simples nome, me surge logo essa imagem, que continua a despertar em mim ecos profundíssimos, deixando o meu espírito em suspenso por alguns minutos.

E que os desenhos de Hergé sejam das poucas coisas que ainda me permitem ver o mundo com os olhos de quando era criança (os mesmos olhos de quem nunca o conseguiu interpretar, ou perceber, verdadeiramente).

Na realidade, os álbuns do Tintim despertam-me o impulso confessional, fazem emergir do meu passado toda a espécie de reminiscências inesperadas da infância (a paixão pelo Tintim é uma doença que se contrai nesse período e que ataca, mais tarde, ainda com mais força).

Basta-me olhar para as imagens de Tintim e das restantes personagens — Milu (o *fox terrier* branco que o acompanha em quase todas as aventuras), capitão Haddock, professor Trifólio Girassol, irmãos Dupont e Dupond, Bianca Castafiori, Roberto Rastapopoulos, os generais Tapioca e Alcazar ou o português Oliveira da Figueira — para recuperar os lugares da infância e ruminar sobre o tempo que fugiu, essa amálgama de recordações longínquas, sobre as quais não consigo pôr uma pedra.

Percorro as estantes da minha biblioteca, chego à secção de banda desenhada, de que sou fiel coleccionador, retiro um álbum qualquer de *As Aventuras de Tintim* e logo se despertam ecos escondidos no recôndito da minha memória.

De imediato, regresso à Lisboa de 1975, vejo-me de novo no Aeroporto da Portela, acabado de chegar de Angola (talvez num Jumbo de 450 lugares ou num Boeing 707).

Entre Setembro e Outubro daquele ano, aterravam, num intervalo de seis horas, dez ou mais aviões transportando milhares de retornados, oriundos de Luanda ou de Nova Lisboa (no final de Outubro, quando terminou a Ponte Aérea e a Independência de Angola estava para breve — 11 de Novembro de 1975 —, ainda havia cerca de 30 a 40 mil portugueses brancos naquele país da costa ocidental de África, numa altura em que o território estava já declaradamente em estado de guerra civil).

Quando saíam dos aviões e pisavam solo português, era o salve-se quem puder: magotes de gente à deriva, homens e mulheres movendo-se atabalhoadamente, pessoas em busca das suas coisas ou dos seus familiares, alguns simplesmente entregues a si próprios.

Em pouco tempo, criou-se um ambiente de acampamento, com malas, sacos de viagem e pacotes atados, de todos os tamanhos e feitios, empilhados ao longo das divisões e dos corredores do aeroporto.

Pessoas e mais pessoas apertavam-se no espaço disponível, algumas encavalitadas sobre as cargas, outras descansando ou dormitando encostadas à bagagem, ou deitadas no chão, nos sofás e nos cadeirões do aeroporto, agasalhadas com cobertores e casacos.

Alguns elementos da Cruz Vermelha e do Instituto de Apoio ao Retorno de Nacionais (IARN) distribuíam alimentos. Aos bebés eram fornecidos biberões com leite morno e às crianças e mulheres outras refeições. Porém, como se esse abastecimento não fosse suficiente, os retornados organizavam-se em equipas de voluntários, que iam de autocarro ao centro da cidade abastecer-se de pão, leite, frutas, cereais e outros comestíveis.

Pelo ar propagava-se o choro de crianças, insultos, uivos de desespero, gemidos de doentes, todo um vozear confuso produzido por aquela avalanche humana aquartelada no aeroporto, por vezes em difíceis condições de higiene.

Por causa dessas imagens, e porque Tintim era jornalista de investigação e testemunha do seu tempo, um dos meus sonhos de adolescente era tornar-me repórter.

Para isso contribuiu depois o hábito de ver filmes da década de 1950, altura em que Robert Mitchum se juntou a Tintim na minha pequena mitologia de heróis que não contemporizavam com os poderosos.

Mitchum tinha um chapéu com um cartão a dizer *Press*, andava sempre a correr, usava máquina fotográfica, permanecia o mesmo perante grandes e pequenos, fumava impunemente muitos cigarros, uns atrás dos outros, e repunha sempre a verdade.

Nesses filmes, o jornalista apresentava-se como uma espécie de detective privado das noites norte-americanas, cheias de *gangsters* e vigaristas, que corria toda a espécie de perigos porque era o detentor da verdade e se preparava para denunciar uma mentira, uma injustiça, uma aldrabice. Era um cavaleiro solitário que procurava boas notícias e tinha convicções profundas, que não permitiam equívocos, preferindo pagar o preço da independência — humilhações, perseguição, falta de dinheiro, dívidas, ameaça de processos judiciais, melancolia — a aceitar certo tipo de compromissos.

Às vezes, no desespero da profissão, não lhe restava mais nada senão esvaziar garrafas de *whisky* num bar deserto, enquanto largava cinza dos cigarros na alcatifa, ao som de um piano angustiante.

A este imaginário pertencia também o edifício do *Diário de Notícias*, na Avenida da Liberdade, para onde olhava quando passava no Marquês de Pombal e ficava à espera de ver sair o Super-Homem por uma janela, para ir combater o mal.

Nas histórias aos quadradinhos, o jornal era o *Daily Planet* e a verdadeira identidade do Super-Homem era Clark Kent, o pacato e tímido jornalista caixa-de-óculos, que normalmente passava despercebido. Porém, se a Humanidade estivesse de repente em perigo, o cidadão comum vestia uns *collants* ridículos, punha uma capa e voava, levantava comboios e tudo acabava bem.

Hoje, uma época eivada de cinismo e pragmatismo, repórteres como Tintim ou Robert Mitchum seriam considerados ingénuos, uns tolos idealistas que se julgam incorruptíveis e têm a pretensão de escapar à manipulação e às iniciativas de sedução ou anexação dos donos do dinheiro.

Graças aos álbuns do Tintim (e à sua meticulosa contextualização, à verosimilhança e precisão dos seus desenhos), tomei consciência dos contrastes culturais, das diferenças geográficas, da incrível diversidade das paisagens do planeta.

O livro de Tintim que trazia comigo, na viagem de Luanda para Lisboa, já o disse, era *O Templo do Sol*, naquelas edições brasileiras da Record, com a capa mole. Porquê a Record? — perguntará o leitor. Explico.

A primeira tradução de Tintim noutro idioma, que não o francês, foi portuguesa e data de 1936, na revista *O Papagaio* (publicação juvenil da Rádio Renascença e primeiríssima revista portuguesa de banda desenhada), então dirigida por Adolfo Simões Müller.

O grande responsável pelo pioneirismo de Portugal na internacionalização das aventuras de Tintim tinha sido o padre Abel Varzim, que estudara Sociologia na Universidade de Lovaina (cidade da Bélgica, país de origem de Hergé, criador de Tintim), entre 1930 e 1934, altura em que tomou contacto com o jovem e hiperactivo repórter de poupa loura e calças de golfe.

Quando voltou para Portugal, Abel Varzim trocou correspondência com Georges Remi (o nome civil do desenhador Hergé), daí resultando a compra dos direitos de publicação de Tintim em Portugal.

Posteriormente, o director e fundador do *O Papagaio*, Adolfo Simões Müller, outro grande entusiasta do trabalho de Hergé (os dois também se corresponderiam), levou as histórias de Tintim para as publicações que sucessivamente dirigiu, como a revista infanto-juvenil *Diabrete*, o semanário juvenil *Foguetão* ou a revista de banda desenhada *Cavaleiro Andante* (Simões Müller, conta-se, pagava os direitos de publicação a Hergé enviando-lhe latas de sardinha para a Bélgica).

Apesar de tudo isto, porque os direitos para língua portuguesa tinham sido comprados, em 1961, pela editora brasileira Flamboyant, a primeira edição de Tintim em álbum, no nosso país, só aconteceu em 1988 (na Verbo), um ano antes da Queda do Muro de Berlim e 52 anos depois de *O Papagaio*.

A partir de 1969, os álbuns de Tintim passaram a ser editados pela também brasileira Record, que até 1976 lançou todos os livros (incluindo *Tintim no Congo*, traduzido no Brasil como *Tintim na África*), excepto *Tintim no País dos Sovietes* e *Tintim e a Alfa-Arte*.

Reatemos o fio da memória. Quando do Aeroporto da Portela me levaram para o 9.º andar de um prédio em Benfica, não fazia a mais pequena ideia do que era Portugal.

Sabia apenas que era um sítio estranho, chamado Metrópole, para onde as pessoas, de tempos a tempos, viajavam (em gozo de licença graciosa, expressão de que tinha ouvido falar superficialmente, mas cujo significado ignorava por completo).

Olhando o movimento dos carros e das pessoas através da enorme janela do magnífico automóvel do meu tio Adelino (que fora administrador de Nampula), sentia-me tão fora do lugar como um animal num jardim zoológico.

Parecia-me tudo escuríssimo: as ruas, as casas, os táxis, as lojas, as peças de vestuário. As entradas dos prédios lembravam-me buracos de toupeiras ou de monstros que podiam sair a qualquer momento para me agarrar, tentando arrastar-me para o fundo com eles.

Recordo-me de alguém dizer que eu parecia um palhaço, por causa do colorido das minhas roupas compradas na África do Sul, que nunca se amarrotavam e a que os adultos se referiam como *la finesse.*

Como não tinha camisolas e casacos para o frio, foi preciso comprá-los ou fazê-los em casa (durante anos, no Natal e nos aniversários, recebi quase sempre fatiotas costuradas pela minha avó ou pela minha mãe). E, quando as zonas dos joelhos e dos cotovelos ficavam gastas de tão usadas, reforçavam-se com pedaços de cabedal, napa ou ganga.

A minha geração ainda herdou muito do Estado Novo. Mesmo havendo dinheiro, fazia-se contenção de despesas.

O queijo flamengo de bola dividia-se em quatro, depois embrulhava-se cada parte em papel vegetal, podendo-se comer apenas um quarto por semana. Os refrigerantes bebiam-se exclusivamente ao fim-de-semana, não porque fizessem mal, mas por uma questão de poupança.

Até os fósforos queimados se aproveitavam, ficando guardados numa pequena caixa de madeira, ao lado do fogão, para poderem ser reutilizados. E atrás da porta da despensa havia um saco de pano onde se punha o pão duro para fazer açorda ou fritar aos quadradinhos (aquilo a que hoje chamamos *croutons* ainda não se vendia nos supermercados).

Consumia-se tudo em pouca medida, e, por essa razão, nunca nos faltou nada, nem roupa, nem comida, nem médicos. Quanto ao mais, nada de futilidades.

Duas coisas chocaram-me particularmente. Em África, quando ouvíamos falar da Metrópole, as crianças imaginavam uma terra moderníssima, com discos voadores e prédios onde era tudo automático. Essa foi a primeira desilusão. A segunda foi ver brancos a pedir esmola na rua, coisa inimaginável nas colónias: em Angola e Moçambique, só os negros o faziam.

A casa dos meus tios, em Benfica, na Rua Reinaldo dos Santos, foi a minha primeira morada em Lisboa. À memória volta-me com frequência o momento em que, de pé em cima da cama de casal desses tios-avós, olhava, cabisbaixo e meditativo, para as luzes dos automóveis rolando lá em baixo, no alcatrão da Segunda Circular.

Nesse quarto, agarrava-me muitas vezes ao álbum *O Templo do Sol*, a décima quarta aventura de Tintim (e a segunda parte de um díptico que começara com *As 7 Bolas de Cristal*), para sentir junto de mim o calor de onde tinha vindo.

Nesse livro, marcaram-me as explosões de raiva do capitão Haddock, sobretudo quando os lamas (mamífero da América do Sul) lhe cuspiam água na cara.

«Que raio de ideia inventar semelhante animal», «malditos jactos de água ambulantes» e «espécie de imitações de camelo», grita ele, no seu estilo exclamatório (o livro termina com o próprio Haddock a encher a boca numa fonte, para depois cuspir no focinho de um lama incrédulo).

A primeira vez que os leitores de Tintim toparam com este velho lobo do mar, capitão da Marinha, foi n'*O Caranguejo das Tenazes de Ouro*.

Haddock, comandante do cargueiro Karaboudjan, era mantido em permanente estado de embriaguez pela própria tripulação, para assim poderem continuar a traficar o ópio que escondiam em latas de conserva com carne de caranguejo.

Depois disso, Haddock passaria a acompanhar Tintim nas suas viagens, fosse a bordo de uma expedição científica ao Oceano Ártico, em busca de um meteorito caído na Terra, ou às Caraíbas, para localizar o tesouro escondido do pirata Rackham, *o Terrível*; fosse ao interior do Peru, atravessando as suas montanhas e embrenhando-se na floresta amazónica, fosse ao Médio Oriente, ao Tibete, à Indonésia ou à Lua, que pisariam em 1952, antes dos astronautas Neil Armstrong e Buzz Aldrin (1969).

O desejo de Haddock é ficar no Castelo de Moulinsart, mansão fictícia situada em algum lugar da Europa Ocidental, provavelmente na Bélgica. Porém, porque no fundo tem um imenso coração, acaba sempre por aceder — mesmo que contrariado e furioso — aos pedidos do audaz e perseverante Tintim.

A única ocasião em que fica em casa é contra a sua vontade: justamente no dia em que mais lhe apetecia fugir (depois de receber um telegrama de Bianca Castafiori, a célebre cantora italiana saída da imaginação de Hergé, a que o capitão chama «ciclone ambulante», avisando-o que chegaria a Moulinsart nesse mesmo dia), escorrega num degrau e sofre uma ruptura de ligamentos, que o imobiliza numa cadeira de rodas.

Haddock é um tributo à amizade e ao compromisso com os mais fracos contra os déspotas. Ao contrário de Tintim, que é melhor que nós e sabe sempre o que fazer exactamente, que possui uma infinita confiança em si próprio e não hesita nas situações de perigo, enfrentando de peito aberto todo o tipo de criminosos — desde traficantes de droga a contrabandistas de armas, passando por sabotadores, espiões industriais, *gangsters*, fanáticos religiosos ou tubarões capitalistas —, Haddock rodeia-se de cautelas, vacila, tem medo, sente-se cheio de dúvidas e de interrogações.

Por isso, Haddock é muito mais humano e complexo do que Tintim. Diferentemente deste, que nunca chora, nunca se irrita e nunca se deixa vencer pela incerteza, o capitão possui uma espontaneidade animal, que se reflecte nos gestos e nos insultos torrenciais e imaginativos, na violência das suas invectivas e na facilidade com que se encoleriza e dá largas às suas emoções.

Nos primeiros anos em Portugal, durante o processo iniciático que foi começar uma vida nova num sítio desconhecido e contraditório, que me provocava um misto de estranheza e de familiaridade, Haddock deu plena expansão à minha fúria e ajudou-me a decifrar a origem dos meus medos.

Hoje, idealizado pela nostalgia, o capitão Haddock é um símbolo dessa infância e das saudades desses tempos antigos. Ou será antes um sintoma do meu próprio envelhecimento, agora que cumpri meio século de vida, começada em Moçambique no dia 13 de Fevereiro de 1972?

Fevereiro de 2022

Um perdedor

É preciso que certas coisas doam muito para que as consigamos escrever. O drama por trás do alcoolismo do meu padrasto é uma delas, remete-me para esse espaço de carência ou de perda que só pode ser transformado em palavras depois de vários quilos de sofrimento.

O essencial não reside tanto em escrever ou não sobre a própria vida, coisa que fazemos sempre de um ou de outro modo. A questão é em que grau, com quanto envolvimento pessoal se faz isso.

Retomar pela escrita o nosso passado mais íntimo, as raízes em que mergulhamos, constitui um desafio à capacidade de vermos o geral no particular, de estabelecermos correlações entre a experiência comum e a equação individual.

A revelação de que cresci com um alcoólico em casa tem uma finalidade precisa: falar-vos do desinteresse, ou de um certo desinteresse, a que tem sido votado o problema de fundo do alcoolismo. Da recusa, mais ou menos consciente, de o considerarmos como algo que a todos diz respeito.

Mas para lá das estatísticas e da enumeração rotineira dos sintomas da doença, a que tantas vezes se circunscreve a informação veiculada nos jornais, para lá dos casos em que se transforma o consumo de álcool numa festa, num espectáculo burlesco ou caricatural, numa comédia de costumes que certifica e garante a boa consciência colectiva, para lá de tudo isso, há a experiência viva de ser alcoólico.

Um alcoólico é alguém que sente um desejo irrefreável de beber mais e mais, uma ânsia desmedida de ingerir álcool até ao esquecimento de tudo, caindo para o lado.

Essa necessidade de repetição (e a repetição dessa necessidade) é apenas uma das faces do alcoolismo. Remete para o poder totalitário de uma substância aditiva que se infiltrou em todas as peças do organismo, nos seus mais escusos meandros, nos seus mais remotos distritos ou províncias.

Porém, quando nos limitamos a julgar o alcoólico pelo gesto compulsivo de beber, amputamo-lo da sua pluralidade. Tornamo-lo refém de um rótulo. Vemos nele apenas o álcool.

Apontamos-lhe os numerosos erros e contradições, os defeitos e cobardias, mas esquecemo-nos da vertigem social que coloca as pessoas em condições extremas. Descuramos a subjectividade do indivíduo. Os seus medos, as suas incertezas, as suas ansiedades e preocupações.

Tudo aquilo que o álcool afasta e apaga momentaneamente, proporcionando um prazer triunfante, a ilusão de que se conseguirá superar ou tornear as frustrações, os dissabores, as contrariedades, as angústias.

Melhor dizendo, não entramos no estudo das suas causas nem dos seus efeitos sobre aqueles que mais de perto privam com ele.

O alcoolismo é, simultaneamente, o palco e o produto de uma guerra civil psicológica que se instala dentro do ser humano. Nasce e alimenta-se de factores e transformações sociais, cujos pressupostos, por várias ordens de razões, o indivíduo não conseguiu adequar ao seu temperamento e às suas convicções.

O auge do vício é onde tudo no ser humano chega ao extremo. É o colapso da vontade. Uma longa temporada no Inferno de onde muito dificilmente se consegue sair.

Na estrada que leva à floresta obscura do meu passado, recordo-me do meu padrasto a cambalear aturdido, a resvalar agarrando-se às paredes, como uma aberração da natureza, um monstro que ignora a topografia da própria casa. Vejo-o a tropeçar, a cair no chão e a permanecer um corpo inerte, uma massa bruta inamovível encharcada em álcool até aos ossos.

Lembro-me da minha mãe tentando persuadi-lo a abandonar o álcool, procurando demovê-lo do seu propósito de beber até morrer. A esconder garrafas em todos os cantos da casa, que nós despejávamos metodicamente na retrete. Observo-o, volúvel e brusco, a andar da sala para a cozinha, da cozinha para os quartos, procurando-as em desespero; a beber dos frascos de perfume a tragos, como os vagabundos, quando nada mais tinha à mão.

Sinto o mesmo calafrio que sentia quando ouvia a porta de casa abrir-se, o pavor ao barulho da chave gemendo na fechadura, que anunciava o seu regresso alucinado, perseguido pelo fumo do seu cigarro (que provavelmente acendera no anterior que acabara de fumar, queimado sempre até ao filtro) e pelo odor pastoso a *brandy* Constantino.

Ou quando eu permanecia parado uns minutos na rua, vindo da noite, já o bairro inteiro dormia, contemplando as janelas iluminadas da nossa sala (nunca se deitava antes das quatro da madrugada) e pressentindo a desgraça, uma qualquer cena devastadora.

No meio do desconcerto geral da casa, ouço as discussões, os protestos e os gritos ressoando através das paredes; aparecem-me momentos de Nicholas Cage, em *Morrer em Las Vegas*, ou de Richard Burton, em *Quem Tem Medo de Virginia Woolf?*.

Tudo isto era relativamente banal debaixo do nosso tecto. Assim vivi vários anos da minha infância e juventude, anos em que não pude ignorar coisas que, naquelas idades, ainda tinha o direito de ignorar.

Apesar da repulsiva imagem que dava nessas alturas, a surpreendente verdade é que nunca lhe retirei a minha admiração. Porque no meio do horror havia muitos momentos de enorme generosidade e fulguração intelectual.

Conversador incansável e eloquentíssimo, com uma erudição ampla e firme, sem afectação, sucedeu-me muitas vezes discutir com ele e ficar maravilhado com o poder da sua inteligência e do seu músculo argumentativo, com as deduções que sabia tirar daquilo que lia.

Qualquer dúvida minha, por muito pequena que fosse, levava-o a divagar por assuntos vários, com complexidade, subtileza e imaginação inquieta. Com ele, o âmbito das discussões ampliava-se sempre em círculos cada vez maiores.

Rapazinho, exercitou-me na leitura e na escrita, no riquíssimo repertório da língua portuguesa, obrigando-me a polir sem descanso as frases dos meus textos.

Envenenou-me com Camilo e com Eça de Queirós. Recriou, perante o meu fascínio hipnótico, o universo kafkiano através de metáforas da mecânica automóvel. Explicou-me *O Guardador de Rebanhos* num restaurante chinês, por causa da minha impaciência enquanto esperávamos por uma mesa livre. Fez-me ver o filme *2001, Odisseia no Espaço*, para ilustrar a unidade cíclica do eterno retorno.

Ensinou-me a jogar xadrez, ao mesmo tempo que relatava os acontecimentos do dia 25 de Abril, quando, vindo de Santarém, ao volante de um Panhard da Escola Prática de Cavalaria, acompanhou Salgueiro Maia até ao Largo do Carmo.

Contou-me das ignomínias cometidas por figuras como Mário Tomé, que lhe deu ordem de prisão depois de se ter recusado a espancar um grupo de jovens maoístas indefesos dentro de uma cela, com chicotadas de mangueira com uma polegada de diâmetro e correias de ventoinhas dos automóveis.

Quando comecei a dar aulas na faculdade, como assistente do Diogo Ramada Curto, dizia-me sempre, citando Ortega y Gasset: «Quando ensinares, ensina também a duvidar do que ensinas.»

Fez algumas desintoxicações, uma delas no Centro António Flores (Hospital Júlio de Matos). Recuperou. Mas o álcool estava sempre ali, latente. Nunca se deu por vencido. Voltava à carga. Sempre mais implacável, sempre mais atroz.

Porque estava aborrecido ou demasiado eufórico, gerava-se dentro dele um monólogo, para o convencer de que só um copo não faria mal nenhum.

Mas quando não se resiste logo, já não se consegue parar. Perde-se o controlo. Abdica-se de todos os freios. Bebe-se um copo, outro e outro. Assim vezes sem conta.

Toca-se no fundo de novo. Recomeça-se o trabalho de autodestruição diária. Sai-se de casa, para se se esconder no quarto de um hotel. A Polícia aparece, não sei quantas garrafas depois.

Por qualquer coisa que cresceu no fundo de si, o meu padrasto parecia que levava sempre a morte diante dos olhos. Possuía uma inteligência de cunho invulgar, era um ser humano admirável.

Por isso, ou apesar disso mesmo, era também um perdedor. Mas um perdedor que foi, é e será sempre uma referência fundamental da minha vida.

Outubro de 2021

Daqui a 2000 anos

Mais do que o território demasiado vasto da nação ou do país, o que nos define fundamentalmente é a casa que habitamos.

Se isto é assim — se o que mais nos define é esse espaço íntimo em que arrastamos as pantufas, tomamos banho, secamos o cabelo, escovamos os dentes e enchemos o caixote do lixo —, como eu creio que é, as últimas semanas fizeram de mim outra pessoa. Não porque tenha mudado de casa, mas porque a relação que mantinha com ela se transformou radicalmente.

A percepção da gaiola em que vivemos não é a mesma antes e depois da quarentena. Quando passamos os dias a olhar para quatro paredes, rodeados de betão, vidro, plástico, madeira, quando decidimos enfim fazer arrumações, dominar a desorganização que se foi apoderando da casa, o movimento da Terra não se altera, mas nós começamos a ver as coisas de outra maneira, a criar uma imagem desintegradora de nós próprios. Porque, enfim, toda a mudança no espaço é uma mudança no ser, e toda a mudança no ser é uma mudança no espaço.

As casas são paisagens de coisas que reforçam a ideia que fazemos de nós (o nosso próprio corpo é uma coisa mais entre todas as coisas que nos acompanham dentro de casa). Os bolsos dos nossos casacos e das nossas calças são depósitos do minúsculo, da variedade de pequenas coisas que nos expressam, que demonstram a nossa actividade, os nossos gostos, os nossos modos de vida, a plasticidade das nossas memórias.

As gavetas são um mundo fascinante de coisas que envelhecem ao mesmo tempo que nós. São lugares de contenção do tempo e, simultaneamente, transmissores temporais. Quando as abrimos, reaparecem por vezes memórias que julgávamos perdidas ou desaparecidas, que testemunham e documentam as nossas recordações pessoais, que contam e domesticam histórias subterrâneas da nossa alma. São um «caosmos» (Deleuze e Guattari) de recordações reinventadas e reelaboradas, onde repousam os escombros dos nossos vínculos com o passado, espectros que evocam o que já não está, como se fosse possível recuperar o irrecuperável. A aura das gavetas cheias de coisas pequeninas que sobrevivem à velocidade do mundo revela-nos que também somos feitos dos objectos que levamos dentro e por fora, à nossa volta.

Olho para o meu quarto. Começo por revistar as mesas-de-cabeceira, uma de cada lado da cama — que livros há ali que não abro há meses? —, abro as gavetas, começo a investigar o que há nelas, coisas com que as minhas mãos e os meus olhos não contactam há anos, mas que incorporam momentos, instantes, memórias, segredos do passado. Coisas sobrenaturais, que vivem numa dimensão diferente, como envelopes de bancos, facturas, recibos, folhetos de publicidade, cadernos com anotações, molas de roupa, uma radiografia aos pulmões, uma fotografia tipo passe, carteiras de fósforos, pequenas recordações de viagens, fichas do antiquíssimo Casino de Cascais (que pertencia à família materna do meu padrasto), um comando à distância avariado, como um animal doméstico falecido. Coisas sem uso e sem vida, que formam enredos estranhos entre si, um mundo às avessas, inimigo da ordem e dos sistemas totalizantes.

Empurro e desloco móveis — que tipo de mobília se aproxima da minha caricatura? —, passo ao guarda-fatos e afasto as peças de roupa uma a uma, apalpo os bolsos, à procura de objectos esquecidos ou escondidos. Volto a minha atenção para a secretária de madeira que herdei do meu tio, ex-administrador colonial em Moçambique, e que ainda cheira a Função Pública.

Trabalho a papelada, classifico revistas, catálogos, recortes de jornais antigos, fotografias a cores, mas de há muito tempo, de há muitos anos, imagens de felicidade em contraluz, e dentro de mim começa a ganhar terreno a melancolia, a casmurra melancolia.

Vou até à janela, como quem observa o exterior (quando, na verdade, olho apenas para o meu interior). Aquilo que vejo, através da minha própria imagem reflectida no vidro duplo, parece-me arrancado de um romance existencialista.

Deixo-me absorver pela escuridão do jardim lá fora, imerso em sossego e sombras movediças. Faço perguntas sem resposta, ou sem uma resposta única, ou perguntas essencialmente irónicas, cujas respostas são as próprias perguntas: a quem é que somos mais leais, ao tipo que gostaríamos de ser, ao que temos sido até agora sem o conseguirmos evitar ou àquele que os outros julgam que somos? Qual é a coisa mais honesta que podemos dizer acerca de nós? Queremos verdadeiramente ser o que parecemos ser? Podemos consolar-nos com a mentira e o engano? Estamos confortáveis com o que somos, com o que queremos e com o que fomos? O que mudaríamos se nos fosse dada a possibilidade de começar tudo outra vez? Como imaginamos que será o resto da nossa vida?

Percebo, sem perceber nada, que não existe nada mais belo do que o costume antigo de cobrir os sofás e os móveis com lençóis quando se ia de férias ou se empreendia uma grande viagem, e que não existe nada mais profundo do que aquele absurdo tinteiro de cobre, que era do meu trisavô, abandonado e incompreendido numa caixa que exala a cânfora dos armários da avó Judite.

As casas são histórias. Histórias dentro de histórias que se cruzam, se sobrepõem, se confundem. Histórias que dizem muitas coisas sobre a nossa capacidade de nos reinventarmos constantemente, de ultrapassarmos os nossos limites e desmentirmos o que fomos anteriormente.

Em casa, quando lá fora não há nada, nem coisas, nem ruído, nem vida, apenas um daqueles silêncios nocturnos iguais aos da nossa província, o universo tangível que nos rodeia mostra-nos a impossibilidade de unificarmos todos os nossos interstícios, paradoxos e ambivalências, de encontrarmos uma síntese a partir do emaranhado inextricável de fragmentos e anfractuosidades que constituem a urdidura básica da nossa personalidade, da nossa maneira de ver o mundo e do nosso nível de realidade.

Uma casa é difícil de entender, porque é demasiado imprevisível e imponderável. Dentro de casa, uma pessoa pode enlouquecer, pode arruinar-se, pode ser abandonada, pode acordar a meio da noite e, durante uma fracção de segundo, não saber se está ali ou noutro sítio. Ou se já chegámos àquele momento em que, tal como nos desenhos animados, caminhamos sobre o abismo, sem terra debaixo dos pés.

Uma casa é muitas coisas ao mesmo tempo, e quanto mais se caminha para o seu interior, mais se conhece a sua vastidão. Os objectos que a compõem são como um coro grego que conhece as nossas vidas múltiplas, os seus elementos incompatíveis, o desejo de experimentar a verosimilhança das improbabilidades, de pensar uma coisa, sentir outra e fazer tudo diferente, só pelo prazer de questionar aquilo que parece ser de uma solidez inquebrantável.

Daqui a 2000 anos, quando os antropólogos estudarem as nossas casas, o que dirão de nós e dos nossos cartões de crédito, da hipoteca da casa, da contracção da economia, dos paraísos fiscais e da capitalização de juros, da carência de capital, dos derivados financeiros e das entidades gestoras, da *Euribor*, do *spread*, do *stock split*, do *swap*, das vendas associadas facultativas, das sociedades de corretagem, dos sistemas de negociação multilaterais, das unidades de participação de investimento harmonizados?

Abandono a janela, percorro os dois ou três metros que me separavam das estantes, cheias de obras literárias, ensaios e teorias que não consigo explicar exactamente. E lembro-me, não me perguntem porquê, de que Kafka morreu sem entender em que consistia a inflação.

Abril de 2020

Quando as andorinhas voltarem

A experiência de uma mudança de casa redefine mais o conceito que temos de nós próprios do que ir até à Cochinchina, esse lugar permanentemente distante.

Supõe uma descoberta maior e de efeitos mais imprevisíveis do que visitar outras culturas, está mais relacionado com a novidade e a estranheza do que observar as práticas, os modos e as línguas de outros países.

Transferir todas as nossas coisas para outro local — móveis, livros, quadros, bugigangas, caixas que contêm tudo o que se pode imaginar — arranca-nos do imobilismo e do marasmo sonolento do quotidiano, é como uma descida em espiral ao fundo do nosso manancial subterrâneo, presos por uma corda.

A casa é um lugar a que pertencemos de maneira completa ou total. É o sítio em que mais vezes tentamos perceber quem somos e quem gostaríamos de ser, onde escondemos os segredos das nossas vidas múltiplas, onde as nossas fraquezas, as nossas contradições e os nossos ridículos mais claramente se exprimem.

Só quando esvaziamos uma casa é que nos apercebemos verdadeiramente de que vivemos cercados por hordas de objectos, que somos o palco e o produto das suas lutas pela apropriação do espaço.

Moramos em florestas espessas de aparelhos, utensílios, dispositivos, equipamentos, estratos sucessivos de porcaria cuja utilidade não entendemos plenamente.

Todos os dias entram novas coisas nas nossas casas, coisas que andam daqui para ali e que precisam de ser guardadas, mantidas, cuidadas, reparadas.

Exércitos de coisas que trabalham às ordens da comédia do tempo e que moldam aquilo em que nos tornamos, que estão implicados na configuração da nossa identidade, do enigma que levamos dentro.

Quando damos voltas ao nosso espólio, o passado (e o que nele se perdeu) surge-nos a cada instante. Abrir as gavetas de uma cómoda e investigar o que ali há (um canivete faz companhia a um isqueiro, um apara-lápis a uma calculadora de bolso, cartões de visita a um par de pilhas pequenas, como anõezinhos perdidos numa floresta) obriga-nos a enfrentar os nossos fantasmas, a sentarmo-nos a falar com eles, a ouvir o que têm para dizer.

A sensação de enfiar as mãos em caixas ou baús que não se abriam há dois lustros é semelhante à do egiptólogo que entra, ao fim de milénios, numa câmara secreta e se depara com uma profusão de hieróglifos. Achar o humilde mas precioso livro que julgávamos perdido para sempre transmite uma paz parecida à que nos proporcionam as benzodiazepinas. É como reencontrar um velho amigo numa festa ruidosa, notar que já não conserva todo o cabelo e procurar depois um canto deserto para beber algo com ele.

Atravessamos vales e montanhas de papéis, revistas, catálogos, recortes de jornais, cartões, manuais de instruções que acompanham as caixas dos electrodomésticos, dos computadores, dos componentes electrónicos.

Mergulhamos num lago de facturas, recibos, contas da casa, envelopes de bancos, mapas que se guardavam nos porta-luvas dos carros, um ou outro projecto literário sempre adiado, para depois irrompermos com um braço de fora da água, como Camões, segurando o rolo de cartas daquela namorada que estava sempre a pôr-nos defeitos.

Numa cadeira, uma torre de livros que jamais leremos, debaixo da cama, sacos com velhas camisolas de Inverno, que nunca mais vestiremos. No recesso indeciso da *marquise*, a bicicleta estática que só usámos uma vez. Num armário, dezenas de caixas de medicamentos fora do prazo.

Nas estantes, junto às lombadas de obras da alta cultura (como convém a este intelectual), delicadas miniaturas, antigos presentes de aniversário ou de Natal, recordações de viagens, estatuetas, animais e cabeças africanas em madeira, herdadas de algum antepassado que esteve em África.

Educados nas regalias da abundância das sociedades do Ocidente europeu, vivendo, senão à larga, pelo menos ao abrigo das necessidades básicas, é preciso reconhecer que acumulamos demasiadas coisas para serem assimiladas numa única vida, que dedicamos grande parte das nossas energias a lidar com a expansão desordenada de produtos que não sabemos onde meter. Coisas que se comportam de maneira anárquica ou caprichosa e que oferecem cada vez mais resistência aos nossos movimentos.

Mudar de casa é darmo-nos conta de que vivemos rodeados de imensas coisas inúteis que não interessam absolutamente nada, mas que marcaram as nossas relações íntimas e o ritmo do nosso amadurecimento.

A vida envolve interacção com outros seres, mas também com uma grande diversidade de objectos, os quais não devem ser vistos meramente como inanimados ou como veículos passivos das nossas intenções e vontades. Pois, tal como nós criamos, localizamos e alteramos os objectos, também eles, em certa medida, nos criam, nos localizam e nos alteram.

Os objectos podem tornar a nossa vida mais fácil ou mais difícil, colocar-nos à prova quando decidem dar-nos trabalho ou quando deixam de funcionar.

Há estudos acerca de como este fascínio e esta frustração que sentimos perante os objectos dão origem a novas manifestações de animismo (a crença de que também as coisas inertes possuem espírito ou alma). Por exemplo, quando nos magoamos no canto de uma mesa e lhe respondemos, batendo-lhe.

A facilidade com que agora encomendamos coisas na Internet tornou ainda mais gigantesca a materialidade das nossas vidas.

Gastamos dinheiro para adquirir bens essenciais, mas também para satisfazer os prazeres momentâneos do consumo, para compensar alguma falta ou carência; para libertar tensões ou por hedonismo, a embriaguez de sensações e do novo; porque estamos aborrecidos ou demasiado eufóricos, porque continuamos a identificar altos níveis de consumo com a felicidade pessoal e o êxito mundano.

As fileiras intermináveis de caixotes que vão para a nova casa, a ideia de voltar a arrumar tudo nos lugares mais convenientes, de estabelecer uma nova ordem, fazem-nos invejar aqueles que vivem apenas com uma mochila, como os *samurais* que sabem que a sua luta pode levá-los a partir bruscamente, inesperadamente. Convencem-nos de que não existe nada de mais profundo do que o vazio, nem de mais belo do que uma parede branca.

Uma mudança de casa é um trabalho heróico que exige resistência a muitas tentações: enquanto escolhemos a tralha para atirar para o contentor do lixo da esquina, não podemos permitir-nos nenhuma dúvida, nenhuma nostalgia. Devemos lembrar-nos do futuro para o qual vamos diariamente progredindo, da transformação que se operará em nós daqui a quatro meses, quando as andorinhas tiverem voltado.

Mudar de casa deixa-nos moídos de dores, mas convida-nos também a reformar hábitos, fechar ciclos, atar pontas soltas.

É como mudar para outro continente, para um país de possibilidades, cheio de futuro, onde qualquer um pode reinventar-se.

Dezembro de 2022